希薇亞・普拉絲 Sylvia Plath —— 著　王聖棻、魏婉琪 —— 譯

鐘形罩

美夢的餘韻蒸發掉了

從這件事可以窺見某種生活的全貌，
某種不可思議、精心設計的頹廢，
這種生活像磁鐵一樣吸引著我。

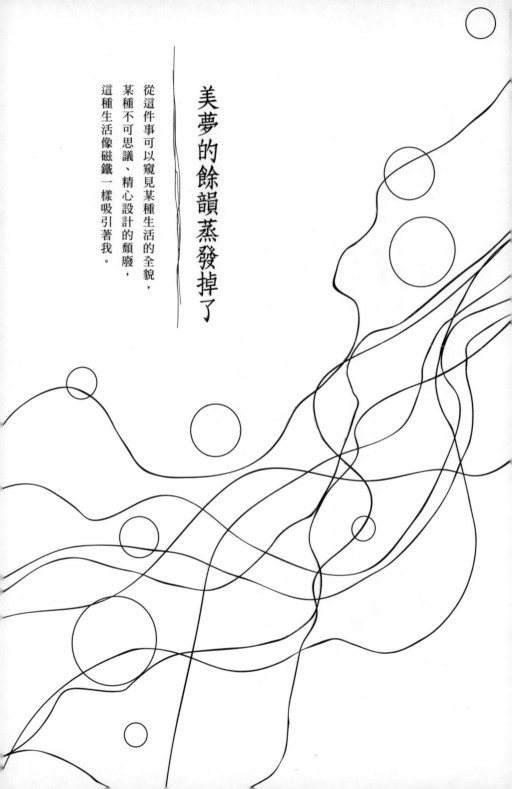

I 第一章

那年的夏季特別古怪悶熱，就在那個夏天，他們把羅森堡夫婦[1]送上了電椅，而我人在紐約，不知道自己在做什麼。我對處決的理解很蠢笨。想到電死人，我就覺得噁心，而報上就只能看見這些——瞪大了眼睛似的那些新聞標題，在每個街角、每個泛著霉臭和花生味的地鐵出入口盯著我。這事和我毫無關係，但我還是忍不住想知道，讓滋滋響的電流順著神經把你活活電死，會是什麼感覺。

我想那一定是世界上最糟糕的事情了。

紐約已經夠糟糕了。不知道爲什麼，一到早上九點，花了一整夜滲透進來的那片不眞實、鄉間般的清新，就會像一場美夢的餘韻一樣蒸發掉。滾燙的街道像花崗岩峽谷底部幻影般的灰色，在烈陽下晃動著；車頂如油鍋嘶嘶作響、灼灼發光；乾燥的煤灰吹進我的眼睛，積在喉管底下。

我不斷在廣播、在辦公室聽到羅森堡夫婦的消息，最後根本沒辦法把他們從我腦子裡甩開。這種感覺就像我第一次看見屍體，說起來全都要怪巴迪。之後的那幾個星期，屍體的頭（或者說頭部殘存的部分）就浮現在我早餐吃的雞蛋培根後面，以及巴迪·威拉德的臉後面。很快，我就覺得我彷彿用繩子牽著那顆屍體的頭，像一顆散發著酸醋般刺鼻臭味，黑色的、沒有鼻子的氣球。

（我知道那年夏天我不太對勁，因爲羅森堡夫婦在我腦子裡盤桓不去，我一直想著他們。想著我買下那些不舒服又昂貴的衣服有多蠢，那些衣服像魚一樣軟趴趴地掛在我的衣櫥裡。想著我在大學裡快樂地積累起來的一切小成就，是如何在麥迪遜大道光滑的大理石和玻璃門外化爲烏有的。）

原本我應該正在享受人生最精彩的時光。

原本我應該是全美國成千上萬和我一樣的女大學生羨慕的對象，她們只想穿上和我那雙七號漆皮鞋同款的鞋（那是我某天午餐時間在布魯明黛百貨公司〔Bloomingdale〕買的），搭配黑漆皮腰帶和黑漆皮皮包，腳步輕快地走來走去。當我的照片出現在雜誌（我們十二個人就在這家雜誌社工作）時，每個人都覺得我鐵定樂暈了——照片中的我，啜飲著馬丁尼，穿著一件極度節省布料、仿銀絲亮紗質地、綴著一大團蓬蓬白色紗網的緊身胸衣，登上了某個像是華爾道夫酒店星光廳[2]的地

1 朱利葉斯・羅森堡（Julius Rosenberg，一九一八至一九五三）和愛塞・格林格拉斯・羅森堡（Ethel Greenglass Rosenberg，一九一五至一九五三）夫婦是冷戰期間美國的共產主義人士。他們被指控為蘇聯進行間諜活動，判決與死刑的過程轟動了當時西方各界。冷戰期間的美國，因判決從事間諜活動而被處以死刑的公民，只有羅森堡夫婦二人。

2 華爾道夫酒店（Waldorf Astoria Hotel）於一九三一年完工後，便成為曼哈頓奢華的象徵，也是曼哈頓裝飾藝術風格的地標，許多著名音樂人士都曾在十九樓的星光廳舉行表演。

方，身邊還伴隨著幾個擁有典型美式體格的不知名年輕男子（他們都是爲了拍照特地受雇來或借用來的）。

他們會說，看哪，這個國家居然會發生這種事——一個女孩子在偏僻的小鎮住了十九年，窮得連一本雜誌都買不起，然後她拿獎學金上了大學，這裡拿個獎，那裡拿個獎，最後居然跟開著自己的私家車一樣駕馭了紐約。

只是我什麼也沒有駕馭，我連自己都駕馭不了。我只是像一輛麻木的無軌電車，從旅館顚簸地開往上班地點、開往派對現場，再從派對開往旅館，然後又開回工作地點。我想我應該要跟其他大多數女孩一樣興奮，但是我沒辦法做出反應。（我覺得非常安靜，非常空虛，身在龍捲風的風眼想必就是這樣的感覺，周圍喧囂環繞，而我在中心茫然無感地隨風漂移。）

☆

我們十二個人都住在這家旅館裡。

我們因爲寫散文、寫故事、寫詩、寫時尚短評，贏了某家時尚雜誌辦的比賽，作爲獎勵，他們在紐約給了我們這批人一個月的工作，支付所有開銷，還有一疊又一疊的免費福利，像芭蕾舞票、時裝秀通行證，還能在某家著名的昂貴沙龍做頭髮，渴望見哪個領域的成功人士都有機會，也獲得了在化妝時如何處理我們特殊膚色的建議。

我還留著他們給我的化妝包，是專為棕眼棕髮的人設計的：一支附小刷子的長方形棕色睫毛膏；一塊圓形的藍色眼影，大小剛好夠你的手指尖在裡頭輕輕地點著抹；還有三支從鮮紅到粉紅的唇膏，都裝在同一個鍍金小盒子裡，盒子一側有一面鏡子。另外我還留著一個白色塑膠太陽眼鏡盒，上面有彩色的貝殼和亮片，還縫著一只綠色的塑膠海星。

我明白我們手裡的禮物之所以越堆越多，是因為對相關行業來說，這就是個免費廣告，但要我憤世嫉俗也很難。那些免費禮物暴雨似的落在我身上，我興奮得不得了。之後很長一段時間，我把這些東西都收掉了，但等到我恢復正常，我又把它們拿了出來，而且到現在還放在家裡。我偶爾會用一下口紅，上星期還把太陽眼鏡盒上的塑膠海星剪下來給寶寶玩。

所以，我們十二個人住在這家旅館裡，在同一層樓同一側的一排單人房，一間接著一間，這讓我想起了我大學時的宿舍。而這並不是一家正統的旅館——我的意思是，那種在同一層樓裡男女混住的旅館。

3 凱蒂・吉布斯祕書學校（Katy Gibbs secretarial school）創立於一九一一年。為了與當時其他的祕書學校有所區分，吉布斯學校以只選擇社會經濟地位高的婦女作為推銷對象，使其對來自精英背景的年輕婦女具有很強的吸引力。

這家叫亞馬遜的旅館只接待女客，大多是和我年紀相仿的女孩，父母很有錢，想確保自己的女兒住在男人碰不著也騙不了的地方；她們都進了像凱蒂·吉布斯那種貴族祕書學校[3]，上學得戴帽子、穿絲襪，還戴手套；也有人剛從凱蒂·吉布斯這樣的地方畢業，成了高官或初階高官的祕書，成天就是在紐約閒逛，等著和某個前程似錦的男性或其他人結婚。

這些女孩在我看來簡直悶到了極點。我看見她們待在屋頂陽臺，打著哈欠，塗著指甲油，努力維持自己在百慕達曬出來的古銅色皮膚，看上去一副窮極無聊的樣子。我跟其中一個女孩聊過天，她厭倦了遊艇，厭倦了坐飛機，厭倦了在聖誕節到瑞士滑雪，也厭倦了巴西的男人。

那樣的女孩讓我很不舒服。我嫉妒得說不出話來。十九年來，除了這次紐約之行，我連新英格蘭都沒踏出去過。這是我第一次碰上的大好機會，但我卻待在這裡，癱在椅子上，任它像水一樣從我指間流走。

我想，在所有讓我不舒服的人當中，有一個是朵琳。

我以前從來沒見過像朵琳這樣的女孩。朵琳畢業於南方某間貴族女子學院，有一頭閃亮的淺色頭髮，一蓬棉花糖似的包著她整個頭，藍色的眼珠像透明的瑪瑙彈珠，堅硬光滑，簡直堅不可摧，嘴角永遠掛著一絲帶嘲弄的笑意。我說的不是令人不舒服的嘲笑，而是一種像是被逗得很開心、神祕的笑，好像她身邊的人個個都傻傻的，只要她想，就能拿他們說出精彩的笑話來。

朵琳馬上就選中了我。她讓我覺得我比其他人聰明得多，而且她真的有趣極了。我們坐會議桌時她經常坐在我旁邊，來訪的名人發言的時候，她就低聲跟我說一些諷刺俏皮話，精妙絕倫。

她說，她念的那所學院很注重時尚，每個女孩的手提包都是用和衣服相同的質料做的，所以每換一次衣服都有配套的提包。這種細節令我印象深刻。從這件事可以窺見某種生活的全貌，某種不可思議、精心設計的頹廢，這種生活像磁鐵一樣吸引著我。

只有在我擔心沒辦法在期限前完成工作時，朵琳才會對我大聲。

「你幹嘛那麼拚？」朵琳穿著一件桃紅絲綢睡袍懶洋洋地倚在我床上，用銼刀磨著她長長的、被尼古丁染黃的指甲，而我在打一份採訪某位暢銷小說家的草稿。

還有另一件事——我們其他人穿的都是漿過的夏季棉睡衣和鋪棉家居服，不然就是毛巾布浴袍（還可以當海灘外套用），但朵琳穿的是若隱若現的及地蕾絲尼龍睡衣，以及因爲某種電流而貼在她身上的肉色睡袍。她身上有種略帶汗味的氣味，很有意思，讓我想起甜蕨的圓鋸齒形葉子，揉碎之後會在指間留下一股麝香味。

「你知道，J．C那個老女人根本不在乎那篇報導是明天還是星期一交。」朵琳點起一支菸，讓煙慢慢從鼻孔噴出來，遮住了她的眼睛。「J．C醜得要死，」朵琳冷冷地繼續說。「我敢說，她家裡那個老頭得先把所有的燈都關了才能跟她親熱，不然會吐。」

J．C是我上司，就算朵琳這麼說，我還是很喜歡她。她不是時尚雜誌圈裡那種戴著假睫毛和炫目珠寶、整天滔滔不絕的人。J．C很有頭腦，所以就算她長得極醜，似乎也無關緊要。她會好幾種語言，業內每個優秀作家她都認識。

我努力想像Ｊ．Ｃ脫掉嚴肅的辦公室套裝和午宴專用帽，和她那個肥胖的丈夫在床上的樣子，但怎麼也想不出來。我總是很難想像人們上床的情景。

Ｊ．Ｃ想教我一些東西，我認識的每個老女人都想教我東西，但我突然覺得她們也沒有什麼可以教我的。我套上打字機的蓋子，咔嗒一聲扣起來。

朵琳笑了。「明智。」

有人敲門。

「誰？」我懶得站起來。

「是我，貝琪。派對，你會去嗎？」

「我想會。」我還是沒去應門。

貝琪是他們直接從堪薩斯州接來的，她紮著一根粗粗的金色馬尾，臉上帶著西格馬奇兄弟會甜心[4]似的笑容。我記得有一次，我們兩個被叫到一個電視製作人的辦公室，那人穿著細條紋西裝，下巴刮得青青的，想聽聽看我們有沒有什麼做節目的點子，貝琪就開始說起堪薩斯州的公玉米和母玉米。她講那該死的玉米講得熱情洋溢渾然忘我，連製作人都聽得熱淚盈眶，只是他說，很抱歉，這些關於玉米的東西我們沒一樣能用。

貝琪總是要我和別的女孩們一起做事，好像想用某種方式拯救我。她從來不找朵琳。私底下，朵琳叫她波麗安娜女牛仔[5]。

「你想搭我們的計程車去嗎?」貝琪隔著門說。

朵琳搖搖頭。

「不用了,貝琪,」我說。「我跟朵琳一起去。」

「好吧。」我可以聽見貝琪在走廊漸漸遠去的腳步聲。

「我們去,待煩了就走,」朵琳對我說,一面在我床頭的讀書燈座上捻熄了菸,「然後我們就去城裡玩。他們這裡辦的派對總是讓我想到以前在學校體育館裡辦的舞會。為什麼他們老愛請耶魯的來?他們簡直蠢斃了!」

巴迪・威拉德就是耶魯的,但如今我想想,他的問題正是因為他太蠢。喔,他確實成績不錯,還搞上了鱈魚角一個叫葛拉迪絲的醜爆女服務生,但是他一點敏銳度都沒有。朵琳就有。她說的每

---

4 西格馬奇兄弟會甜心(Sweetheart of Sigma Chi)是一首極受歡迎的大學兄弟會歌曲,由F・杜德利・弗諾(F. Dudleigh Vernor)和拜倫・D・史托克斯(Byron D. Stokes)創作於一九一一年。歌中的「甜心」指的可能是弗諾的女友。

5 波麗安娜(Pollyanna)是美國小說家愛蓮娜・霍奇曼・波特(Eleanor Emily Hodgman Porter)的小說作品《少女波麗安娜》中的主人翁。是一個充滿樂觀思想,並因此感染別人的人。

句話都像直接從我骨子裡冒出來的祕密心聲。

我們卡在劇院進場高峰的車陣裡。我們的計程車擠在貝琪的計程車後面，屁股後頭抵著另外四個女孩搭的計程車，大家都動彈不得。

朵琳看上去漂亮極了。她穿了一件無肩帶白色蕾絲連身裙，拉起來的拉鍊底下是一件緊身胸衣，把她中段腰身勒得細細的，襯得上下圍前凸後翹，頗爲壯觀。她的肌膚在淺色的脂粉底下泛著古銅色的光澤。身上香氣濃烈，就像開了家香水店。

我穿的是一件黑色山東府綢緊身洋裝，花了我四十塊錢。這是我聽說了自己是去紐約的其中一個幸運兒時，用獎學金瘋狂購物買下的其中一樣。這件洋裝的剪裁很奇怪，裡頭什麼樣的胸罩都不能穿，但這也無妨，因爲我瘦得跟小男孩差不多，簡直可以說是平靜無波，而且我也喜歡在炎熱的夏夜裡幾近裸身的感覺。

但在這個城市待了一陣子之後，我曬黑的皮膚已經開始褪色。看上去黃黃的，像個中國人。通常情況下，我會因爲身上的衣服和奇怪的膚色感到緊張，但和朵琳在一起，我就會忘記這些擔憂。我覺得自己眞是聰明絕頂，而且憤世嫉俗到了極點。

那個穿著藍色伐木工襯衫、黑色斜紋棉布長褲和雕花牛仔皮靴的男人，從酒吧的條紋遮陽棚底下朝我們走過來，邊走邊盯著我們的計程車，只是我一絲遐想也擠不出來。我很清楚他的目標是朵琳。他穿過停住的車陣，擺出一副萬人迷的樣子靠在我們打開的車窗上。

「可否借問一句，這樣美好的一個夜晚，像你們這樣美麗的小姐爲什麼會自己坐在計程車上呢？」

他的笑容大大的、寬寬的，像美白牙膏廣告。

「我們要去參加派對。」我不假思索地回了話，因爲朵琳突然說不出話來，故作無事地擺弄著她白蕾絲提包的蓋子。

「聽起來很無聊啊，」那人說。「兩位何不和我一起去那邊的酒吧喝幾杯？我還有幾個朋友在那兒。」

他朝遮陽棚下幾個衣著隨便、懶洋洋晃蕩著的人點了點頭。他們一直看著他，當他回頭瞄他們的時候，那群人爆出了笑聲。

那笑聲本該讓我警覺的。那是一種自以爲什麼都懂的低級竊笑，但這時交通又有了鬆動的跡象，我知道，要是我坐著不動，兩秒鐘後，我就會後悔自己錯失了機會，沒能看見一些不在雜誌社的人爲我們精心安排範圍之內、卻又屬於紐約的東西。

「怎麼樣，朵琳？」我說。

---

6 山東府綢（Shantung）或稱雙宮綢、山東柞絲綢。煙臺開埠之後，西方商人紛紛到此開設洋行，將山東府綢銷往世界。

「怎麼樣，朵琳？」那男人說，露出大大的微笑。直到今天，我都不記得他不笑的時候是什麼樣子。我想他一定隨時都在笑。對他來說，那樣笑一定是自然而然的事。

「那，好吧！」朵琳對我說。我打開車門，下車時，它剛好起步。我們開始往酒吧走。一陣可怕的剎車聲響起，接著是沉悶的碰撞聲。

「嘿，你們！」我們那部計程車的司機從車窗探出頭來，氣得臉色發紫。「你們在搞什麼鬼？」

他停車停得太突然，結果後面那部車一頭撞了上去，我們看見那四個女孩在車裡雙手亂揮，掙扎著想從座位底下爬起來。

那男人笑了，把我們留在路邊，在震耳欲聾的喇叭聲和吼叫聲中遞了張鈔票給司機。然後我們看著雜誌社的女孩們搭上一排計程車離開，一部接著一部，就像一場只有伴娘團的婚禮派對。

「來啊，法蘭基。」那人對那群人裡的一個朋友說。一個矮小邋遢的傢伙脫離了大部隊，和我們一起走進酒吧。

他是我受不了的那種傢伙。我光穿襪子不穿鞋就有一百七十八公分高，要是和矮個子男人在一起，我就會微微彎腰，然後歪著屁股，弄得一邊高一邊低，這樣看起來會顯得矮一點，我覺得我跟走過場的無名二線演員一樣笨拙而且病態。

有那麼一瞬間，我熱切地希望我們按身高配對，這樣我就會跟一開始和我們說話的那個男人在一起了，他毫無疑問有一百八十三公分以上，但他和朵琳走在前面，連看都沒看我一眼。法蘭基在我胳膊底下鑽來鑽去，還緊挨著朵琳坐，我努力裝作沒看到。

酒吧裡太暗了，除了朵琳，我幾乎什麼都看不清楚。她淡白色的頭髮和白衣裙白得像是銀鑄的。我想她一定把酒吧裡的霓虹燈都反射出去了。我感覺自己融進了陰影，像一張底片，底片裡那個人我從來沒見過。

「好吧，我們要點什麼？」那人露出大大的微笑問。

「我想要一杯古典雞尾酒。」朵琳對我說。

點酒總是讓我很頭大。我不知道威士忌和琴酒有什麼不一樣，也從來沒嚐到過眞正喜歡的口味。巴迪．威拉德和我認識的其他大學男生多半都太窮，買不起烈酒，不然就是根本不屑喝酒。不抽菸或不喝酒的大學男生數量之多令人吃驚。這些人我好像全都認識。巴迪．威拉德做到最大限度的一次，是給我們兩人買了瓶多寶力香甜酒，那還是他爲了證明自己就算是個醫學院學生，也具有鑑賞能力才買的。

「我要一杯伏特加。」我說。

那男人看著我，稍微專注了一點。「要加什麼？」

「什麼都不加，」我說。「我一向喝純的。」

假如我說要加冰塊、蘇打水、琴酒或別的，說不定會因此出醜。我看過一個伏特加廣告，就是一杯滿滿的伏特加放在藍色燈光下的雪堆中，裡頭的伏特加看起來像水一樣清澈純淨，所以我想，點純伏特加應該沒問題。我的夢想就是哪天意外點到一杯滋味棒呆了的酒。

服務生過來了，那男人幫我們四個人點好了單。他在那個城市風格的酒吧裡一身牧場裝扮，看上去卻很自在，我想他可能是個名人。

朵琳一言不發，只是玩弄著她的軟木餐墊，最後點了支菸，但那人似乎並不介意。他一直盯著她，像人們盯著動物園裡的白色大鸚鵡一樣，就等著她說點人話。

酒來了，我的酒看起來果然清澈純淨，和那個伏特加廣告一模一樣。

「你是做什麼的？」我問那個男人，好打破如叢林野草般從四面八方湧上來的濃厚沉默。「我是說，你在紐約這兒做什麼？」

他慢慢地把目光從朵琳的肩上拖開，像是花了很大的力氣。「我是個ＤＪ，」他說。「你說不定聽過我的名字。我叫蘭尼・薛伯。」

「我知道你。」朵琳突然說。

「我很高興，親愛的，」那人說，然後突然大笑起來。「我這麼大的名氣，還真派上了用場啊。」

接著蘭尼・薛伯深深看了法蘭基一眼。

「嘿，你們是打哪兒來的？」法蘭基問，猛地坐了起來。「你叫什麼名字？」

「這邊這位叫朵琳。」蘭尼的手滑過朵琳裸露的手臂，還摟了一把。

讓我訝異的是，朵琳的樣子好像完全沒注意到他在幹什麼。她只是坐在那裡，看上去灰灰暗暗的，像個穿著白洋裝、漂了金髮的女黑人，姿態優雅地喝著她的酒。

「我叫愛莉・希金巴頓，」我說。「是從芝加哥來的。」回了這句話之後我覺得安全了點。我不希望這天晚上說的或做的一切，和我的眞名以及波士頓出身扯上任何關係。

「好吧，愛莉，我們跳支舞怎麼樣？」

一想到要和那個穿著橘色內增高麂皮鞋、邋遢的T恤和軟趴趴藍色運動外套的小矮子跳舞，我就笑出來了。要說我眞的看不起什麼，那就是穿藍衣服的男人。穿黑的、灰的，甚至棕的都行。藍的只會讓我想笑。

「我沒心情。」我冷冷地說，一面轉過身，把椅子拉得更靠近朵琳和蘭尼一點。

這會兒那兩個人看上去已經像是多年老友。朵琳用一支細長的銀匙撈著杯底的大塊水果，她的湯匙一靠近嘴邊，蘭尼就會發出咕噥咕噥的聲音，然後吠一聲，假裝自己是條狗或什麼的，努力想把水果從湯匙撥下來。朵琳咯咯笑著，不斷地舀著水果。

我終於開始覺得伏特加是屬於我的酒了。它什麼味道都沒有，但它就像吞劍人的劍一樣直接刺進我的胃，讓我覺得強大而神聖。

「我該走了。」法蘭基說，站了起來。

我不太看得清他的樣子，這地方太暗了，但我第一次發現他的聲音居然那麼高，那麼蠢。沒人理他。

「喂，蘭尼，你欠我。記得嗎？蘭尼，你還欠我東西，蘭尼？」

我覺得很奇怪，法蘭基居然在我們這兩個完全不認識的人面前提醒蘭尼欠他東西，但法蘭基就是站在那裡，一遍又一遍說著同樣的話，蘭尼終於從口袋裡掏出一大捲綠色鈔票，剝下一張遞給法蘭基。我想應該是十塊錢。

「閉嘴，給我滾。」

有那麼一瞬間，我以爲蘭尼這話的對象也包括我，但後來我聽見朵琳說：「要是愛莉不去，我就不去。」她對我這個假名接受之快，讓我不得不佩服。

「喔，愛莉會來，愛莉，你會來的，對吧？」蘭尼朝我使了個眼色。

「我當然會去。」我說。法蘭基已經在夜色中萎縮成一個遙遠的小點，所以我想我應該跟朵琳一起去。我想盡可能多看點東西。

我喜歡觀察極端情況下的人們。要是有交通事故、街頭鬥毆或實驗室裡泡著的嬰兒可看，我就會停下來仔細地瞧，這樣才能永遠不忘。

我確實學到了很多只有用這種方式才學得到的東西，就算我因此嚇著了或覺得噁心，我也從不表現出來，我會假裝自己很明白事情本來就是這樣。

II 第二章

說什麼我都不會錯過去看看蘭尼的家。

那房子完全打造成農舍內部的樣子，只是是位在紐約的公寓裡。他說他打掉了一些隔間，讓這地方顯得寬一點，然後讓人在牆上釘上松木板，裝了一個特別的馬蹄形松木吧檯。我想地板應該也是松木鋪的。

我們腳底下鋪著大白熊皮，唯一一樣家具是一大堆覆著印第安毯子的矮床。牆上掛的不是畫，而是鹿角、水牛角和一個塡充兔頭標本。蘭尼伸出一根大拇指摸了摸它溫順的灰色小嘴和僵硬的長耳朵。

「在拉斯維加斯撞死的。」

他走過房間，牛仔靴的聲音像手槍子彈一樣在空氣裡迴蕩。「音響效果。」他說，然後聲音越來越小，他消失在遠處的一扇門後面。

突然間，音樂從四面八方傳出來。接著音樂停了，我們聽見蘭尼的聲音說：「我是負責各位十二點鐘時段的ＤＪ蘭尼・薛伯，爲您帶來流行音樂前十名的綜合報導。本週榜單第十名不是別人，正是您最近經常聽見的那個黃頭髮小姑娘……獨一無二的〈向日葵〉（Sunflower）！」

我生在堪薩斯，長在堪薩斯，

要結婚了，也會在堪薩斯……

「眞是個活寶！」朵琳說。「不是嗎？」

「確實。」我說。

「聽著，愛莉，幫我個忙。」她現在好像眞覺得我就是愛莉了。

「好。」我說。

「待在我身邊，好嗎？要是他想要什麼花招，我就逃不掉了。你看到那一身肌肉了嗎？」朵琳笑出聲來。

蘭尼從後面房間冒出來。「我裡頭有兩萬美金的錄音設備。」他慢吞吞地走到吧檯，擺出三個杯子、一只銀色的冰桶和一個水壺，開始用幾支不同的酒瓶調起酒來。

……給一個答應等著我的，癡心的女孩——

她就是向日葵之州的那朵向日葵。

「眞棒，對吧？」蘭尼走過來，當心地端著三個杯子。杯壁上的水滴像汗一樣大滴大滴冒出來，他把飲料遞給我們，冰塊叮噹響。然後音樂戛然而止，我們聽見蘭尼的聲音在宣布下一名。

「沒有什麼比聽自己的聲音說話更帶勁的了，欸，」蘭尼的目光停在我身上，「法蘭基走了，應該再給你找個伴，我打電話找我另一個哥兒們來。」

「不用，」我說。「不必找人了。」我不想明說，要找也得找個比法蘭基大好幾號的才行。

蘭尼看起來鬆了一口氣。「你不介意就好。我可不想怠慢朵琳的朋友。」他給了朵琳一個大大的微笑，露出一口白牙。「我絕對不會這樣的，是吧，親愛的？」

他向朵琳伸出手，兩個人一句話不說就跳起了吉魯巴，手上還捏著杯子。

我盤腿坐在一張矮床上，盡量表現出無感的虔誠，就像我看過的某些商人在欣賞阿爾及利亞肚皮舞孃時的樣子，但是我背只要一靠著兔頭下方的牆，矮床就會往房間中央滑，我只好移駕地板上的熊皮，把背靠在床上。

我的酒變稀了，讓人提不起勁來。每喝一口，都覺得比前一口更像死水。杯子中段畫了條帶黃色圓點的粉紅色線圈。我喝到線下兩公分半處，過不多久我準備喝下一口時，酒又回到了齊線的位置。

空氣中傳來蘭尼鬼魅似的聲音，「爲什麼，爲什麼，爲什麼我要離開懷俄明？」

他們倆甚至連在歌和歌中間的空檔都沒停下跳吉魯巴的腳步。我覺得自己在松木和熊皮紅白相間的背景裡縮成了一個小黑點，覺得自己像個地洞。

眼看著兩個人越愛越瘋狂，尤其當你是房間裡唯一的外人時，多少有點讓人喪氣。

這就像是，坐在往反方向去的特快火車車廂裡看巴黎——每過一秒鐘，這城市都變得更小一點，但你卻感覺，以百萬英里時速飛快遠離那些燈光和興奮，越來越小、越來越孤獨的，其實是你自己。

蘭尼和朵琳不時就撞進對方懷裡，親個嘴，然後轉身喝個一大口酒，又靠上去。我想在朵琳覺得該回旅館去之前，我也許可以在熊皮上躺著睡一覺。

這時蘭尼發出可怕的怒吼。我坐起來。朵琳用牙咬著蘭尼的左邊耳垂不放。

「放開，你這個婊子！」

蘭尼彎下腰，朵琳一個飛撲，攀到他肩膀上，她的杯子從手裡飛出來，劃出一條又長又寬的弧線，在愚蠢的哐噹聲中砸在松木牆板上。蘭尼還在大吼大叫，飛快地轉著圈，快得我看不清朵琳的臉。

就像你照例會注意到某個人眼睛的顏色一樣，我注意到朵琳的乳房從衣服裡蹦出來了，微微晃動著，像一對飽滿的棕色甜瓜。她趴在蘭尼肩上轉圈，兩條腿在空中亂踢，拚命尖叫。然後他們兩個人都笑出聲來，放慢了動作。蘭尼企圖隔著裙子咬朵琳的屁股，我沒等更多事情發生，在這時走出大門，雙手扶著樓梯扶手，半滑半走地努力下了樓。

我搖搖晃晃走上人行道，這才意識到蘭尼家是有冷氣的。人行道上吸收了一整天的酷熱濁氣，像最後的羞辱一樣甩在我臉上。我不知道自己現在到底在哪裡。

有那麼一會兒，我還想著要搭計程車去派對，但最後還是決定不去，因爲現在舞會可能都結束了，我可不想在一個到處是五彩紙屑、菸蒂和皺巴巴雞尾酒餐巾紙的空舞廳裡終結這一天。

我小心翼翼地走到最近的街角，一路用一根手指尖輕輕地碰著左側建築物的牆，好讓自己走穩。我看了看路標，從手提包裡拿出我的紐約街道圖。我就在離旅館四十八條街遠處。

走路對我來說一向不是問題。我只要看好正確的方向出發，心裡暗暗數著走了幾個街區就行，走進旅館大廳時我已經完全清醒了，我的腳稍微有點腫，但那是我自己的錯，因爲我懶得穿絲襪。

大廳裡空無一人，亮著燈的小房間裡只有一個夜班服務員在掛滿的鑰匙圈和靜悄悄的電話之間打著瞌睡。

我溜進自助電梯，按下了我房間樓層的按鈕。摺疊門像無聲手風琴一樣拉開關上，我的耳朵變得怪怪的。我注意到有個眼圈髒兮兮的高大中國女人傻傻地盯著我的臉。當然，那就是我。我看見自己滿臉皺紋、筋疲力盡的樣子，簡直嚇壞了。

走廊也是空蕩蕩的。我進了房間，房間裡都是煙霧。一開始我以爲這些煙在空氣中突然現形，是某種天降的報應，但後來我想起來，這是朵琳的菸，就按了按鈕把窗戶通風口打開——他們把窗戶固定住了，所以也沒辦法眞的打開窗戶往外探，不知道爲什麼，這件事讓我很火大。

我站在窗戶左邊，把臉頰貼在木製窗框上，從這裡可以看到市中心，還能看見聯合國總部四平八穩地矗立在黑暗中，像一塊火星人打造的怪異綠色蜂窩。我也能看見在車道上移動的紅白車燈，還有橋上的燈光，我不知道那些橋叫什麼名字。

死寂令我沮喪。那不是死寂的死寂，是我自己的死寂。

我很清楚汽車有聲音，車裡的人和建築物窗戶後面的人有聲音，連河水也有聲音，但我什麼也聽不見。這座城市懸在我的窗上，和海報一樣平坦，燦爛奪目，閃閃發光，雖然它給了我一些好處，但也許還不如不存在的好。

那部瓷白色的床頭電話本來可以把我跟其他事物連結起來的，但它只是不聲不響地杵在那兒，像個死人頭。我努力回想我把電話號碼給了哪些人，這麼一來，我就可以把所有可能接到的電話列出一張表了，但我只想到我把電話號碼給了巴迪．威拉德的媽媽，她好把號碼交給她認識的一位在聯合國總部的同步口譯員。

我發出一聲乾笑。

我可以想像威拉德太太會給我介紹什麼樣的同步口譯員，當時她一直希望我嫁給巴迪，而巴迪那時在紐約上州某處治療肺結核。那年夏天，巴迪的媽媽甚至在結核病療養院裡給我安排了一個服務員工作，好讓巴迪不覺得寂寞。她和巴迪都不明白爲什麼我會選擇來紐約市。

我寫字桌上方的鏡子似乎有點扭曲，而且銀色部分太亮了。我在鏡子裡的臉看起來就像牙醫用的水銀珠映出來的倒影。我想過直接鑽進床單裡睡睡看，但這個想法就像把一封髒兮兮的潦草信件塞進一只乾淨的新信封一樣，對我毫無吸引力。我決定泡個熱水澡。

熱水澡治不好的東西肯定不少，只是我知道的並不多。每次我爲自己快死了而悲傷、緊張得睡不著，或者愛上了一個一星期見不到一次面的人，頂多也就是整個人委頓在地，然後我就會說：「我去泡個熱水澡。」

我會在浴缸裡沉思。水必須非常燙，燙到幾乎沒辦法下腳。然後一寸一寸地把自己浸進去，直到水淹過脖子。

我記得我在浴缸裡伸展肢體時看見的天花板。我記得它的紋理、裂縫、顏色、受潮的斑點和上頭的燈具。我也記得那些浴缸：仿古的獅身鷲首獸腿浴缸、現代的棺材型浴缸，以及可以俯瞰室內蓮花池的花俏粉紅大理石浴缸，我還記得所有水龍頭的形狀和大小，還有各式各樣不同的肥皀架。

再沒有別的東西讓我感覺像泡熱水澡那麼好了。

我躺在這家只接待女客的旅館十七樓的浴缸裡，遠離底下紐約的爵士樂和喧囂，居高臨下地躺了將近一個小時，感覺自己又變純潔了。我並不相信洗禮或約旦河水之類的東西，但我想，我對熱水澡的感覺就跟那些宗教人士對聖水的感覺一樣。

我對自己說：「朵琳溶掉了，蘭尼．薛伯溶掉了，法蘭基溶掉了，紐約溶掉了，他們全都溶了，不再重要了。我不認識他們，我從來沒認識過他們，我很純潔。所有的酒，所有我看見的那些黏答答的吻，還有回來這一路上積在我皮膚上的髒污，都正在化成某種純潔無比的東西。」

我在清澈的熱水裡躺得越久，感覺就越純潔，等到我走出浴缸，用一條旅館的柔軟白色大浴巾把自己裹起來的時候，已經覺得自己純潔可愛得像個初生嬰兒了。

我不知道睡了多久才聽見敲門聲。起初我沒有太注意，因爲敲門的人一直說：「愛莉，愛莉，讓我進去。」而我根本不認識什麼愛莉。然後，另一種敲門聲響起，接在第一種悶悶的敲門聲後面，是種響亮的敲門聲，接著，另一個更清脆的聲音說：「格林伍德小姐，你朋友找你。」我這才知道那是朵琳。

我搖搖晃晃地站起來，在黑暗的房間中央暈暈地花了一分鐘才站穩。我很氣朵琳，因爲她把我弄醒了。我走出那個悲傷之夜的唯一機會就是好好睡一覺，她卻非要把我吵醒，破壞這一切。我想，要是我假裝睡著了，敲門聲說不定就會消失，讓我享受安寧，我等了，結果沒有。

「愛莉，愛莉，愛莉。」第一個聲音含含糊糊的，而另一個聲音繼續帶著怒氣低聲喊：「格林伍德小姐，格林伍德小姐，格林伍德小姐。」好像我有人格分裂還是什麼問題。

我開了門，瞬間進入明亮的走廊。我的感覺是，這裡不是黑夜，也不是白天，而是在日夜之間倏然滑過、死灰色的第三種時間段，而且永無結束之時。

朵琳軟軟地靠在門框上，我一出來，她就倒在我懷裡。我看不清楚她的臉，因爲她頭低低的，金髮黏成一綹一綹，從深色的髮根處往下垂，像呼拉舞草裙的流蘇。

我認出了那個穿著黑色制服、嘴上還有點小鬍子的矮胖女人，她在我們這層樓一個擁擠的小隔間裡熨日間正式洋裝和派對禮服。我不知道她是怎麼認識朵琳的，也不知道爲什麼她要幫朵琳叫醒我，而不是靜靜地把朵琳帶回自己的房間。

我懷裡的朵琳一聲不吭，只是打了幾個濕漉漉的酒嗝，那個女人見我抱住了她，便大步朝走廊那頭的小隔間走去，那裡有一部古老的勝家縫紉機和白色的燙衣板。我眞想追上去告訴她，我和朵琳一點關係都沒有，因爲她看起來很嚴厲、勤勞、品德端正，像個老派的歐洲移民，讓我想起我的奧地利奶奶。

「讓我躺下，讓我躺下，」朵琳還在嘟囔。「讓我躺下，讓我躺下。」

我覺得，要是我把朵琳抱過門檻帶進我的房間，把她扶上我的床，我就再也擺脫不了她了。她的身體又暖又軟，像一堆枕頭，全身重量都壓在我胳膊上，穿著細跟高跟鞋的腳蠢笨地拖在地上。她太重了，我沒辦法帶著她走這條長長的走廊，我拉不動她。

我決定，現在唯一能做的，就是把她扔在地毯上，然後關門，上鎖，回床上睡覺。等到朵琳醒來，她什麼事都不會記得，她會以爲自己一定是在我睡覺的時候在我門前昏倒了，她會自己爬起來，理智地回自己房間去。

我開始把朵琳輕輕地在走廊地毯上放下，但是她發出了一聲低沉的呻吟，從我懷裡往前撲。一股棕色的嘔吐物從她嘴裡飛出來，在我腳下散成一片大水窪。

突然間，朵琳變得更重了。她的頭往前垂到水窪裡，一綹綹金髮浸在裡頭，像沼澤裡的樹根，我意識到她已經睡著了。我放下她，向後退開，覺得自己也是半睡半醒。

那天晚上，我做了一個關於朵琳的決定。我決定看著她，聽她說話，但在內心深處，我不會和她有任何關係。在內心深處，我會忠於貝琪和她那群天眞單純的朋友。在我心裡，我和貝琪才是同一種人。

我悄悄地回到房間，關上了門。思索片刻之後，沒有上鎖。我沒辦法讓自己毫不猶豫地這麼做。

隔天早上，我在沒有陽光的沉悶熱浪中醒來，我換好衣服，用冷水潑了臉，塗了點口紅，然後慢慢地打開門。我想我還是有點期待看見朵琳的身體躺在那堆嘔吐物裡，就像我骯髒本性的一個醜陋而具體的見證。

走廊沒有人。地毯從走廊一頭一直延伸到另一頭，很乾淨，一種恆久不變的翠綠，只是我門前有一塊淡淡的、不規則的深色污漬，好像有人在那裡不小心打翻了一杯水，但又把它吸乾了。

III 第三章

《女性生活》雜誌的宴會桌上擺滿了各式美食，有裡面塡著蟹肉和美乃滋的黃綠色剖半酪梨，還有好幾大盤三分熟的烤牛肉和冷雞肉，當中不時點綴著一只只裝了一堆黑色魚子醬的雕花玻璃盅。那天早上我沒時間在旅館吃早餐，只喝了一杯煮過頭的咖啡，苦得我皺鼻子，這會兒我餓極了。

我來紐約之前，從來沒有在外面的正式餐廳吃過飯。豪生飯店（Howard Johnson's restaurant）不算，我只在那裡和巴迪・威拉德那樣的人一起吃過薯條、起司漢堡和香草冰沙。我也不清楚爲什麼，但我愛食物勝過一切。不管我吃多少都不會發胖，這十年來我的體重完全沒變，只有一次例外。

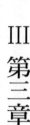

我喜歡加了很多奶油、起司和酸奶油的菜。在紐約這段時間，我們雜誌社的人和各種來訪的名人一起吃了很多頓免費午餐，讓我養成了一個習慣——那些一小碗青豆就要五六毛錢的大本手寫菜單，我會細細巡過一輪，挑出最醇厚肥美、最昂貴的菜色，然後點上一大堆。

我們向來是報公帳的，所以我從不內疚。我刻意吃得很快，從來不讓其他人久等，她們因爲想少吃一點，通常只點主廚沙拉和葡萄柚汁。我在紐約碰見的每一個人幾乎都在努力節食。

「我想代表我們的工作人員，歡迎我們有幸能見到的一群最美麗、最聰明的年輕女士，」肥胖的禿頭司儀對著他領子邊的迷你麥克風喘著大氣說，「這場宴會，只是我們食品試做廚房為了歡迎《女性生活》雜誌社，熱情招待的一小部分，以此感謝各位大駕光臨。」

一陣文雅的淑女式掌聲響起，我們在鋪著亞麻桌巾的巨大桌子前坐下。

在場的有我們十一個雜誌社的女孩，帶我們的編輯也大部分都到了，還有《女性生活》食品試做廚房的全體工作人員，她們穿著衛生的白色工作服，罩著整潔的髮網，無瑕的桃子派色調妝容整齊劃一。

我們只有十一個人，因為少了一個朵琳。由於某種原因，她們把她的位置安排在我旁邊，而那把椅子一直空著。我留下了她的座位標示卡——一個小小的鏡框，上面用花體字寫著「朵琳」，邊緣繞著一圈磨砂玻璃雛菊花環，框著一個銀色的洞，那裡原本應該出現的是她的臉。

這天朵琳跟蘭尼．薛伯去混了。她現在大部分空閒時間都跟蘭尼．薛伯在一起。

《女性生活》是一本大型女性雜誌，每個月都會有兩頁全彩美食專頁，主題和地點月月不同。午宴前一小時，他們帶我們參觀了一望無際的光鮮廚房，看看在明亮的燈光下拍蘋果派有多困難，因為冰淇淋一直在融化，必須用牙籤從後頭撐住，只要看起來有點軟塌了就得換掉。

廚房裡堆了那麼多食物，看得我目眩神迷。我們家並不是吃不飽，只是我奶奶總是買便宜的帶骨肉和肉塊回來做菜，而且她還有個習慣，就是會在你叉起第一塊肉舉到嘴邊時，說：「希望你會喜歡，這肉可要四塊一毛錢一磅呢！」這種話總會讓我莫名地覺得自己正在嚼的不是星期天的烤肉，而是一嘴硬幣。

站在椅子後面聽歡迎致詞的時候，我已經低頭偷偷看好了魚子醬盅放在哪裡。有一碗正好巧妙地擺在我和朵琳的空椅子中間的關鍵位置。

我想我對面的女孩應該搆不著，因爲桌子中間的杏仁糖膏水果堆得跟山一樣高。我右手邊的貝琪人很友善，就算我把魚子醬放在我的麵包和奶油盤旁邊，也不會要求跟我分享。而且另一碗魚子醬就在貝琪隔壁那個女孩右邊一點點，她可以吃那一碗。

我爺爺和我之間有個老笑話。他在我老家附近一間鄉村俱樂部當服務生領班，每到週日，我奶奶就會開車接他回家放週一的假。我和我哥哥輪流和她一起去，我爺爺總是會招待我們吃週日大餐，好像我們是俱樂部常客似的。他最愛給我介紹特別的精緻小菜，我九歲的時候，就已經對奶油冷湯、魚子醬和鯷魚醬產生了強烈的興趣。

那個笑話是說，等到我結婚那天，我爺爺會看著我把所有能吃到的魚子醬都吃光。這是個笑話，因爲我從來沒想過要結婚，就算我眞的結了婚，我爺爺也買不起那麼多魚子醬，除非他去搶鄉村俱樂部的廚房，把魚子醬都裝進手提箱帶走。

在高腳水杯、銀製餐具和骨瓷的清脆碰撞聲中，我在盤裡鋪好雞肉片，用魚子醬厚厚抹上，就像在麵包上塗花生醬一樣。然後我用手指一片一片地拿起雞肉，捲起來，這樣魚子醬就不會漏，我把那些雞肉全吃掉了。

在對什麼時候該用什麼湯匙極爲焦慮之後，我發現，要是你在餐桌上用一定程度的傲慢態度做一些不正確的事，一副非常清楚自己完全正確的樣子，你就可以安全脫身，沒有人會認爲你不懂禮貌或沒教養。他們會覺得你眞是有創意，有才氣。

這招我是在J．C帶我和一位名詩人共進午餐時學會的。在某家滿是噴泉、吊燈，非常正式的餐廳裡，這位詩人穿著一件皺巴巴、到處都是斑點的可怕棕色粗花呢外套和灰褲子，還搭了一件紅藍格子開襟針織衫，餐廳裡其他男士穿的都是深色西裝和無懈可擊的白襯衫。

這位詩人一面用手指一片一片地拿沙拉吃，一面和我談著自然和藝術的對立。我目不轉睛地看著那蒼白粗短的手指在沙拉碗和詩人的嘴之間來回逡巡，拿起一片又一片滴著水的生菜葉。沒有人笑出來，也沒有人低聲說粗話。詩人用手指捏沙拉吃似乎就是唯一一件自然又明智不過的事。

我們的雜誌編輯和《女性生活》的工作人員沒有一個坐在我附近，貝琪看起來很可愛、很親切，而且看起來似乎並不喜歡魚子醬，所以我越來越有信心。吃光第一盤冷雞肉捲魚子醬之後，我又弄了一盤。然後我把酪梨蟹肉沙拉也解決掉了。

酪梨是我最喜歡的水果。每個星期天，爺爺都會給我帶一個酪梨，就藏在他的公事包裡，放在六件髒襯衫和週日漫畫底下。他教我怎麼吃酪梨，方法是把葡萄果醬和法式醬汁一起放在醬汁鍋裡煮融，然後把石榴色的醬汁倒進酪梨杯裡。這種醬汁讓我想家。相比之下，蟹肉眞是淡而無味。

「皮草秀怎麼樣？」我問貝琪，這時候我已經不再擔心有人跟我搶魚子醬了。我用湯匙把盤子裡最後幾顆鹹鹹的黑色魚子刮下來，舔得乾乾淨淨。

「棒極了，」貝琪笑著說。「他們給我們示範怎麼用水貂尾和金鍊子做一條多用途圍巾，那種鍊子你在伍爾沃斯百貨公司（**Woolworth**）可以買到一模一樣的，一條只要一塊九毛八。之後希爾達立刻趕到毛皮批發倉庫，用很低的折扣價買了一捆水貂尾，再順道去伍爾沃斯，接著在公車上就把整條圍巾縫出來了。」

我朝坐在貝琪另一邊的希爾達看了一眼。果然，她圍著一條看起來很昂貴的圍巾，毛茸茸的貂尾，一端用一條下垂的鍍金鍊子固定著。

我從來沒眞的瞭解過希爾達。她有一百八十三公分高，有一雙極大而斜飛的綠色眼睛，厚厚的紅唇，表情淡然，像個斯拉夫人。她是做帽子的，當過時尚編輯的徒弟，這讓她和我們這些更有文采的人，像是朵琳、貝琪和我自己，有些不同——我們都寫過專欄，即使有些只是健康和美容方面的。我不知道希爾達是不是識字，但她做出來的帽子令人驚嘆。她上過紐約一所做帽子的專門學校，每天都戴一頂新帽子去上班，那些帽子是她用稻草、毛皮、絲帶或面紗的碎片親手做出來的，色彩微妙而奇特。

「太厲害了，」我說。「眞了不起。」我好想朵琳。爲了讓我高興起來，她一定會對希爾達那件神奇的皮草作品低聲說幾句精巧至極的酸言酸語。

我覺得很低落。那天早上J．C揭穿了我的眞面目，現在我覺得，我對自己所有不舒服的懷疑都成眞了，再也掩蓋不了眞相。十九年來，我一直在追求各式各樣的好成績、獎項和獎助金，但現在我卻放棄了，放慢腳步，徹底退出競爭。

「你爲什麼不跟我們一起去看皮草秀呢？」貝琪問。我覺得她好像重複了自己說過的話，一分鐘前她就問了同樣的問題，但是我當時沒聽進去。「你和朵琳出去了？」

「不，」我說，「我想去皮草秀，但是J．C打電話叫我去辦公室。」說想去看秀並不完全正確，但我現在試著說服自己這是眞的，這樣我就可以眞心覺得J．C做的事傷害了我。

我把來龍去脈告訴了貝琪，說我那天早上躺在床上打算去看皮草秀。我沒有告訴她的是，朵琳在這之前來到我的房間，說：「你幹嘛去看那場屁股秀，蘭尼和我要去康尼島，跟我們一起去嘛，蘭尼可以給你找一個不錯的傢伙，反正今天已經爛透了，又是午宴，之後又是電影首映會，沒有人會注意我們在不在的。」

有那麼一瞬間，我有點動搖。那場秀看起來確實很蠢，我向來不喜歡皮草。最後我決定，我想在床上躺多久就躺多久，然後我要去中央公園，在草地上躺一整天，那片草地是我在那塊光禿禿的鴨塘荒地上能找到最長的一片了。

我告訴朵琳，我不去看秀，也不去參加午宴或電影首映會，但我也不會去康尼島，我會留在床上。朵琳走了之後我一直在思索，想知道爲什麼我沒辦法把我該做的事做到徹底，想得我很傷心，很累。然後我又想，爲什麼我不能像朵琳那樣，把我不該做的事情也做到徹底呢？想到這裡，我覺得更傷心，更累了。

我不知道現在什麼時候了，但我聽見女孩們在走廊上喧鬧的集合聲，準備出發去看皮草秀，然後走廊靜了下來，當我仰躺在床上，眼睛盯著空白的白色天花板時，寂靜似乎越變越大，大到快要撐破我的耳膜。這時，電話響了。

我盯著電話看了一分鐘，話筒在骨白色的電話座上微微晃動，所以我知道它是眞的在響。我想我可能是在舞會或派對上把號碼給了別人，然後就忘了。我拿起聽筒，用一種沙啞、樂意傾聽的聲音開了口。

「喂？」

「我是J．C，」J．C用粗暴的口吻厲聲說。「我想知道你今天會不會碰巧打算到辦公室來？」

我陷進了床單。我不明白J．C爲什麼認爲我會去辦公室。我們手上都有油印的日程表，可以

1康尼島（Coney Island），又譯科尼島，位於美國紐約市布魯克林區的半島，原本是一座海島，面向大西洋的海灘是美國知名的休閒娛樂區域。

追蹤我們所有的活動，我們在上午和下午大部分時間都去城裡參與事務，不在辦公室。當然，有些場合並不是非去不可的。

電話兩頭各自沉默了好一陣。然後我溫順地說：「我想我正要去看皮草秀。」當然我一點都沒有這樣的想法，但我不知道還能說什麼。

「我跟她說，我想要去看皮草秀，」我對貝琪說。「但是她叫我去辦公室，她想跟我談談，還有些工作要做。」

「喔～喔！」貝琪同情地說。她一定看見了我啪嗒啪嗒掉在甜點盤裡法式蛋白餅和白蘭地冰淇淋上的眼淚，因爲她把自己完全沒動過的甜點推了過來，我在吃完自己的甜點之後又心不在焉地開始吃起她的。掉眼淚讓我有點尷尬，但眞實度還算夠。J・C對我說了些可怕的話。

☆

我裝出一副病懨懨的樣子，在十點鐘左右走進她的辦公室，J・C站起來，繞過她的辦公桌過去把門關上，我在打字桌前的旋轉椅上坐下，面對著她；她在辦公桌後的旋轉椅上坐下，面對著我。窗臺上擺滿了盆栽，層層疊疊，在她身後蓬勃生長，像個熱帶花園。

「你對自己的工作沒興趣嗎，艾瑟？」

「喔，有的，有興趣，」我說。「我非常有興趣。」我幾乎想用喊的了，好像這樣會讓這句話更有說服力，但我控制住了。

長到這麼大，我一直在告訴自己，學習、閱讀、寫作和拚命工作就是我想做的事，實際上這似乎也是眞的，我每一件事都做得夠好，每一科都拿了A，就這麼勢如破竹地上了大學。

我是鎭上《公報》的大學通訊記者、文學雜誌編輯，也是榮譽評選委員會的祕書，這個委員會負責處理學生在學校內外的不當行爲和懲罰事宜（是個很熱門的職位），而且系上還有個知名女詩人教授全力支持我去東岸最大的大學念研究所，承諾在就學期間給我全額獎學金。而現在我是一間知識性時尚雜誌社中最佳編輯的徒弟，我除了像一匹拉車笨馬一樣遲疑不前，還做了什麼？

「每件事我都很感興趣。」這幾個字空洞沉悶地落在J．C的辦公桌上，像一把木頭做的硬幣。

「我很高興，」J．C口氣有點刻薄。「你知道，你只要捲起袖子加油幹，可以在這一個月的雜誌社實習裡學到很多新東西。在你之前來這裡的那個女孩一點時裝秀的東西都沒碰過，從這兒離開之後，就直接去了《時代》雜誌。」

「天哪！」我說，口氣和之前一樣沉悶。「這麼快！」

「當然，你還有一年就要大學畢業了，」J．C繼續說，態度稍微緩和了些。「你畢業以後有什麼打算？」

我一直以為我心裡盤算的，是拿到一份高額獎學金上研究所，或者拿到一筆資助去歐洲各地做研究，然後我想，我會成為一個教授，寫幾本詩集，或者寫幾本詩集，再兼差做個什麼編輯。通常情況下，這些計畫我一開口就能滔滔不絕。

「我不太確定。」我聽見自己說。聽見這話從自己嘴裡說出來，我大為震驚，因為我說出這句話那一刻，就知道這是真的。

它聽起來是真的，而且我也意識到它是真的，就像你注意到一個在你家門口徘徊了很久的普通人，然後他突然走上前，說他是你親生父親，他看上去跟你長得一模一樣，所以你知道他真的是你爸爸，而你一直以為是父親的那個人，其實是個騙子。

「我不太確定。」

「你這樣什麼也做不成。」J·C停了停。「你會幾種語言？」

「喔，我想我會讀一點法文，另外，我一直想學德文。」我總是告訴別人我想學德文，說了快五年了。

我媽媽童年時在美國說德語，結果一戰時期在學校被別的孩子扔石頭。我講德語的爸爸在我九歲時就去世了，他來自普魯士黑暗中心地區某個躁鬱的小村子。我弟弟這時正在柏林參加「國際生活實驗」[2]，說起德文就像個土生土長的當地人。

而我沒說的是，每次我拿起德文字典或德文書，一看到那些密密麻麻、黑色的、帶刺鐵絲網似的字母，我的腦子就會像蛤蜊殼一樣閉上。

「我一直覺得自己想進出版業。」我試著找回線索，讓我順著它回到我還擁有閃亮自我推銷技巧的從前。「我想我該做的，就是向出版社遞履歷。」

「你應該去學法文和德文，」J・C毫不留情地說，「也許還得多學幾種，像是西班牙文和義大利文——能學俄文更好。每年六月都有成千上百個女孩湧進紐約，以爲自己能當編輯。你必須比一般人會得更多。你最好多學幾種語言。」

我實在沒勇氣告訴J・C，我大四的課程表上已經沒有學語言的空間了。我修了一門教你如何獨立思考的榮譽課程，除了研究托爾斯泰和杜斯妥也夫斯基，以及一場關於進階詩歌創作研討會之外，我所有的時間都要花在詹姆斯・喬埃斯作品中某些晦澀的的主題上。我還沒選好主題，因爲我還沒來得及讀《芬尼根守靈夜》（Finnegans Wake），但我的教授已經興奮地在等待我的論文，還答應給我一些和雙胞胎有關的意象線索。

「我會看看還能做些什麼，」我告訴J・C。「我可能剛好適合去上他們設計的那種雙管齊下初級速成德文課。」我當時想，說不定我眞的會這麼做。我有辦法說服我的班導讓我做違反規則的

2「國際生活實驗」（Experiment in International Living）是一項全球性計畫，為高中生提供寄宿家庭、語言、藝術、社區服務、生態探險、美食、區域和文化探索計畫，以及國際跨文化教育。

事。她把我當成一種有趣的實驗。

在大學裡，我必須修物理和化學。我已經修完一門植物學，而且成績很好。那一整年，我一題都沒有答錯過。有一段時間，我也曾經半開玩笑地想過當個植物學家，去研究非洲的野草或南美的熱帶雨林，因爲這可以得到大筆資金。在古怪的地區研究這類非主流事物，比在義大利研究藝術或者在英國研究英文更容易獲得資助金；因爲競爭對手沒那麼多。

植物學很不錯，因爲我喜歡切開葉子，把它們放在顯微鏡底下，也喜歡畫麵包黴菌和蕨類植物繁殖週期中奇怪的心形葉片，那對我來說無比眞實。

我走進物理課堂那一天，死期到了。

一個名叫曼齊先生的人站在全班同學面前，他身材矮小、聲音高亢、口齒不清、皮膚黝黑，穿著緊身藍色西裝，手裡拿著一個小木球。他把球放在一個陡峭的槽形滑道上，讓它滾到底部。然後他開始說，設a爲加速度，t爲時間，突然間，他就在黑板上寫滿了一大堆字母、數字和等號，然後我的腦子就停擺了。

我把物理書帶回宿舍。那是一本用打孔紙油印出來，夾在兩片磚紅色紙板做的封面封底中間的大書（足足四百頁，沒有圖畫也沒有照片，只有各種圖表和公式）。這本書是曼齊先生爲了向女大學生解釋物理學專門寫的，如果對我們有用，他就會想辦法讓它出版。

我研究了那些公式、去上課、看著那些球滾下滑道、聽下課鐘響，到了學期末，大部分女孩都被當了，我卻拿了全Ａ。我聽到曼齊先生對一群抱怨課程太難的女孩說，「不，不會太難的，因爲有個女孩拿了全Ａ。」「誰？告訴我們。」她們說，但他搖搖頭，沒開口，給了我一個我們是祕密共謀的甜蜜微笑。

這讓我萌生了逃避下學期化學課的想法。我的物理成績可能是Ａ，但我嚇壞了。整個學習過程中物理學都讓我作嘔。我不能忍受把一切都化約成字母和數字。黑板上沒有葉子的形狀，沒有氣孔的放大圖，也沒有胡蘿蔔素和葉黃素之類迷人的字彙，曼齊先生特製的紅色粉筆裡只有醜陋、潦草、蠍子般張牙舞爪的字母湊出來的公式。

我知道化學會更糟，因爲我見過化學實驗室掛著的一張九十多種元素大圖表，所有美妙無比的好詞彙，像是金、銀、鈷和鋁，都被截短成醜陋的縮寫，後面還跟著各種帶小數的不同數字。如果我必須再爲這些東西絞盡腦汁一次，我一定會發瘋。我會徹底失敗的。我之所以能熬過上學期，靠的全是我可怕的意志力。

所以我帶著一個聰明的計畫去找我的班導。

我的計畫是，我需要時間修莎士比亞，因爲畢竟我主修是英文。她和我都清楚，我在化學課還是會拿全Ａ，那我參加考試的意義何在？爲什麼我不能只是上課旁聽，把知識都吸收了，把分數或學分丟到一邊去呢？這是屬於優等生的榮譽特例，內涵比形式更有意義，而且說眞的，當你知道總會拿Ａ的時候，分數這種東西實在有點蠢，不是嗎？對我的計畫更有利的一點是，校方剛取消了下一屆學生第二年的科學必修，所以我這屆是舊規定下受苦的最後一屆。

曼齊先生完全同意我的計畫。我想他很高興我這麼喜歡他的課，我去修這些課不是因爲要拿學分或者A，而是因爲化學本身的純粹之美。我覺得我即使已經改選了莎士比亞，卻還提議要去旁聽化學這一招實在非常高明。這是個完全沒有必要的舉動，卻能讓人覺得我怎麼樣都不忍心放棄化學。

當然，如果我一開始沒有拿到那個A，這個計畫就不會成功。如果我的班導知道我有多害怕，多沮喪，還認眞考慮過最絕望的補救方式（像是讓醫生開證明說我不適合學化學、公式會讓我暈眩之類的），我相信她一分鐘都不會聽我講，只會叫我無論如何都要修這門課。

果不其然，教務委員會通過了我的請求，我的班導後來告訴我，有幾位教授很爲此感動。他們認爲這是智慧成熟跨出的眞正一大步。

我一想到那年剩下的其餘時間，就忍不住要笑出來。我每星期上五次化學課，一次都沒缺席。曼齊先生站在搖搖欲墜的老舊階梯教室底端，把一支試管裡的東西倒進另一支裡，製造出藍色的火焰、紅色的閃光和一團黃色雲霧，而我把他的聲音擋在耳朵外，假裝那只是遠處的一隻蚊子，我坐在後頭，一面享受明亮的光和彩色火焰，一面寫下一頁又一頁的十九行詩和十四行詩。

曼齊先生不時瞥我一眼，看到我在寫字，就會送過來一個甜甜的淺笑，以示感激。我猜他認爲我記下那些公式並不是和其他女孩一樣爲了考試，而是他講課實在太讓我著迷，我情不自禁。

Ⅳ 第四章

我不知道爲什麼我成功逃掉化學課這段回憶，會在Ｊ．Ｃ的辦公室中浮現在我的腦海裡。她和我說話的時候，我總是看見曼齊先生站在Ｊ．Ｃ腦袋後面的一片稀薄霧氣上方，像是從帽子裡變出來的，他拿著他的小木球和試管，在復活節假期前一天製造出一大團散發出臭雞蛋味道的黃煙，女孩們和曼齊先生都笑了……

我覺得很對不起曼齊先生。我眞想跪在他面前向他道歉，因爲我對他撒了這麼可怕的謊。

Ｊ．Ｃ遞給我一疊報導稿件，說話的態度溫和多了。我花了一上午看這些報導，把我對這些稿子的看法打在粉紅色的辦公室備忘錄專用紙上，再把它送到帶貝琪那位編輯的辦公室，讓貝琪隔天讀。Ｊ．Ｃ動不動就打斷我，跟我說一些實際情況或一些八卦。

Ｊ．Ｃ那天中午要和兩位名作家吃飯，一男一女。那位男性作家剛賣了六篇短篇小說給《紐約客》，另外六篇賣給了Ｊ．Ｃ。這讓我很吃驚，因爲我從來不知道雜誌社居然會一口氣買六篇小說，想到這六份稿子可能帶來的收入，我有點頭暈。Ｊ．Ｃ說她這次吃午飯必須非常當心，因爲那位女作家也寫小說，但她的小說從來沒上過《紐約客》，而且J．C五年來只拿過她一篇稿子。J．C必須討好那個更有名氣的男作家，同時小心翼翼地避免傷害那位比較不有名的女士。

當J．C的法國掛鐘裡的小天使上下拍動翅膀，把小小的鍍金喇叭放到嘴邊，一個接一個吹出十二個音符時，J．C對我說，我今天做得夠多了，接下來去《女性生活》的參訪兼宴會，還有電影首映式，明天一大早她就會見我。

然後她在淡紫色上衣外面套上西裝外套，把一頂淡紫色仿絲帽子往頭上一扣，在鼻子上簡單撲了點粉，把厚厚的眼鏡調整了一下。她外表實在糟透了，但看起來眞的很聰明。她準備離開辦公室時，用一隻戴著淡紫色手套的手拍了拍我的肩膀。

「不要讓這個邪惡的城市打倒你。」

我在自己的旋轉椅上靜靜地坐了幾分鐘，想著J．C的事。我試著想像，如果我成了名編輯E．G，坐在一間擺滿了橡膠樹和非洲堇盆栽的辦公室裡，我的祕書每天早上都得幫忙澆水，那會是什麼樣子。眞希望我有個像J．C那樣的媽媽，那我就知道該怎麼做了。

我自己的媽媽對我沒什麼用。從我爸過世之後，我媽就一直靠教人速記和打字養活我們，她其實很不願意做這行，恨我爸因爲不信任壽險推銷員，結果死的時候一分錢也沒留下。她老是催著我要在大學畢業之後把速記學起來，這樣我除了大學學位之外，還會有一樣實用技能。「就算是使徒，也是要做帳篷的，」她說。「他們也得想辦法餬口，就像我們一樣。」

☆

一位《女性生活》女服務員收走了我兩個空冰淇淋盤子，放下一只洗手碗，我把手指伸進溫水裡，用還很乾淨的亞麻餐巾仔細擦乾每一根手指。然後我把餐巾摺好，放在雙唇之間，準確地把嘴唇印上去。我把餐巾放回桌上，一個模糊的粉紅色唇形在餐巾正中央綻放，像顆小小的心。

我想著，到這裡，我走了好長的路啊。

我第一次看見洗手指的小碗是在我的女贊助人家裡。獎學金辦公室那位滿臉雀斑的矮個子女士告訴我，我們學校的慣例是，如果爲你提供獎學金那個人還在世，就要寫信給人家，爲獲得這份獎學金表示感謝。

我拿到了菲洛梅娜．吉內雅的獎學金，她是個有錢的小說家，在二十世紀初進了我們學校，她的第一部小說拍成了默片，由貝蒂．戴維斯（Bette Davis）主演，還有一部廣播連續劇，到現在還在播。事實證明，她還活著，住在離我爺爺上班的鄉村俱樂部不遠的一座大宅裡。

1《聖經》〈使徒行傳〉第十八章第三節：「他們本是製造帳篷為業，保羅因與他們同業，就和他們同住做工。」使徒保羅因此被稱為「織帳篷者」，這個詞也成為帶職宣教士的代名詞。

於是我給菲洛梅娜・吉內雅寫了一封長信，用煤黑色的墨水寫在灰色的紙上，信紙上方用紅色打凸字印著大學的名字。我寫了秋天我騎單車上山時，樹葉是什麼樣子；寫住在學校裡，不必住家裡趕公車上學有多美妙；寫一切知識如何在我面前展開，也許有一天我也能像她一樣，寫出偉大的著作。

我在鎮上圖書館讀過吉內雅女士的一本書（大學圖書館裡不知道為什麼沒有這本書），裡面從頭到尾充滿了冗長而引人懸念的問題。「伊芙琳會發現葛拉迪絲以前就認識羅傑嗎？赫克托迫不及待地想知道。」和「要是唐納德知道艾爾西那孩子被藏在僻靜的鄉下農場，和羅莫普太太在一起，他怎麼可能娶她呢？格麗賽達對著月光下淒涼的孤枕問道。」這些書為菲洛梅娜・吉內雅幾百萬幾百萬地賺著錢（她後來告訴我，她念大學的時候還蠢得很。）

吉內雅女士回了信，還邀請我去她家吃午飯。我就是在那裡第一次見到洗手指碗的。水裡漂著幾朵櫻花，我想那一定是某種日式飯後清湯，我喝得一滴不剩，連口感脆嫩的小花朵也沒放過。吉內雅女士什麼都沒說，直到很久之後，我跟在學校認識的一位上流社會女孩提到這頓飯，才知道自己幹了什麼事。

我們從《女性生活》辦公室亮得彷彿陽光明媚的室內走出來，街上因為下雨而灰濛濛的，霧氣蒸騰。這不是那種讓人覺得乾淨舒爽的好雨，而是我想像中巴西會有的那種雨。從天上直直地砸下來，每滴雨都有咖啡碟那麼大，打在灼熱的人行道上，發出嘶嘶聲，曬得發亮的深色水泥地上隨即浮起一片蠕動翻滾的蒸氣雲。

我想在中央公園獨自度過一個下午的祕密希望，在《女性生活》玻璃打蛋器似的旋轉門中粉碎了。我發現自己從門裡被吐出來，穿過溫暖的雨陣，甩進了昏暗抖動的計程車洞窟，身邊是貝琪、希爾達和愛蜜莉・安・奧芬巴哈，愛蜜莉是個矮矮的拘謹女孩，一頭紅髮梳成髻，和先生及三個孩子住在紐澤西提內克（Teaneck）。

電影糟透了。女主角是個漂亮的金髮女孩，長得像瓊・愛麗遜（June Allyson），但其實不是她；還有個性感的黑髮女孩，長得像伊莉莎白・泰勒，但也不是她。另外還有兩個肩寬體壯的大塊頭，一個叫里克，一個叫吉爾。

那是一部和橄欖球有關的愛情片，而且是特藝七彩的[2]。

我討厭特藝七彩。在特藝七彩電影裡，好像每個人都覺得每一個全新的場景都得穿上色彩浮誇的服裝，像個晾衣架一樣站在那裡，周圍不是綠到極點的樹木，就是黃到極點的麥田，不然就是藍到極點的海洋，幾英里幾英里地向四面八方綿延而去。

這部片子大部分情節都發生在橄欖球場看臺上，兩個女孩穿著時髦的套裝，衣襟上插著一朵

2特藝七彩（Technicolor）是一種拍攝彩色電影的技術，約在一九二〇年代發明，最初應用在美國好萊塢的電影製作上。

和包心菜差不多大的橙色菊花，不住地揮手歡呼。要不然就是在舞廳，兩個女孩帶著自己的約會對象，穿著類似《亂世佳人》裡的服裝飛快穿過舞池，然後偷偷溜進化妝間，向對方說出令人不快的激烈言詞。

我完全可以猜到，結局是那個好女孩會跟那個好橄欖球男主角在一起，而性感女孩最終無可託付，因爲那個叫吉爾的男人從頭到尾就只想找個情人而不是妻子，而且這時他正在打包行李，準備拿著一張單程票去歐洲。

大約在這個時候，我開始覺得怪怪的。我環顧四周，看著那一排排全神貫注的小小頭顱，前半臉映著一模一樣的銀色光芒，後腦杓是一模一樣的陰影，看起來就樣一堆愚蠢的月球腦袋。

我覺得我快要吐了。我不知道是電影爛到讓我胃痛，還是因爲我吃了太多魚子醬。

「我要回旅館去了。」我在電影院的半黑暗中小聲對貝琪說。

貝琪死盯著螢幕。「你不舒服嗎？」她低聲說，嘴唇幾乎沒動。

「對，」我說。「我覺得我簡直快死了。」

「我也是，我跟你一起回去。」

我們從座位上滑下來，一路對整排的觀眾說「對不起」「對不起」，他們有的喃喃抱怨，有的發出噓聲，一面挪開雨靴雨傘讓我們過去，我則是能踩就多踩幾腳，因爲這樣可以讓我稍微轉移對巨大嘔吐感的注意力，想吐的感覺就像個氣球，膨脹得太快了，它擋在我面前，我幾乎看不見別的東西。

我們走到外頭的大街上，雨還沒有全停，依然有一下沒一下地落著。貝琪看起來像是嚇傻了似的。我面前的她頰上花朵般的紅暈不知到哪兒去了，一張臉疲憊至極，臉色發青，冒著冷汗。我們踉蹌地滾進一部帶方格紋的黃色計程車，當你拿不定主意是不是要搭車的時候，它總是在路邊等著你。到旅館這一路上，我吐了一次，貝琪吐了兩次。

計程車司機轉彎很猛，我們先被甩到後座的一邊，然後又甩到另一邊。要是我們有誰想吐了，就會悄悄彎下身子，好像自己掉了什麼東西要撿，另一個人就哼哼小曲，假裝在看窗外。

即使如此，計程車司機似乎還是很清楚我們在幹嘛。

「嘿，」他大聲抗議，一面衝過一個剛剛變紅的紅綠燈，「你們不能吐在我車裡，你們最好下車，吐在街上。」

但我們一聲不吭，我猜他覺得我們已經快到旅館了，所以也沒叫我們下車，最後總算把我們送到旅館正門口。

我們沒敢等到他開口加錢，塞了一疊鈔票到司機手裡，丟下幾張面紙遮住車裡那片穢物，就趕緊跑進大廳，進入空無一人的電梯。我們很幸運，這是一天中最安靜的時候。貝琪在電梯裡又想吐了，我抱著她的頭，然後我也想吐，換她抱著我的頭。

通常情況下，吐過之後，應該馬上會感覺好些。我們互擁道別，各自走向走廊兩端，回到自己房間躺下。要和一個人成爲過命之交，沒什麼經歷比得上曾經一起狂吐過了。

但是當我關上身後的門，脫下衣服，把自己拖到床上去的時候，我卻感覺比之前還糟得多。我覺得我得到廁所去。於是我掙扎著穿上印著藍色矢車菊的白色浴袍，搖搖晃晃地走到洗手間。貝琪已經在那裡了。我可以聽見她在門後呻吟，所以我趕緊走到轉角，去另一端的洗手間。它實在太遠了，我還以爲我會死在半路上。

我坐上馬桶，頭靠在洗臉盆邊緣，覺得自己的腸子都要和餐點一起拉出來了。嘔吐感一波又一波淹沒我。一個浪頭過了之後，它會暫時消退，讓我像一片濕透的葉子一樣癱軟無力，全身發抖，然後我會感覺到它再度從我體內升起。我的頭上、腳下、四面八方都是發亮的刑訊室白磁磚，它們不斷朝我擠過來，把我壓成了碎片。

我不知道我撐了多久。我扭開洗臉盆的冷水，讓它嘩啦啦地流，塞子也拔掉，不管誰經過都會以爲我在洗衣服，等到我覺得夠安全了，就躺在地板上伸了個懶腰，然後躺著不動。

現在好像已經不是夏天了。我可以感覺嚴冬讓我從骨子裡發起抖來，把牙齒咬得咯咯作響，我扯下來的旅館大浴巾就像雪花一樣冰冷麻木地墊在我的頭下面。

我認爲不管是誰，像某些人那樣猛敲洗手間的門都是非常不禮貌的。他們可以走到轉角，像我一樣去找另一個洗手間，讓我享受一點安寧。但那人一直敲，求我讓他們進來，我覺得我隱約認出了那個聲音，那好像是愛蜜莉・安・奧芬巴哈。

「稍等。」然後我口齒不清地說，像黏了一嘴糖漿。

我努力振作，慢慢地站起來，沖了第十次馬桶，把馬桶弄乾淨，再把浴巾捲起來，這樣嘔吐物的污漬就不會太顯眼，然後才打開門鎖，走到走廊上。

我知道我不管和愛蜜莉・安或任何人對上眼都會是一場災難，所以我目光空洞地盯著走廊盡頭彷彿在飄的一扇窗，一步接一步地往前走。

我接下來看見的東西，是某個人的一隻鞋。

那是一隻牢固但已經磨損的黑皮鞋，很舊了，鞋頭有扇形圖樣的小氣孔，擦得不怎麼亮，鞋尖正對著我。它好像放在一塊堅硬的綠色表面上，這綠色表面讓我的右邊顴骨覺得痛。

我動也沒動，等待著讓我知道該怎麼做的線索降臨。在鞋的左邊一點點，我在一片白色背景裡看見一堆模糊的藍色矢車菊，這讓我想哭。我看見的是我自己浴袍的袖子，袖子盡頭是我癱著的左手，蒼白得像條鱈魚。

「她沒事了。」

聲音從我頭頂上方某處傳來，冷靜而理性。有大約一分鐘時間我沒感覺到什麼不對，然後才覺得這聲音很奇怪。那是個男人的聲音，而我們這家旅館，無論白天黑夜，都是不允許男性出現的。

「還有幾個人？」那聲音繼續說。

我饒有興味地聽著。地板似乎非常結實。知道自己已經倒在地上，不可能再倒下去了，這讓我感到很欣慰。

「十一個吧，我想，」一個女人的聲音回答，我猜那隻黑鞋一定是她的。「我想應該還有十一個，不過有一個不見了，所以還有十個。」

「好吧，那你把這一個弄到床上去，剩下的我來照顧。」

我右邊耳朵聽見一串空洞的砰砰聲，聲音漸漸變小。然後，遠處有一扇門開了，傳來一些說話聲和呻吟聲，接著門又關上了。

有兩隻手滑進我腋下，那個女人的聲音說：「來吧，來，親愛的，我們做得到的。」我感覺自己被半拎起來，慢慢地，門開始一扇一扇移過去，我們來到一扇開著的門前，進去了。

我床上的床單已經反摺下來，那女人扶我躺下，把床單蓋到我下巴上，然後在床邊的扶手椅上休息了一分鐘，用一隻肥胖粉嫩的手給自己搧風。她戴著一副金邊眼鏡，頭上是頂白色的護士帽。

「你是誰？」我用微弱的聲音問。

「我是旅館的護士。」

「我怎麼了？」

「中毒了，」她簡短地說。「食物中毒，你們全中了。我從來沒見過這種事。東倒一個，西倒一個，你們這些年輕小姐到底吃了什麼？」

「其他人也病了？」我帶著一絲希望問道。

「你們全部，」她肯定地回答，挺享受這個場面似的。「都病得跟狗一樣，哭著找媽媽呢。」

整個房間極其溫柔地繞著我轉，好像桌椅牆壁都因爲對我突然的虛弱心生同情，而收起了它們的重量。

「醫生給你打了一針，」護士在門口說。「你現在可以睡一下了。」

門像一張白紙，取代了她的位置，然後一張更大的紙取代了門的位置，我朝那張紙飄去，微笑著睡了。

☆

有人拿著一只白色杯子，站在我枕頭邊。

「把這個喝了。」他們說。

我搖搖頭。枕頭劈啪響，像一捆乾草。

「喝了感覺會好些的。」

一只厚厚的白瓷杯被放到我鼻子下面。在可能是傍晚也可能是黎明的微弱光線下，我凝視著杯裡透明的琥珀色液體。表面浮著一片片圓圓的奶油滴，淡淡的雞肉香飄進我鼻孔。

我試探性地把眼光移向杯子後面的裙子。「貝琪。」我說。

「貝琪個頭，是我啦。」

我抬起眼睛，看見朵琳的頭映在窗戶上的輪廓，背光照亮了她的金髮髮梢，像一個金色光環。她的臉籠罩在陰影裡，所以我看不清她的表情，但我可以感覺到一股訓練有素的溫柔從她的指尖流淌出來。她可能是貝琪，可能是我媽，也可能是一位散發著甜蕨香氣的護士。

我低下頭，喝了一口湯。我想我的嘴一定是沙子做的。我又喝了一口，然後又一口，一直喝到光。

我覺得自己被淨化了，聖潔無比，準備好迎接新生活。

朵琳把杯子放在窗臺上，自己坐進了扶手椅。我注意到她沒有拿菸出來的意思，她抽菸向來是一根接一根不停的，這讓我有點驚訝。

「欸，你差點就死了。」最後她說。

「我想都是魚子醬惹的禍。」

「魚子醬個頭！是蟹肉啦。他們化驗過了，裡頭充滿了屍毒[3]。」

我眼前出現了《女性生活》華麗的白色廚房，一直延伸到無限遠。我看見一個又一個酪梨被填進蟹肉和美乃滋，在明亮的燈光下拍照。我看到細嫩鮮美、粉紅色的蟹鉗肉從美乃滋絨毯底下誘人地伸出來，淡黃色的酪梨杯鑲著一圈鱷魚綠，這就是整場混亂的源頭。

毒藥。

「誰化驗的？」我想醫生可能給某個人洗了胃，然後在旅館實驗室裡分析了他找到的東西。「《女性生活》那些蠢蛋啊。你們開始跟保齡球瓶一樣東倒西歪的時候，就有人打電話去辦公室了，辦公室又打電話給《女性生活》，他們就把午餐會剩下的東西全都化驗了一次。哈！」

「哈！」我空洞地應了一聲。朵琳回來了，眞好。

「他們送了禮物來，」她又說。「就在外頭走廊的一個大紙箱裡。」

「怎麼這麼快就送到了？」

「用特快件送來的，不然你以為咧？他們可不能讓你們這些人到處亂跑，宣揚自己在《女性生活》餐會上食物中毒了。要是你認識個聰明點的律師，是可以控告他們，讓他們賠到脫褲子的。」

「是什麼禮物？」我開始覺得，要是禮物夠好，我不會介意這次發生的事，因爲到頭來我覺得自己好純潔。

「還沒人去開箱子，她們都還躺著起不來呢。放眼望去只有我還站著，我應該給每個人推著車子送湯才是，不過我先把你的送來了。」

「看一下是什麼禮物嘛，」我求她。然後我想起來了，「我也有一份禮物要給你。」

3屍毒（ptomaine）或譯屍鹼。過去認為，食物中毒是因為動物屍體腐爛後產生的生物鹼引起，雖然某些生物鹼的確會導致食物中毒，但是在人類發現細菌之後，「屍毒」一詞已不再出現在學術場合。

朵琳走向外面走廊。我聽見她窸窸窣窣地走了快一分鐘，然後我聽見撕紙的聲音。最後她拿著一本厚厚的書回來，光亮的封面印滿了人名。

「年度最佳短篇小說三十選。」她把書丟在我腿上。「箱子裡還有十一本。我想他們認爲這可以讓你在生病的時候有東西看。」她停了一下。「那我的呢？」

我從口袋裡掏出那面上頭有她名字和雛菊的鏡子遞給朵琳。朵琳看著我，我看著她，然後兩人哈哈大笑。

「如果你想，可以把我的湯喝掉，」她說。「他們搞錯了，在托盤上放了十二杯湯，蘭尼和我在等雨停的時候塞了一大堆熱狗，我吃不下了。」

「端進來吧，」我說。「我餓壞了。」

V 第五章

第二天早上七點，電話響了。

我慢慢從瀕死狀態底部游上來。我的鏡子上已經貼著J・C的電報，告訴我不必去上班了，好好休息一天，徹底養好身體，並且對糟糕的蟹肉感到非常抱歉。所以我想不到還有誰會打電話來。

我伸手接起電話，把聽筒放在枕頭上，這樣話筒那端就靠著我的鎖骨，聽筒那端在我肩膀上。

「喂？」

一個男人的聲音說，「是艾瑟・格林伍德小姐嗎？」我想我聽出了一點點外國口音。

「我是。」我說。

「我是康士坦丁哇啦哇啦。」

我聽不出那是個什麼姓，但裡頭的發音不是斯就是克。我根本不認識什麼康士坦丁，但我沒好意思說。

然後我想起了威拉德太太和她說的同步口譯員。

「喔，我記得，我當然記得！」我大聲說，坐了起來，用雙手緊緊握著電話。

我從來沒把威拉德太太承諾要給我介紹一個叫康士坦丁的男人這件事放在心上。

我喜歡收集名字有趣的男人。我已經認識了一個蘇格拉底。他又高又醜，是個知識分子，好萊塢某個大希臘電影製片家的兒子，但也是個天主教徒，這對我們兩邊來說都是毀滅性的因素。除了蘇格拉底之外，我還在波士頓工商管理學院認識了一個叫阿提拉的白俄人。

我漸漸意識到，康士坦丁正打算安排我們兩個在當天稍晚見面。

「你下午想去看看聯合國嗎？」

「我已經能看見聯合國了。」我跟他說，帶著一點歇斯底里的傻笑。

他似乎有點搞糊塗了。

「我從窗戶就看得見啊。」我想也許我的英語對他來說有點太快。

一陣沉默。

然後他說，「說不定等一下你會想吃點東西。」

我發現了威拉德太太會用的詞彙，整顆心一沉。威拉德太太總是會邀你去吃點東西。我想起這個人第一次來美國的時候也曾經是威拉德太太家的客人——威拉德太太的打算是這樣的，你在這裡打開大門接待外國人，以後等你出國，就換他們打開大門接待你了。

我現在看清楚了，威拉德太太不過是拿我在紐約陪人吃東西，去換她在俄羅斯的款待而已。

「是，我是想吃點東西，」我僵硬地說。「那你什麼時候過來？」

「兩點鐘左右，我開車來接你。你住在亞馬遜，對吧？」

「是。」

「啊，我知道是哪裡。」

有一瞬間，我覺得他的口氣充滿了特殊含意，然後我想，可能有些住亞馬遜的女孩在聯合國當祕書，說不定他也曾經帶過其中一個出去。我先等他掛了電話自己才掛，我躺回枕頭上，覺得很不舒服。

我又來了，自己建構出一幅迷人的場景，以爲會有一個一見到我就瘋狂愛上我的男人，而一切最終不過是幾件微不足道的無聊事。只是一場義務性的聯合國參觀行程，加上參觀後的三明治而已。

我想鼓舞一下自己。

也許威拉德太太介紹的那個同步口譯員根本又矮又醜，最後我會像看不起巴迪．威拉德一樣看不起他。這個想法給了我某種滿足。因爲我確實看不起巴迪．威拉德，雖然大家還是以爲他從結核

1 阿提拉（Attila，約四〇六至四五三），西羅馬帝國和東羅馬帝國最主要的敵對勢力領導者，匈人帝國在他領導的期間形成。他兩次率眾橫渡多瑙河，掠奪巴爾幹半島，但未能攻下君士坦丁堡。

病院出來之後我會嫁給他，但我知道，就算世界上的男人都死絕了，我也不會跟他結婚。

巴迪．威拉德就是個僞君子。

當然，一開始我不知道他是僞君子。我覺得他是我見過最棒的男孩，在他正眼看我之前，我遠遠地愛慕了他五年，接下來是一段美麗的時光，我依然愛慕他，而他也開始對我另眼相看了，然後，就在他越來越愛我的時候，我意外發現他是個可怕的僞君子，現在他居然要我嫁給他，我根本對他恨之入骨。

最糟的是，我不能直接告訴他我對他的看法，因爲他在我開口之前就得了肺結核，現在我只能遷就他，直到他恢復健康，能夠接受這個赤裸裸的事實爲止。

我決定不下樓去餐廳吃早餐了。這表示我只要換衣服就好，但如果你一上午都待在床上，又幹嘛換衣服呢？我想我可以打個電話下去，要他們送一份早餐到我房裡來，但那樣我就必須給送餐的人小費，而我從來就不知道該給多少小費才恰當。在給別人小費這件事上，我在紐約有過一些非常不安的經驗。

我剛到亞馬遜的時候，有個穿著服務生制服的矮小禿頭男人把我的行李箱提進電梯，還幫我開了房門的鎖。我自然是立刻衝到窗前向外望，想看看外面風景如何。過了一會兒，我意識到這個服務生打開了我洗臉盆的冷熱水龍頭，一面說「這是熱水，這是冷水」，還扭開收音機，對我報出紐約所有電臺的名字。我不安起來，於是我背對他，口氣堅定地說：「謝謝你幫我把行李箱搬上來。」

「謝謝你謝謝你謝謝你啊。哈！」他用一種諷刺、讓人非常不舒服的口氣說，我還沒來得及轉身去看他是怎麼回事，他就粗暴地甩門走了。

後來我把他的怪異行為告訴朵琳，她說，「你這個笨蛋，他在要小費啦。」

我問她我應該給多少錢，她說至少要給兩毛五，如果箱子太重，就要給三毛五。我完全可以自己把行李箱運進房間，只是那個服務員似乎很想幫忙，所以我就讓他搬了。我還以為這項服務是包含在住宿費用裡面的。

我討厭拿錢給別人去做我自己也能輕易做到的事，這讓我覺得緊張。

朵琳說，你該給的小費是費用的一成。但不知道為什麼，我總是沒有剛好的零錢，我覺得給人家五毛錢，然後說「這裡面有一毛五是給你的小費，請找我三毛五」，實在是蠢到家了。

我第一次在紐約搭計程車時，給了司機一毛錢小費。車資是一塊錢，所以我認為給一毛錢應該是完全正確的，我把一毛錢遞給司機，動作有點誇張，還帶著淺淺的微笑。但他只是把錢放在手心裡一看再看，當我走出計程車，希望自己沒錯拿了加拿大的一毛錢給他時，他開始大喊：「小姐，我跟你和其他人一樣，也得生活的。」聲音很大，嚇得我拔腿就跑。幸運的是他被一個紅綠燈擋住了，否則我想他會一直跟在我身邊，用那種令人尷尬的方式一路大吼大叫。

我後來向朵琳問了這件事，她說，從她上次來紐約之後，小費比例可能已經從一成漲到一成五了。否則就是那個計程車司機根本是徹頭徹尾的混帳。

☆

我伸手去拿《女性生活》的人送來的書。

我翻開書，掉出一張卡片。卡片正面是一隻穿著短睡衣的貴賓狗，坐在貴賓狗籃裡，滿面愁容。卡面內頁還是那隻貴賓狗，躺在籃子裡，面帶微笑，在一塊刺繡花樣底下睡得很香，上面印著：「多多休息，快快康復。」卡片底部有人用薰衣草色的墨水寫著：「早日康復！你《女性生活》所有的好朋友敬上」。

我翻過一篇又一篇小說，最後在一篇關於無花果樹的故事上停了下來。

故事中的無花果樹長在一個猶太男子的房子和一座修道院之間的翠綠草坪上，這個猶太男子和一位美麗的黑衣修女一直在樹下見面，採摘成熟的無花果，直到有一天，他們看見樹枝上的鳥巢有個蛋孵化了，他們看著小鳥從蛋裡啄出來的時候，兩人的手背不小心碰了一下，之後修女就不再出來和猶太男子一起摘無花果了，改由一個滿臉刻薄相的天主教廚房女僕來摘，而且每次摘完都要數一數男人摘了多少，確定沒比她摘得多才行，讓那男人非常火大。

我覺得這眞是個可愛的故事，特別是描寫冬天雪地裡的無花果樹和春天長滿了綠色果子的無花果樹那部分。我翻到最後一頁時，有種意猶未盡的遺憾。我眞想翻越那一行行的黑色印刷字句，就像爬柵欄一樣，在那棵美麗的綠色無花果樹下睡一覺。

在我看來，巴迪・威拉德和我就像那個猶太男人和那個修女，儘管我們並不是猶太人或天主教徒，而是一位論教派[2]。我們在我們自己想像的無花果樹下相遇，我們看見的不是鳥兒破殼而出，而是一個嬰兒從女人身體生出來，然後發生了一些可怕的事，我們就此分道揚鑣。

我躺在旅館白色的床上，覺得好孤單，好虛弱，我覺得自己身在阿第倫達克山（Adirondacks）的療養院裡，覺得自己是個卑鄙小人，最糟糕的那種。巴迪在信裡一直告訴我，他在讀一個詩人的詩，這位詩人也是個醫生，而且他還發現有些已故的俄羅斯短篇小說名作家也曾經當過醫生，所以也許，醫生和作家終究是可以好好相處的。

這和巴迪・威拉德在我們認識這兩年裡的論調完全不同。我記得有一天他笑著對我說：「你知道詩是什麼嗎，艾瑟？」

「不知道，是什麼？」我說。

「一粒塵土。」他因爲想到這點看起來頗爲自豪，而我只是盯著他的金髮、藍眼睛和白牙（他有一口又長又強健的白牙）說，「我想是吧。」

2 一位論派（Unitarianism），是否認三位一體和基督的神性的基督教派別。此派別強調上帝只有一位，聖父才是唯一真神，並不如傳統基督教相信上帝為三位一體（即聖父、聖子和聖靈）組成。

整整一年後，在紐約市中心，我終於想到該怎麼回應這句話。

我花了很多時間和巴迪．威拉德進行想像中的對話。他比我大好幾歲，而且非常有科學頭腦，所以他總是能證明一些事情。我跟他在一起的時候，總是必須努力保持腦子清醒。

我腦海裡的這些對話，通常會重複我和巴迪眞實對話的開頭，只是會以我尖銳回應他告終，而不僅僅是我坐在那裡說：「我想是吧。」

現在，我仰面躺在床上，想像著巴迪說，「你知道詩是什麼嗎，艾瑟？」

「不知道，是什麼？」我會說。

「一粒塵土。」

然後，就在他微笑著開始顯得驕傲的時候，我會說，「你切開的屍體也是。你覺得自己正在治療的人也是。他們是塵土，和塵土完全一樣的塵土。我認爲，一首好詩的壽命比一百個這種塵土般的人加起來還要長。」

當然，巴迪不會對此有任何回應，因爲我說的是事實。人不過是塵土的組合體，我看不出給那些塵土看病比寫詩高明到哪兒去，因爲人們會記住那些詩，並且在不快樂、有病痛或輾轉難眠的時候在心中反覆咀嚼。

我的問題是，我把巴迪．威拉德告訴我的一切都當成了百分百的事實。我還記得他第一次吻我那晚，那是在耶魯大學大三舞會之後。

很怪，我是說巴迪邀我參加舞會的方式。

聖誕假期某一天，他突然跑來我家，穿著一件厚厚的白色高領毛衣，看起來很帥，我幾乎移不開目光，然後他說，「哪天我去你們學校看你，好嗎？」

我嚇了一大跳。只有週日兩人都剛好從大學回家的時候我才會在教堂見到巴迪，還得隔著一段距離，所以我不明白他爲什麼想到要跑來看我——他說，從他家到我家，他足足跑了兩英里，就當是練習越野賽跑。

當然，我們的媽媽是好朋友。她們一起上學，都嫁給了自己的教授，而且在同一個鎮上定居，但巴迪總會在秋天去預科學校拿獎學金，或者在夏天去蒙大拿州幫忙防治白松泡鏽病賺錢，所以就算我們的媽媽是老同學，跟他來看我眞的沒什麼關係。

這次意外來訪之後，我一直沒有巴迪的消息，直到三月初某個風和日麗的週六早上，我在學校宿舍房間裡，爲星期一的十字軍東征歷史考試努力研讀隱士彼得和貧窮的沃爾特[3]的故事。這時，

3 隱士彼得（Pierre l'Ermite，約一〇五〇至一一一五，或一一三一），亦被稱為小彼得或亞眠的彼得，是法國亞眠的一位教士，為在第一次十字軍東征期間發起平民十字軍的關鍵人物。沃爾特・桑薩瓦爾（Fr. Gautier Sans-Avoir，?-至一〇九六），也稱為「貧窮的沃爾特」，是法蘭西島省的柏伊希—桑薩瓦爾（Boissy-sans-Avoir）領主。在第一次十字軍東征剛開始時，作為隱士彼得的副手，與他共同領導平民十字軍。

走廊的電話響了。

一般來說，走廊的電話應該是大家輪流接的，但因爲我是唯一的新生，在這個全是學姐的樓層，大部分電話都是我在接。我等了一分鐘，看看會不會有人比我早一步接電話。然後我想，大家可能都去打壁球，或者因爲是週末出去玩了，所以我自己接了電話。

「艾瑟，是你嗎？」樓下看門的女孩說，我答了「是」，她說：「有個男生說要見你。」

聽見這話我很驚訝，因爲那年我相了那麼多次親，沒有一個人打電話約我第二次。我就是不走運。我討厭週末晚上滿頭大汗地下樓，讓某個學長把我介紹給他姨媽閨密的兒子，結果發現是個臉色蒼白、長得像蘑菇，還有一對招風耳的傢伙，不然就是有暴牙，或者瘸了腿。我不覺得我只配得上這種人。畢竟我沒有任何殘缺，只是用功過了頭而已，我不知道什麼時候該停下來。

好吧，我梳了梳頭，多塗了一點口紅，帶著我的歷史書（萬一發現是個糟糕的傢伙，我就可以說我正要去圖書館），下了樓。巴迪·威拉德靠在郵件桌旁，穿著卡其色拉鍊夾克，藍色短褲，底下是一雙磨損的灰色球鞋，他抬起頭對我一笑。

「我只是過來打個招呼。」他說。

我覺得很奇怪，他從耶魯特地過來，甚至像他那樣爲了省錢一路搭別人的便車，居然只爲了打個招呼。

「你好，」我說。「那我們去外頭門廊上坐坐吧。」

我想去外面門廊坐，是因爲看門的女孩是個愛管閒事的學姐，她好奇地看著我，顯然認爲巴迪犯了個大錯。

我們並排坐在兩把柳條搖椅上。陽光很純淨，一點風都沒有，幾乎讓人覺得熱。

「我只能待幾分鐘。」巴迪說。

「喔，別這樣，留下來吃午飯吧！」我說。

「喔，不行。我是來這裡和瓊安一起參加大二舞會的。」

我覺得自己像個頭號白癡。

「瓊安好嗎？」我冷冷地問。

瓊安・吉靈是我們鎮上的人，和我們同一個教堂，比我早一年上大學。她是個大人物——是她們班的班長、主修物理，還是大學曲棍球冠軍。她總是瞪得大大的鵝卵石色眼睛、閃閃發光的墓碑形牙齒，以及令人窒息的聲音，總是讓我感覺很不安。她塊頭也和馬一樣大。我開始覺得巴迪眼光爛透了。

「喔，瓊安啊，」他說。「她兩個月前就邀我參加舞會了，她媽媽問我媽媽，我可不可以帶她一起去，我能怎麼辦？」

「嗯，如果你不願意，爲什麼又說要帶她去呢？」我刻薄地問。

「喔，我很喜歡瓊安啊。她從來不在乎你是不是爲她花了錢，而且她喜歡戶外活動。上次她來耶魯過週末，我們騎單車去了東岩（East Rock），她是唯一一個我不必推著上山的女孩。瓊安身體好極了。」

我嫉妒得全身發冷。我從來沒去過耶魯，而耶魯是我們宿舍的學姐們週末最愛去的地方。我決定不再對巴迪・威拉德抱期望了。如果你對誰完全沒有期望，就永遠不會失望。

「那你最好去找瓊安，」我用一種就事論事的口氣說。「我約會的時間快到了，他隨時會出現，要是他看到我和你坐在一起，他會不高興的。」

「約會？」巴迪顯得很驚訝。「是誰？」

「是兩個人，」我說，「隱士彼得和貧窮的沃爾特。」

巴迪沒說話，於是我說：「那是他們的外號。」

然後我又補上一句，「他們是達特茅斯來的。」

我想巴迪沒讀過多少歷史，因爲他的嘴僵住了。他猛一下從柳條椅上站起來，沒來由地小小撥了椅子一把。然後把一個印著耶魯校徽的淡藍色信封扔到我腿上。

「本來我是打算，要是你不在，我就把信留給你。裡面有一個問題，你可以用信件回覆。我現在不想問你。」

巴迪走了之後，我打開那封信。是一封耶魯大三舞會的邀請函。

我太驚訝了，忍不住尖叫了幾聲，奔進宿舍大喊大叫。「我要去我要去我要去。」從門廊上明亮的大太陽底下突然進屋，裡頭看起來一片漆黑，我什麼都認不清。我發現自己抱住了那個看門的學姐。她一聽見我要去參加耶魯的大三舞會，待我立刻多了幾分驚奇和尊重。

奇怪的是，宿舍裡的情況也從此不一樣了。我那層樓的學姐開始跟我說話，還有一個會自發去接電話。再也沒人在我門外大聲說什麼有人就只會埋頭讀書，把自己的大學黃金時光浪費在書本裡之類的鬼話了。

結果呢，整場大三舞會，巴迪一直把我當成朋友或表妹。

我們從頭到尾都隔著快一英里的距離跳舞，直到〈驪歌〉響起，他突然把下巴放在我頭頂上，好像很累的樣子。然後我們在寒冷、漆黑，午夜三點的風裡，腳步遲緩地走了五英里回住處。我睡的是客廳的沙發，那沙發太短了，但在那裡睡一晚只要五毛錢，要是其他有標準床能睡的地方，大部分得收兩塊錢一晚。

我覺得很悶，很乏味，到處都是我破碎的幻想。

我曾經想像，巴迪應該會在那個週末愛上我，那我在這一年剩下的時間裡就再也不必擔心星期六晚上要做什麼了。就在我們走近我要住的宿舍時，巴迪說：「我們去化學實驗室吧。」

我吃了一驚。「化學實驗室？」

「是的。」

巴迪拉住我的手。「化學實驗室後面有個地方風景很美。」

果然，化學實驗室後面有片類似丘陵的地方，從那裡可以看見紐哈芬（New Haven）幾棟房子的燈光。

我站在那裡假裝欣賞風景，巴迪在粗糙的地上站穩了腳跟。他吻我的時候，我一直睜著眼睛，努力記住那些屋子燈光的距離，這樣我就永遠不會忘記它們。

最後，巴迪往後退了一步。「哇！」他說。

「哇什麼？」我說，有點被嚇著。這只是個乾巴巴、毫無新意的小小親吻，我還記得當時我想，在寒風中走了五英里，我們的嘴都裂了，這吻實在太糟了。

「哇，吻你的感覺眞是棒呆了。」

我端莊地沒說話。

「我猜你跟很多男生約會吧！」然後巴迪說。

「嗯，我想是的。」我想我一定一整年的每個星期都跟不一樣的男生約會。

「嗯，我有很多書要念。」

「我也是，」我急忙插話。「畢竟我得保住我的獎學金。」

「不過，我想我可以想辦法每三週找個週末見你一次。」

「那樣很好。」其實我幾乎要暈過去了，很想回學校去告訴每個人。

到了宿舍前的臺階，巴迪又吻了我一次。隔年秋天，他拿到醫學院獎學金的時候，我去醫學院看他而不是去耶魯，在那裡，我才發現這些年來他是怎麼愚弄我的，他是個多麼虛偽的人。

我是在看見嬰兒出生那天發現的。

VI 第六章

我一直求巴迪帶我看一些真正有趣的醫院景象，於是，某個星期五，我蹺掉了所有的課，去那裡過長週末，他帶我看了一些東西。

一開始，我穿上白色實驗衣，坐在某個房間裡的高腳凳上，裡頭有四具屍體，巴迪和朋友們要解剖。這些屍體看起來很不像人，我絲毫不受影響。它們的皮膚僵硬如皮革，泛著紫黑色，聞起來有老醃菜罐的味道。

之後，巴迪把我帶到一個大廳，裡面有一些大玻璃罐，裝滿了來不及出生就夭折的嬰兒。第一個罐子裡的嬰兒有個大大白白的腦袋，小小的身子蜷縮著，和青蛙一般大。下一個罐子的嬰兒大一點，它旁邊的嬰兒又大些，最後一個罐子裡的嬰兒大小就和正常嬰兒差不多了，他彷彿正看著我，露出了小豬般的微笑。

我看著這些可怕的東西，情緒平靜，對此我非常自豪。我唯一一次嚇得跳起來，是在看巴迪解剖屍體的肺時，我把手肘靠在那具屍體的肚子上。一兩分鐘後，我感覺肘部有灼熱感，我突然意識到，這具屍體可能沒有死透，因爲它還是熱的，我低低驚叫一聲，從凳子上跳了下來。之後巴迪向我解釋，灼燒感是浸泡液造成的，於是我又坐回了原來的位置。

午餐前一小時，巴迪帶我聽了一場講座，是關於鐮狀細胞貧血和其他一些令人沮喪的疾病，他們用輪椅把病人推到講臺上，問他們問題，接著又把他們推下臺，開始放彩色幻燈片。

我記得有一張幻燈片是一個笑著的美麗女孩，她臉頰上有一顆黑痣。醫生說：「這顆痣出現二十天後，女孩就死了。」所有人沉默了一分鐘，然後下課鈴就響了，所以我一直也沒能眞的弄清楚那顆痣是什麼，也不知道女孩爲什麼會死。

下午我們去看生產。

首先，我們在醫院走廊找到一個亞麻布衣櫥，巴迪從裡面拿出一只白色口罩讓我戴上，另外還拿了一些紗布。

有個高大肥胖、塊頭大得像西德尼．格林斯特里[1]的醫科學生在那附近閒逛，他看著巴迪用紗布在我頭上繞來繞去，直到完全包住我的頭髮，只留一對眼睛從白紗布底下往外看。

那個醫科學生發出令人不舒服的嗤笑，說：「至少還有你媽媽愛你。」

---

1 西德尼．格林斯特里（Sydney Greenstreet，一八七九至一九五四），是好萊塢演員，曾因出演《馬爾他之鷹》而獲奧斯卡獎提名。他最著名的演出還包括在《北非諜影》中飾演法拉利一角。

我在想他怎麼能胖成這樣，一個男人，尤其是一個年輕的男人卻身爲胖子，那一定很不幸，因爲沒有哪個女人受得了靠在那個大肚子上吻他，我腦子裡忙著想這些，所以並沒有意識到他對我說的話是一種侮辱。當我想到，他一定自以爲自己很優秀，並且想出一句只有胖子的媽才會愛胖子的尖銳反擊時，他已經走掉了。

巴迪正在審視牆上一塊怪異的木牌，上面有一排洞，從一個大約一塊錢銀幣大小的洞開始，最後是一個餐盤大小的洞。

「好，太好了，」他對我說。「現在剛好有人要生孩子。」

產房門口站著一個瘦弱、彎腰駝背的醫科學生，巴迪認識他。

「嗨，威爾，」巴迪說。「誰當班？」

「我啊，」威爾鬱鬱地說，我注意到他蒼白的高額頭上冒出的汗滴。「是我，這是我第一次接生。」

巴迪告訴我，威爾已經三年級了，他必須在畢業前接生八個嬰兒。

然後我們注意到走廊遠處有陣騷動，幾個穿著草綠色外衣、戴手術帽的人和幾個護士組成一支雜亂的隊伍朝我們走來，他們推著一臺推床，床上有個隆起的白色人形。

「你不該看這個的，」威爾在我耳邊低聲說。「要是你看了，就再也不想生孩子了。他們不該讓女人看的，人類會因此滅絕。」

巴迪和我都笑了，然後巴迪和威爾握了握手，我們進了那個房間。

他們抬起女人放上產臺，看見那個產臺，我嚇呆了，一句話也沒說。它看起來像個恐怖的行刑臺，一端是兩隻伸在半空中的金屬腳蹬，另一端是我分不清什麼是什麼的各種儀器、電線和管子。巴迪和我一起站在窗邊，離那個女人幾英尺遠，視野非常完美。

女人的肚子高高挺起，我根本看不見她的臉或身體上半部。她彷彿除了那個巨型蜘蛛般肥大的肚子和兩隻撐在高腳蹬上的醜陋瘦腿之外什麼都沒有，而且在孩子出生的整個過程中，她一直發出一種不像人類發出的嗚嗚聲，始終沒停過。

後來巴迪告訴我，那個女人服用了一種藥，可以讓她忘記痛苦，她咒罵呻吟的時候，是眞的不知道自己在做什麼，因爲她處於一種朦朧的昏睡狀態。

我覺得，這一聽就是男人會發明的藥。這裡有個女人，正承受著巨大的痛苦，她顯然每一絲疼痛都感受到了，要不然她不會那樣呻吟；然而她會直接回家，準備再生一個，因爲藥物會讓她忘記有多痛。而一直以來，在她的某個私密部位，那條長長的、盲目的、無門無窗的痛苦走廊都永遠等著開啓，將她再次禁錮其中。

指導威爾的主治醫生一直對女人說：「往下推，托莫里洛太太，往下推，做得很好，眞乖，往下推。」終於，從她雙腿間的裂口，那個已經剃了毛的地方，在消毒劑染上的刺眼顏色中，我看到了一個覆著黑色絨毛的東西出現。

「嬰兒的頭。」巴迪在女人呻吟聲的掩護下低聲說。

但嬰兒的頭不知怎地卡住了，醫生告訴威爾他得剪一刀。我聽見剪刀像剪布一樣剪開女人皮膚的聲音，血開始往下淌——一種殘忍、鮮亮的紅色。接著幾乎就在同時，嬰兒突然落進威爾手裡，顏色像個藍色的李子，布滿了白白的東西，還有些血跡。威爾不停地說，「我接不住了，要掉了，要掉了。」聲音裡充滿了恐懼。

「不會，你接得住的。」醫生說，一面從威爾手裡把嬰兒接過來，開始按摩，藍色褪去了，嬰兒用嘶啞的聲音哀怨地哭了起來，我看見那是個男孩。

那個嬰兒降臨人間後做的第一件事就是朝醫生的臉尿尿。我後來跟巴迪說，會有這種事眞是難以想像，但他說這很有可能，雖然不常見，但確實會有這種情況發生。

嬰兒一出生，產房裡的人就分成了兩組，護士在嬰兒手腕上繫了一塊金屬識別牌，用棉花棒清理嬰兒的眼睛，然後把他裹好放在一張帆布護欄小床上，同時醫生和威爾開始用針和長線縫合女人的傷口。

我想我聽見有人說，「托莫里洛太太，是個男孩。」但女人沒應聲，也沒抬頭。

「嗯，怎麼樣？」當我們走過綠色的方形庭院準備去他宿舍時，巴迪帶著滿意的表情問道。

「棒極了，」我說。「這種東西我可以天天看。」

我沒好意思問他生孩子還有沒有別的方法。出於某種原因，對我來說，最重要的事就是親眼看到孩子從你身體裡出來，確定孩子是你的。我想，如果無論如何都得承受這些痛苦，還是保持清醒比較好。

我總是會想像自己在一切結束後，把胳膊搭在產臺上的樣子——臉色死白，當然，沒有化妝，卻也沒經歷什麼可怕的磨難，只是微笑著，洋溢著喜悅，長髮垂到腰間。我伸手接過那個小小的、扭動的、我的第一個孩子，說出孩子的名字，不管孩子叫什麼。

「爲什麼他身上都是麵粉？」爲了讓談話繼續下去，我接著問，巴迪告訴我那是一種蠟質，是保護嬰兒皮膚的東西。

我們回到巴迪的房間，那裡只能讓我聯想到僧侶的靜修房，光禿禿的牆壁，光禿禿的床，光禿禿的地板，桌子上擺著《格雷氏解剖學》（Gray's Anatomy）和其他厚厚的可怕書籍，巴迪點了一支蠟燭，開了一瓶多寶力香甜酒。然後我們並排躺在床上，巴迪啜著酒，我大聲讀著《我從未旅行過的地方》[2]和我帶來的一本書中的詩句。

巴迪說，他覺得如果像我這樣的女孩會花一整天研究詩，那麼詩裡頭必然有點東西，所以每次我們見面，我都會讀一些詩給他聽，跟他解釋我在詩裡發現了什麼。這是巴迪的主意。他總是會安排我們的週末行程，這樣我們就不會後悔浪費了時間。巴迪的爸爸是個老師，我想巴迪應該也可以

2 美國詩人康明思（Edward Estlin Cummings，一八九四至一九六二）的作品。

當老師，他老是想向我解釋事物，給我介紹新知識。

我讀完一首詩之後，他突然說：「艾瑟，你看過男人嗎？」

從他說話的方式，我知道他並不是指一個普通男人或一般意義上的男人，我知道他指的是一個裸體的男人。

「沒有，」我說。「只看過雕像。」

「嗯，你沒想過要看看我嗎？」

我不知道該說什麼。我媽和我奶奶最近開始動不動暗示我，巴迪．威拉德是個多優秀、多潔身自愛的男孩，來自那樣一個優秀、潔身自愛的家庭，教會裡每個人都覺得他是個模範人物，他對自己的父母和老年人那麼親切，運動那麼強，又那麼帥，那麼聰明。

真的，我聽到的一切，都是巴迪有多優秀，多潔身自愛，他是那種女孩也該保持優秀和潔身自愛才配得上的人。只要是巴迪想做的事，我不覺得會有什麼壞處。

「嗯，好吧，我想看。」我說。

我盯著巴迪，看著他拉下斜紋布長褲的拉鍊，把它脫下來放在椅子上，然後脫掉內褲，那是一種類似尼龍漁網的質料。

「這很酷，」他解釋，「而且我媽媽說很好洗。」

然後他就這樣站在我面前，我一直盯著看。我唯一能想到的東西是火雞脖子和火雞胗，我覺得很鬱悶。

我一句話也沒說，巴迪似乎很受傷。「我想你應該這樣習慣一下我，」他說。「現在讓我看看你。」

但是在巴迪面前脫衣服這件事讓我突然聯想到大學裡拍姿勢檔案照。你必須一絲不掛站在相機前，同時心裡十分清楚，自己一絲不掛的照片，包括全貌和側影，都會進入大學體育檔案，並根據你的挺拔程度標上ＡＢＣ或Ｄ。

「喔，改天吧。」我說。

「好吧。」巴迪又把衣服穿回去了。

然後我們親吻，擁抱了一會兒，我覺得稍微好了點。我喝了剩下的多寶力酒，盤腿坐在巴迪的床尾，跟他要了一把梳子。我開始把頭髮往臉上梳，這樣他就看不見我的臉了。然後我突然開口，「巴迪，你跟別人發生過關係嗎？」

我不知道是什麼讓我問出這句話，它就是從我嘴裡自己迸出來了。我從來沒想過巴迪・威拉德會跟誰發生關係。我以爲他會說：「不，我一直守身如玉，就等著和你這樣純潔的處女結婚。」

但巴迪什麼也沒說，只是紅了臉。

「嗯，有嗎？」

「發生關係？你這話的意思是？」巴迪用一種空洞的聲音問。

「你知道的，就是你有沒有跟別人上過床？」我有節奏地不斷梳著頭，讓頭髮遮住離巴迪最近的那一邊的臉，我可以感覺到帶電的細髮絲黏在發燙的臉頰上，我想大喊，「停，停，不要告訴我，什麼都不要說。」但我沒這麼做，只是沉默。

「嗯，是的，有。」巴迪終於說。

我差點從床上摔下去。從巴迪．威拉德吻了我那第一晚，還說我一定和很多男生出去過開始，他一直讓我覺得我比他更性感，更有經驗，而他所做的一切，像是擁抱、親吻和撫摸，都是我讓他突然覺得想做的事，他情不自禁，也不知道爲什麼會這樣。

現在我明白了，一直以來，他都只是在裝清純。

「把情況告訴我吧。」我一下又一下慢慢梳著頭髮，每一下都覺得梳齒在我臉上掘出洞來。「是誰啊？」

巴迪似乎鬆了一口氣，因爲我沒有生氣。他甚至像是因爲終於有人可以聽他被勾引的過程才鬆口氣的。

當然，巴迪是被人勾引的，而因爲不是巴迪先主動，所以也不全是他的錯。去年夏天他在鱈魚角一家旅館裡當雜工，對象就是那裡的女服務生。巴迪注意到她總會用奇特的眼神盯著他看，還在混亂的廚房裡故意用胸部頂著他，終於有一天，他開口問她到底怎麼回事，她直視著他的眼睛，說：「我要你。」

「上菜的時候加歐芹嗎？」巴迪天眞地笑了起來。

「不，」她說。「找個晚上來上菜，我要的是你。」

巴迪就這樣失去了他的純潔與童貞。

起初我以爲，他肯定只和那個女服務生睡過一次，但當我只爲了想確定一下，問他有過多少次時，他卻說他不記得了，只記得那個夏天剩下的時間裡每週都有幾次。我用十乘以三，得到了三十這個數字，似乎太沒道理。

從那之後，我心裡有些東西就結了冰。

回到學校之後，我開始到處問這個學姐那個學姐，如果她們結識的一個男生突然告訴她們，他在某個夏天和一個放蕩的女服務生睡了三十次，就在你們相識的那段時間，你會怎麼做。但這些學姐說，大部分男生都是這樣的，你不能明白指責他們，至少得等到你們關係固定下來，不然就是訂了婚準備結婚才行。

事實上，讓我煩惱的並不是巴迪和別人上床這件事。我的意思是，我讀過各種人彼此睡來睡去的故事，如果是別人，我只會問他最有意思的細節，說不定自己也出去跟別人睡，這樣就扯平了，然後就當作沒這回事。

我不能忍受的是，巴迪假裝性感撩人的是我，他自己無比純潔，卻一直和那個妓女似的女服務生有一腿，他在我面前一定很想笑。

「你媽覺得那個女服務生怎麼樣?」那個週末我問巴迪。

巴迪和他媽媽的關係好得驚人。他總會引用她對男女關係的說法,我知道威拉德太太是徹底的宗教狂熱分子,對男女的貞操都很重視;我第一次去她家吃晚飯時,她用一種精明、想看透什麼的奇怪眼光看著我,我知道她想分辨我是不是處女。

不出所料,巴迪很尷尬。「媽媽問過我葛拉迪絲的事。」他承認。

「嗯,你怎麼說的?」

「我說葛拉迪絲沒有男朋友,白人,二十一歲。」

現在我知道了,巴迪絕不會為了我,用這種粗魯的口氣跟她媽媽說話。他嘴上老是掛著他媽說了什麼「男人要的是一個伴侶,女人要的是無限的安全感」,還有「男人是一支射向未來的箭,女人是箭射出去的地方」,說到我都煩了。

每次我試圖爭辯,巴迪都會說他媽媽至今依然和他爸爸有閨房之樂,以他們那個年紀的人來說,不是很不簡單嗎?可見她是真的悟得了個中三昧的。

好吧,我剛決定要徹底甩掉巴迪・威拉德,並不是因為他和女服務生上床,而是因為他沒有誠實的勇氣向所有人正面承認,並且把這件事當成他個性中的一部分去面對。這時走廊的電話響了,有人用一種心照不宣的唱腔喊著:「艾瑟,找你的,波士頓來的電話。」

我馬上知道一定出事了,因為巴迪是我在波士頓唯一認識的人,他從來不打長途電話給我,因爲那比寫信貴太多了。有一次，他有件事想立刻讓我知道，就在醫學院門口到處問有沒有人那週末要開車到我學校來，居然還眞有，於是他託他們轉交一張便箋給我，我當天就收到了。他連郵票錢都不必花。

是巴迪沒錯。他告訴我，每年秋季的胸部X光檢查查出他得了肺結核，他要休學，拿著爲肺結核醫學生提供的獎學金，去阿第倫達克山的肺結核療養院養病。然後他說，我從上週末之後一直沒給他寫信，希望我們之間沒什麼問題，我能不能每週至少給他寫一封信，並且在聖誕假期時到那個療養院去看他呢？

我從沒聽過巴迪用這麼難過的口吻說話。他向來對自己完美的健康狀況極爲自豪，我鼻塞沒辦法呼吸的時候，他總是告訴我這是心理問題。我覺得這種態度對一個醫生來說很奇怪，也許他應該改念精神病學才是，但這話我當然從沒直接說出來過。

我告訴巴迪，聽見肺結核這件事我很遺憾，跟他保證我會寫信，但我掛電話時卻一點也不覺得有什麼遺憾，只感到一種奇妙的解脫。

我覺得肺結核可能就是上天對巴迪那種自以爲比別人優越、過著雙面人生的人的懲罰。我想，現在我不必跟學校裡的每個人宣布我和巴迪已經分手，也不必重啓無聊的相親活動，這實在是太方便了。

我只是告訴大家，巴迪得了肺結核，而我們其實已經訂婚了。我週末留在宿舍念書的時候，大家都對我非常好，因爲她們覺得我好勇敢，而我是爲了掩飾心碎才這樣拚命的。

Ⅶ 第七章

當然，康士坦丁太矮了，但就他本身來看，他算是帥的，他有淺棕色的頭髮，深藍色的眼睛，和活潑、充滿挑戰精神的表情。他幾乎可以說是個美國人了，曬得那麼黑，牙齒又那麼好，但我馬上就看出他不是。他擁有我見過的美國男人都沒有的東西，就是敏銳度。

從一開始，康士坦丁就猜到我不是威拉德太太的門徒。他說話時，我在這裡挑挑眉毛，那裡乾笑一聲，很快我們就開始毫不避諱地把威拉德太太罵了個一文不值。我在想：「這個康士坦丁應該不會介意我個子太高、懂的語言不多，又沒去過歐洲，他會看穿這一切，知道我眞實的樣子。」

康士坦丁開著他那部老式綠色敞篷車載我去聯合國，棕色的皮座椅有點裂，但很舒服，車頂也放了下來。他告訴我，他的膚色是打網球曬出來的。我們並排坐在車裡，在露天的陽光下沿著街道飛馳時，他牽起我的手緊緊握著，我覺得很快樂，比我九歲時，父親去世前那個夏天和他一起在熱熱的白沙灘上奔跑還要快樂。

康斯坦丁和我坐在大樓一間寂靜的豪華禮堂裡，旁邊是一個肌肉發達、表情嚴肅的素顏俄羅斯女孩，她和康士坦丁一樣是同步口譯員。我想著，以前我怎麼從來沒想過，自己只有九歲之前的快樂是純粹的呢？這眞奇怪。

在那之後，儘管有女童軍、鋼琴課、水彩課、舞蹈課和帆船訓練營（這一切都是我媽縮衣節食換來給我的），然後上了大學，在早餐前的薄霧中划船，有黑底派[1]吃，每天都有新點子像小鞭炮似的劈里啪啦作響，我卻再也沒有眞正快樂過。

我看著那個穿雙排扣灰西裝的俄羅斯女孩，用她自己的語言，哇啦哇啦背出一大串沒人聽得懂的成語（康士坦丁說這是最難的部分，因爲俄語的成語和我們的成語不一樣），我眞希望我能爬進她身體裡，用盡此生所有的時間哇啦哇啦地喊出一個又一個成語。雖然這也未必能讓我快樂一點，但這可以在象徵各種能力的小石頭堆裡再添一顆小石頭。

然後，康士坦丁和那個俄羅斯女口譯，以及在貼了名牌的麥克風後面爭論不休的一大群黑人、白人和黃種人似乎都飄遠了。我看見他們的嘴無聲無息地開合著，彷彿坐在一艘船的甲板上，船即將出航，獨留我困在一片巨大的寂靜中。

我開始算起每一件我做不到的事。

---

1 黑底派（black bottom pies），一種起源於美國的派，特徵是一層巧克力奶油或巧克力布丁，也就是「黑底」，上面鋪上鮮奶油或蛋白霜。

從做菜開始。

我奶奶和媽媽都很會做菜，所以我什麼都留給她們做。她們老想教我做這個做那個，但我只是看，嘴裡說著：「好，是的，我知道了。」那些指導像水一樣流過我的腦子，然後我就會把菜全糟蹋掉，所以絕對不會有人要我再做一次。

我記得大一的時候，我最要好、也是唯一一個女性朋友裘蒂，有天早上在她宿舍裡給我做了炒蛋。那蛋味道很特別，我問她是不是放了什麼額外的東西，她說是起司和蒜鹽。我問她是誰告訴她這麼做的，她說沒人告訴她，是她自己想出來的。然而她卻是個非常實際的人，主修社會學。

我也不會速記。

這表示我大學畢業之後沒辦法找到好工作。我媽一直跟我說，一個普通英文系畢業的人誰都不會要，但如果是個懂速記的英文系畢業生，那又是另一回事了，每個人都想要。每個年輕有為的男人都需要她，她會不斷謄寫著激動人心的信件，一封又一封。

問題是，我討厭服務男人，不管是什麼方式。我想自己當口述激動人心信件的那個人。再說，我媽給我看的那本書，裡頭的速記小符號簡直跟設t爲時間、設s爲總距離一樣糟糕。

我這張列表越來越長了……

我舞跳得很爛。我會走音。我沒有平衡感，當我們上體育課，必須伸出雙手，頭頂著書走過狹長的木板時，我總是摔倒。我不會騎馬，不會滑雪，這是我最想做卻做不到的兩件事，因爲太昂貴了。我不會說德語，不會讀希伯來文，不會寫中文。我甚至不知道此刻我面前的聯合國人員所代表的大多數古老偏遠國家在地圖上的位置。

這是我有生以來第一次坐在聯合國大樓帶隔音效果的中心點，在能打網球又能口譯的康士坦丁和懂得很多成語的俄羅斯女孩中間，我覺得自己完全不夠格。問題是，我一直以來都不夠格，我只是沒想到這一點。

我唯一擅長的就是拿獎學金和獎項，而這個時代就要結束了。

我覺得自己就像一匹賽馬，卻身在沒有賽馬場的世界。或者突然要一個大學橄欖球冠軍穿上商業西裝去華爾街工作，他過往的榮耀時光縮成壁爐上的一只小金杯，上面刻著一個日期，彷彿墓碑上的生卒年。

我看見我的生活，就像那篇小說裡的翠綠無花果樹，在我眼前不斷長出分杈。

每根枝椏尖端都有一個美好的未來在招手，對我眨眼，像個胖胖的紫色無花果。有個無花果是丈夫、幸福的家庭和孩子，另一個無花果是著名的詩人，還有個無花果是傑出的教授，另外有個無花果是令人嘆服的編輯E．G，一個無花果是歐洲、非洲和南美洲，一個無花果是康士坦丁、蘇格拉底、阿提拉，和其他名字怪異、職業離譜的戀人，還有個無花果是奧運女子划船金牌，而在這些無花果之上，還有更多我看不出是什麼的無花果。

我看見自己坐在這棵無花果樹的樹枝間，餓得快死了，只是因爲我沒辦法決定要哪一個無花果。我每一個都想要，但選擇一個，就意味著失去其餘的一切。我坐在那裡，舉棋不定，而就在這個時候，無花果開始發皺、變黑，噗通噗通地一個個落在我腳下的地上。

康士坦丁帶我去的餐廳散發著藥草、香料和酸奶油的氣味。我在紐約這段日子，從來沒發現過這樣的餐廳。只去過那些賣「好吃到像上了天堂的漢堡」的地方，那裡的櫃檯非常乾淨，對面是長長的玻璃鏡子，他們提供巨大的漢堡、當日例湯和四種花式蛋糕。

爲了去那家餐廳，我們得走下七階光線昏暗的階梯，進入一個地窖似的地方。

煙燻火燎的牆壁貼滿了旅遊海報，就像許多個能俯瞰瑞士湖泊、日本山脈和非洲大草原的觀景窗。還有厚實的、布滿灰塵的瓶裝蠟燭，彷彿哭了幾世紀，各色的蠟淚，紅的疊在藍的上面，藍的又疊在綠的上面，凝出一道細緻的立體花邊，並且爲每張桌子都灑下一圈光，桌邊的人臉晃動著，映得紅通通的，和火焰自己一個樣。

我不知道自己吃的是什麼，但吃下第一口之後，我覺得整個人都好多了。我突然想到，我對於無花果樹和所有肥美無花果乾癟落地的想像，很可能都源自於空蕩胃袋產生的極度空虛。

康士坦丁不斷爲我們兩個人的酒杯斟滿一種帶松皮味的希臘甜葡萄酒，我發現自己正滔滔不絕地對他說我要學德語，要去歐洲，還要像瑪姬・希金斯[2]那樣成爲一名戰地記者。

當我們吃到優格配草莓醬的時候，我感覺已經好到極點，我決定讓康士坦丁勾引我。

自從巴迪・威拉德告訴我那個女服務生的事之後，我一直在想，我自己也應該出去跟別人睡。

不過，跟巴迪睡不算，因爲這樣他還是贏我一個，所以一定得是別人才行。

唯一一個跟我討論過上床這件事的男生，是一個來自南方、有著鷹勾鼻，痛苦中的耶魯學生，他某次週末來到我們學校，卻發現他的約會對象前一天就跟一個計程車司機私奔了。因爲那個女孩跟我同宿舍，那天晚上只有我一個人在，所以我的任務就是讓他高興起來。

我們去了本地的一家咖啡館，兩個人縮在一個隱密、有高靠背椅子的小房間裡，木頭上被刻了幾百個人名，我們一杯又一杯喝著黑咖啡，坦誠地聊著性。

這個叫艾瑞克的男生說，我們學校所有的女生都趕在一點鐘宵禁前站在門廊上，在門廊的燈光下，在看得一清二楚的灌木叢裡，和男生摟著脖子瘋狂親吻，經過的每個人都能看見，他覺得很噁心。經過百萬年的進化，我們如今成了什麼？艾瑞克苦澀地說，禽獸。

然後艾瑞克告訴我，他是怎麼和他的第一個女人上床的。

他念的是南方的一所預科學校，專門培養全面發展的紳士，畢業的時候有個不成文的規定是：你必須認識一個女人。艾瑞克說，是聖經意義上的那種「認識」[3]。

2 瑪格麗特・希金斯（Marguerite Higgins，一九二〇至一九六六），是美國戰地記者，曾親赴二戰、韓戰及越戰採訪，並因為在韓國深入戰場的報導和成就而聲名大噪，成為普立茲獎的第一位女性得主。

3 例如〈路加福音〉二十六章三十八節，天使向瑪利亞說：「看，你將懷孕生子，並要給祂起名叫耶穌。」瑪利亞回答：「這事怎能成就？因為我不認識男人。」

於是某個週末，艾瑞克和他幾個同學一起搭巴士到最近的城市，去了一家聲名狼藉的妓院。接待艾瑞克那個妓女甚至連衣服都沒脫。那是個肥胖的中年婦人，染了一頭紅髮，嘴唇厚得毫無道理，皮膚泛著鼠灰色，她不肯關燈，所以他就在一顆停滿蒼蠅的二十五瓦燈泡底下上了她，但感覺完全沒有他以爲的那麼好。簡直跟上廁所一樣無聊。

我說，如果你愛一個女人的話，也許就不會那麼無聊了，但艾瑞克說，如果你認爲這個女人也和其他女人一樣，只是動物，就會破壞這件事，所以如果他愛上了誰，就絕對不會跟她上床。如果有必要，他會去召妓，讓他愛的女人免於沾染一切的骯髒。

當時我就想，艾瑞克說不定是個不錯的上床對象，因爲他已經做過了，而且他和一般男生不一樣的是，當他談起這件事時，並不顯得心思污穢，也不愚蠢。但後來艾瑞克給我寫了一封信，說他覺得自己說不定眞能愛上我，我那麼聰明，那麼憤世嫉俗，卻有一張那麼和善的臉，長得和他大姊驚人地相像；於是我就知道沒戲了，我是他永遠不會睡的那種人，所以我寫信跟他說，是我沒福氣，因爲我已經要跟一個青梅竹馬的人結婚了。

☆

在紐約市被一個同步口譯員勾引上床，這個想法我越想越心動。康士坦丁看起來很成熟，做事周全。我知道他不會跟別人吹噓這件事，像大學男生跟室友或籃球隊隊友炫耀自己和女生在汽車後座做一樣。和威拉德太太介紹給我的男人上床，會有一種令人愉快的諷刺感，彷彿她以一種迂迴的方式爲這件事負了責。

康士坦丁問我願不願意去他的公寓聽幾張巴拉萊卡琴唱片，我心裡暗笑。我媽總是告訴我，不管任何情況下，都不要在晚上出門之後跟一個男人去他住處，因爲那只意味著一件事。

「我很喜歡巴拉萊卡音樂。」我說。

康士坦丁的房間有陽臺，陽臺俯瞰河水，我們可以聽見黑暗中傳來拖船的汽笛聲。我覺得很感動，心裡很柔軟，對自己要做的事非常確定。

我知道我說不定會因此懷孕，但這個念頭懸在很遠的地方，看不清楚，對我不造成困擾。我媽從《讀者文摘》上剪下來的某篇文章說，沒有百分之百安全的避孕方式，我媽把這篇文章在我念了大學後寄給我。那是一位有孩子的已婚女律師寫的，題目叫〈捍衛貞操〉。

她寫出了所有理由，認爲一個女孩除了和丈夫之外不應該和任何人睡，即使是丈夫，也只有婚後才可以。

文章的主要觀點是，男人的世界不同於女人的世界，男人的情感也不同於女人的情感，只有婚姻才能將這兩個世界和兩套不同的情感適當地結合起來。我媽說，女孩子不懂這些，等到懂了，多半爲時已晚，所以女孩得聽從那些已經成爲專家的人（比如說一個已婚婦女）的建議。

這位女律師說，最好的男人都希望自己的妻子是純潔的，即使他們自己並不純潔，也希望自己是教導妻子性事的那個人。當然，他們會試著說服女孩發生性關係，說以後會娶她，但一旦她屈服了，他們就會對她失去尊重，開始說如果她對他們會這樣，對其他男人也會，他們會讓她的人生以悲苦告終。

這位女士在文章最後說，與其遺憾，寧願安全，再說，沒有任何方法可以確保你不被一個孩子纏上，萬一如此，你就眞的有大麻煩了。

在我看來，這篇文章唯一沒有考慮到的，就是女孩的感受。

做一個純潔的人，然後嫁給一個純潔的人，也許算是件好事。但如果我們結婚之後，他突然承認他不純潔，就像巴迪·威拉德那樣，那該怎麼辦？一個女人必須保有單一的純潔人生，而一個男人卻可以擁有一個純潔、一個不純潔的雙重人生，這一點我無法忍受。

最後我決定，如果想找一個到二十一歲依然純潔的熱血聰明男子這麼難，那我不如忘了讓自己保持純潔這件事，嫁給一個也不純潔的人算了。然後，當他開始讓我的生活變得痛苦時，我也可以讓他痛苦。

我十九歲的時候，純潔是個大問題。

我看見世界不再劃分爲天主教徒和新教徒、共和黨人和民主黨人、白人男子和黑人男子，甚至不再分成男人和女人，而是劃分成已經和人上過床和沒上過的人，這似乎是一個人和另一個人之間唯一重要的區別。

我以爲，我跨越邊界的那一天，我會發生翻天覆地的變化。

我想要是我去了歐洲，就會有這種感覺。我回到家之後，要是我仔細觀察鏡子，就能在我眼睛後面看見一座小小的白色阿爾卑斯山。現在我想，要是我明天照鏡子，應該會看見一個娃娃大小的康士坦丁坐在我眼睛裡，對我微笑。

嗯，我們在康士坦丁的陽臺，躺在兩張躺椅上，躺了快一個小時。唱盤放著曲子，一疊巴拉萊卡琴唱片堆在我們中間。路燈、弦月、汽車或星星灑出微弱的乳白色光線，我不知道是什麼，但康士坦丁除了握住我的手之外，並沒有表現出任何勾引我的企圖。

我問他有沒有訂婚，或者有沒有特定的女朋友，我想也許這就是問題所在，但他說「沒有」，還特別強調，要遠離這種牽絆。

終於，我感到一股強烈的睡意流過了我的血管，來自我喝下去的那一大堆松皮酒。

「我想我要進屋去躺一下。」我說。

我隨意地走進臥室，彎腰脫鞋。潔淨的床在我眼前晃來晃去，像一艘安全的小船。我伸了個大懶腰，閉上眼睛。然後我聽見康士坦丁嘆了口氣，從陽臺走進來。他的鞋噔噔兩聲落在地板上，然後他在我身邊躺下。

我從遮住臉的一綹頭髮底下偷偷地看著他。

他仰面躺著，雙手墊在頭下，凝視著天花板。漿過的白襯衫袖子捲到手肘，在半黑的環境中閃著詭異的光，他曬棕了的皮膚看起來幾乎是黑色的。我想他一定是我見過最漂亮的男人了。

我想，要是我臉部的骨架夠銳利、夠勻稱，能一針見血地討論政治，或者是個名作家，說不定康士坦丁會覺得我有意思，夠格跟他上床。

然後我又想，會不會他一喜歡上我，就會淪於平凡。會不會他一愛上我，我就會發現一個又一個的缺點，就像之前我和巴迪．威拉德，以及在他之前的那些男生一樣。

同樣的事情發生了一次又一次。

我從遠處可以看見一個完美無缺的男人，但只要他一走近，我就會立刻發現他根本不是這樣。

我之所以從來不想結婚，這是原因之一。我最不想要的，就是無限的安全感和成為箭射出去的地方。我要的是變化和刺激，我希望將自己往四面八方發射出去，就像國慶日的彩色煙火。

雨聲驚醒了我。

天色還是一片漆黑。一會兒之後，我辨識出一扇陌生窗戶的模糊輪廓。每過一段時間，就會有一束光從稀薄的空中出現，像一根幽靈似的、想探索什麼的手指那般穿過牆壁，然後再次遁入虛無。

然後我聽見有人呼吸的聲音。

起初我以為只有我自己的呼吸聲，以為自己還因為食物中毒躺在一片漆黑的旅館房間裡。我屏住呼吸，但呼吸聲還在繼續。

有隻綠眼睛在我身邊的床上發光，像羅盤一樣切出了四分之一塊。我慢慢伸出手，把手放在那隻綠眼睛上。我把它舉了起來，跟著被舉起來的是一隻手臂，重得跟死人一樣，但是因爲主人睡著了，變得很溫暖。

康士坦丁的手錶顯示，現在三點鐘。

他躺在旁邊，穿著襯衫、長褲，腳上襪子也還在，就跟我丟下他、自己睡著時一模一樣。我的眼睛逐漸習慣黑暗之後，我看見了他蒼白的眼皮、挺直的鼻子，和寬容勻稱的嘴，但它們看起來很虛幻，像畫在霧裡似的。我趴下身子，端詳了他好幾分鐘。我以前從來沒有在一個男人身邊睡著過。

我試著想像，如果康士坦丁是我丈夫，會是什麼樣子。

這意思是，我得七點就起床，給他煮雞蛋、煎培根、烤麵包、煮咖啡，等他出門上班之後，我身上穿著睡衣，頭上頂著髮捲，磨磨蹭蹭地把髒盤子洗乾淨，把床鋪好。然後，等到他過完幹勁十足、迷人的一天回到了家，他會期待一頓豐盛的晚餐，而我會花一晚上時間洗更多的髒盤子，直到筋疲力盡地倒在床上。

對於一個十五年來成績全A的女孩來說，生活似乎太無趣，也太浪費了，但我知道婚姻就是這樣，因爲做飯、打掃、洗衣就是巴迪・威拉德的媽媽從早到晚做的事，而她是大學教授的妻子，自己也曾經是私立學校的老師。

有一次我去見巴迪，發現威拉德太太把威拉德先生的舊西裝裁成羊毛布條編了一塊地毯。爲了編這塊地毯，她花了好幾個星期，我很欣賞那棕綠藍三色花呢辮子的搭配，但威拉德太太做好之後，並不像我會做的那樣把毯子掛在牆上，而是取代了廚房的腳墊，幾天後，它就髒了，布滿了泥沙，黯淡無光，和你在廉價商店花不到一塊錢能買到的任何一塊腳墊毫無區別。

我很清楚，儘管男人在和一個女人結婚前會讓她玫瑰、親吻、餐廳晚餐樣樣不缺，但婚禮一結束，他內心暗地裡想要的，其實是讓她像威拉德太太的廚房腳墊一樣，從此順服在他腳下。

我媽不也跟我說過嗎？她和我爸一離開雷諾去度蜜月時（我爸結過婚，所以他得先離婚），我爸就跟她說：「呼，總算解脫了，現在我們終於可以不必僞裝，能夠做自己了。」——從那天起，我媽就沒有過一分鐘安寧。

我還記得巴迪．威拉德用一種陰險卻明白的方式說，我有了孩子之後，感覺就會不一樣了，我再也不會想寫詩。於是我開始想，這說不定是眞的，你一旦結婚生子，就像被洗了腦，之後你就麻木了，成了某個私人極權國家的奴隸。

我低頭望著康士坦丁，就像望著深深的井底裡一塊發亮、無法觸及的小石頭，他睜開眼睛，看穿了我，他眼裡充滿了愛。我呆呆地看著他，說不出話來，直到辨識的快門喀嚓一聲劃破朦朧的溫柔，那對大大的瞳孔又變得像漆皮一樣圓滑，沒有深度。

康士坦丁坐起來，打了個哈欠。「幾點了？」

「三點，」我用平淡的聲音說。「我該回去了，明天一早還得上班呢。」

「我開車送你。」

當我們背對背坐在床的兩側，在床頭燈振奮得令人討厭的白光裡摸索著鞋子時，我感覺到康士坦丁轉過了身來。「你的頭髮一直是這樣嗎？」

「一直是怎樣？」

他沒有回答，只是把手伸過來，探進我的髮根，像梳子一樣把手指慢慢梳向髮梢。一股小小的電流穿透了我，我一動不動地坐著。從小我就喜歡有人給我梳頭的感覺，這讓我覺得想睡，覺得平靜。

「啊，我知道了，」康士坦丁說。「你剛洗過頭。」

然後他彎下腰繫起自己的網球鞋帶。

一小時後，我躺在旅館床上，聽著雨聲。聽起來甚至不像是雨，而像開水龍頭。我左腿脛骨中間的疼痛又發作了，我放棄了在七點前睡覺的希望，那個時間我的收音機鬧鐘會用蘇沙熱情的進行曲叫醒我。

每次一下雨，斷腿的舊傷似乎都會被勾起回憶，但它想起的只是一種隱隱的鈍痛。

然後我會想，「是巴迪・威拉德害我弄斷腿的。」

然後我又想，「不，是我自己故意弄斷的，這是我爲自己的卑鄙付出的代價。」

VIII 第八章

威拉德先生開車帶我去阿第倫達克山。

那是聖誕節隔天，灰濛濛的天空沉重地壓在我們頭上，到處積著厚厚的雪。我覺得一切都塞得太滿了，很悶，很失望，我在聖誕節隔天總是這樣，好像松樹枝、蠟燭、纏著金絲緞帶的銀色禮物、白樺木火堆、聖誕火雞和鋼琴前的聖誕頌歌所承諾的，不管是什麼，全都沒有實現。只有在聖誕節，我幾乎想當個天主教徒。

一開始是威拉德先生開車，然後換我開。我不知道我們要聊什麼，前幾天的大雪讓鄉野深埋在雪裡，像是拒人於千里之外，冷杉從灰色的山上簇擁到路邊，那綠色那麼深，深得發黑，這些都只讓我越發沮喪。

我真想告訴威拉德先生他自己去就好，我會想辦法搭便車回家。

但只要看一眼威拉德先生的臉，那銀白的頭髮，男孩般的平頭，清澈的藍眼睛，紅撲撲的臉頰，就像一個甜蜜的結婚蛋糕糖霜玩偶，臉上還帶著天真信任的表情，我就知道我不能這麼做。我必須堅持到底。

到了中午，灰灰的天色稍微亮了一點，我們把車停在一條結冰的岔路上，開始分著吃威拉德太太為我們準備的午餐：鮪魚三明治、燕麥餅乾、蘋果，和一保溫瓶的熱咖啡。

威拉德先生慈愛地看著我。然後他清了清嗓子，拍拍腿上最後幾片麵包屑。我看得出來，他要講正經事了，因為他是個非常害羞的人，我聽過他一場重要的經濟學講座，他在開口前也是用同樣的方式清嗓子。

「奈麗和我一直想要一個女兒。」

在那激動人心的一分鐘裡，我只是想著，威拉德先生就要宣布威拉德太太懷孕了，而且是個女寶寶。然後他說：「但我看不出有哪個女兒能比你更好。」

威拉德先生一定以為我因為聽見他想做我父親太高興，喜極而泣。「好了，好了，」他拍拍我的肩膀，又清了一兩次嗓子。「我想我們彼此都懂的。」

然後他打開他那邊的車門，繞了一圈走到我這邊，他呼出來的氣在灰灰的空中留下一道曲曲折折的狼煙信號。我移到他留下的位置，他發動了車，我們繼續前進。

我不確定自己對巴迪的療養院有什麼期待。

我想我期待看見的，是座落在小山頂上的小木屋，裡面住著臉色紅潤的年輕男女，都很吸引人，但眼睛因為發燒淚光閃閃，身上裹著厚厚的毯子，躺在戶外的陽臺上。

「肺結核就像肺裡的一顆炸彈，」我還在學校的時候，巴迪在給我的信上說。「你只能非常安靜地躺著，希望它不會爆炸。」

我發現我很難想像巴迪安靜躺著的樣子。他整個人生的哲學就是每一秒鐘都要起身做事。即使我們夏天去海灘，他也從來不像我那樣躺在陽光下打瞌睡。他要不就是跑來跑去，要不就是打球，或者做一小段快速伏地挺身來利用時間。

威拉德先生和我在接待室等著下午臥床休息時間結束。

整座療養院的配色似乎是以豬肝色爲基礎。陰森森的深色木製家具，焦褐色的皮椅，牆壁也許曾經是白色的，但在黴菌或濕氣的蔓延下已經屈服了。斑駁的棕色油氈布把地板封了起來。

屋裡有張矮矮的咖啡桌，圓形和半圓形的污漬已經吃進深色的木皮裡，桌上有幾本爛爛的《時代》和《生活》雜誌。我拿起離我最近的一本從中間翻開，艾森豪的臉朝我微笑著，頭禿禿，茫茫然，就像玻璃罐裡胎兒的臉。

過了一會兒，我開始意識到一種鬼鬼祟祟、像是漏水的聲音。有一瞬間，我以爲牆壁已經開始排出它過度飽和的濕氣，但後來我看見了，聲音來自房間角落的一個小噴泉。

噴泉從一根粗糙的管子朝空中躍出幾英寸高，舉起雙手，隨即垮下，摔碎的液體淹沒在一只裝滿黃水的石盆裡。這盆子是用公共廁所常見的那種白色六角型磁磚貼出來的。

蜂鳴器響了。遠處的門開了又關。然後巴迪進來了。

「你好啊，爸。」

巴迪抱了抱他父親，然後便帶著一種嚇人的陽光感迅速走到我身邊，對我伸出手。我握了握，感覺那隻手濕潤而肥厚。

威拉德先生和我並坐在一張皮沙發上，巴迪坐在我們對面一張滑溜溜的扶手椅邊邊。他一直在笑，好像嘴角有根隱形的鐵絲吊著似的。

我最意外的，就是巴迪變胖了。不管什麼時候，我只要一想到他身在療養院，就看見了他顴骨下的陰影，一對眼睛在幾乎沒有肉的眼窩裡灼灼放光。

然而，巴迪身上所有凹處卻突然都凸出來了。緊緊的尼龍白襯衫底下是個鼓鼓的肚皮，他的臉圓了，紅潤得像杏仁糖捏出來的水果，甚至連他的笑聲聽起來都變得胖墩墩的。

巴迪和我四目相接。「是吃出來的，」他說。「他們天天給我們塡東西，然後就叫我們躺著。但現在我已經可以出去散幾小時步了，所以別擔心，我幾星期之後就會瘦下來。」然後他跳起來，像個愉快的屋主。「想看看我的房間嗎？」

我跟在巴迪後頭，威拉德先生跟著我，我們穿過一扇鑲著磨砂玻璃的迴轉門，沿著一條昏暗、豬肝色的走廊往前走，周圍瀰漫著地板蠟和來舒消毒水的味道，另外還有一種隱約的氣味，像是擦傷了的梔子花。

巴迪推開一扇棕色的門，我們一個接一個進了狹窄的房間。

裡面有一張凹凸不平的床，罩著一條薄薄的白布，上面是藍色的鉛筆型條紋，這張床占去了房裡大部分空間。旁邊是一張床頭几，放著一隻水壺和一個水杯，還有個粉紅色消毒劑罐子，一根銀色的體溫計從裡面探出頭來。另外還有第二張桌子，上頭擺滿了書和紙，還有一個不太主流的陶罐（燒了，也上了色，卻沒有上釉），塞在床腳和壁櫥門之間。

「嗯，」威拉德先生吐了一口氣，「看起來挺舒服的啊。」

巴迪笑了。

「這些是什麼東西？」我拿起一個陶土菸灰缸，蓮葉形狀，渾濁的綠底上畫著黃色的葉脈。巴迪不抽菸的。

「那是菸灰缸，」巴迪說。「是要給你的。」

我把菸灰缸放下。「我不抽菸。」

「我知道，」巴迪說。「不過，我想你可能會喜歡它。」

「嗯，」威拉德先生張開兩片乾得像紙的嘴唇，說：「我想我該上路了。我覺得該讓你們兩個年輕人好好聚聚……」

「好的，爸。那你就先走吧。」

我很驚訝。我本來以為威拉德先生會在這裡過夜，第二天再開車送我回去的。

「我也要走嗎？」

「不，不。」威拉德先生從皮夾裡抽出幾張鈔票遞給巴迪。「一定要給艾瑟買個舒服的火車位置。她大概會待上一天吧。」

巴迪送他父親到門口。

我覺得威拉德先生把我拋棄了。我想他一定蓄謀已久，但巴迪說「不是」，他父親只是不能忍受看見病痛，尤其是自己兒子的病痛，因為他認為所有的疾病都是意志上的疾病。威拉德先生這輩子從來沒有生過一天病。

我在巴迪床上坐下。因為根本沒有別的地方可以坐。

巴迪用一種翻閱公文的方式在文件裡找東西，然後遞給我一本薄薄的灰色雜誌。「翻到第十一頁。」

這本雜誌是在緬因州某地出版的，裡面滿是鋼板刻印的詩歌和敘事性的段落，當中用星號隔開。在第十一頁，我發現了一首題為〈佛羅里達黎明〉的詩。裡頭的意象一個接著一個：西瓜色的光，海龜綠的棕櫚，希臘建築似的貝殼凹槽，我很快地全跳過了。

「寫得不壞。」我覺得簡直爛透了。

「誰寫的？」巴迪問，臉上帶著一種古怪的傻笑。

我的視線落在書頁右下角的名字上。B．S．威拉德。

「不知道。」然後我說，「我當然知道了，巴迪，是你寫的。」

巴迪向我靠過來。

我退了退。我對肺結核瞭解很有限，但據我所知，這似乎是一種極其險惡的疾病，會以無形的方式蔓延。我想，巴迪很可能就坐在他肺結核病菌形成的殺氣小圈圈裡。

「別擔心，」巴迪笑了。「我現在不是陽性。」

「陽性？」

「你不會感染的。」

巴迪停下來喘了口氣，像是爬什麼陡峭的東西爬到一半似的。

「我想問你一個問題。」他有了個讓人不安的新習慣，就是用目光緊盯著我的眼睛，像是眞的企圖刺穿我的腦袋，好徹底分析裡面的情況。

「我考慮過寫信問你。」

我眼前浮現出一個淡藍色信封，背面封口印著耶魯大學的校徽。

「但後來我決定，還是等你來了再說，這樣我就可以當面問了。」他停了停。「嗯，你不想知道我要問什麼嗎？」

「什麼？」我用小小的、並不看好的聲音問。

巴迪在我身邊坐下，用手摟住我的腰，拂去我耳邊的頭髮。我沒有動。然後我聽見他低聲說，「你願意成爲巴迪．威拉德太太嗎？」

我出現了一股可怕的衝動，我想笑。

我想，要是在我遠遠地暗戀著巴迪・威拉德那五六年裡，不管什麼時候聽見他這麼問，我都會高興得翻過去吧。

巴迪看出我在猶豫。

「喔，我現在身體不好，這我知道，」他很快地說。「我現在還在吃氨基水楊酸（P・A・S・），說不定還會失去一兩根肋骨，但是明年秋天我就會回醫學院了。從今年春天算起，最遲一年……」

「我想我應該跟你說件事，巴迪。」

「我知道，」巴迪生硬地說。「你跟別人約會了。」

「不，不是這個。」

「不然是什麼？」

「我一輩子都不打算結婚。」

「你瘋了。」巴迪表情一亮。「你會改變主意的。」

「不會。我已經決定了。」

但巴迪只是持續滿臉喜色。

「記得嗎，」我說，「短劇之夜過後，你跟我一起搭便車回學校那次？」

「我記得。」

「還記得你問我，喜歡住哪裡，鄉村還是城市？」

「然後你說……」

「我不是說我既想住鄉村，也想住城市嗎？」

巴迪點點頭。

「結果呢，」我突然心一橫繼續說，「你笑著說，我這就是眞正的神經質患者的完美配置，這是你那星期心理學課某份問卷裡的問題，對吧？」

巴迪的笑容黯淡了下來。

「嗯，你說得對。我很神經質的，我不管在鄉村或城市都沒辦法安頓下來。」

「你可以住在城市和鄉村之間啊，」巴迪很有建設性地建議。「那你就可以偶爾去城市，偶爾去鄉村啦。」

「那麼，這哪裡神經質了呢？」

巴迪沒有回答。

「怎麼樣啊？」我催了他一聲，心想，你可不能溺愛這些病人，這對他們來說是最糟的事，會把他們寵壞的。

「是沒有。」巴迪低低地說，聲音很無力。

「神經質，哈！」我輕蔑地笑了。「如果想要兩件不相容的東西就叫神經質，那我確實神經質得要命。在我這一生剩下的日子裡，我都將在兩件不相容的事物間來回飛翔。」

巴迪把手放在我手上。

「讓我和你一起飛吧。」

☆

我站在皮斯加山（Mount Pisgah）滑雪坡頂上往下看。我站上來其實沒有要幹嘛，因爲我這輩子從來沒有滑過雪。儘管如此，既然有了這個機會，我還是要好好欣賞一下這裡的風景。

在我左邊，纜索把滑雪的人一個又一個拉上雪峰，雪峰在正午陽光下眾多滑雪客交錯又交錯的碾壓下微微融化又凍硬，如今已經像玻璃一樣堅實光滑。寒冷的空氣狠狠灌入我的肺和鼻腔，倒是有種異樣的清爽。

在我的四面八方，穿著紅、白、藍色外套的滑雪客，就像逃命中的美國國旗碎片一樣，沿著令人目眩的斜坡狂奔。滑雪道的底部，仿原木的小木屋大聲地朝寂靜的懸崖播著流行歌曲。

從我們的雙人小屋俯瞰少女峰……

旋律聲和從我身邊掃過的轟鳴聲，就像這片雪漠裡一條看不見的細流。只要有一個不小心的華麗動作，我就會被拋下斜坡，扔到場邊觀眾群中一個卡其色的小點，也就是巴迪・威拉德所在的位置。

整個上午，巴迪都在教我滑雪。

巴迪先從村裡的一個朋友那兒借來滑雪板和滑雪桿，從一位醫生太太那兒借了滑雪靴，因爲她的腳只比我大一號，接著又從一個護士生那兒借來一件紅色的滑雪外套。他面對頑強目標的堅持不懈，令人吃驚。

然後我想到，在醫學院的時候，巴迪曾經以利於科學發展爲理由，說服過最多家屬，不管需不需要，都讓死者接受解剖，還因此獲頒了一個獎項。我忘了那叫什麼獎了，但我就是可以看見那幅景象，巴迪穿著白袍，聽診器從側面口袋伸出來，彷彿成了他身體結構的一部分。他微笑，鞠躬，和那些麻木、愚蠢的親屬說話，讓他們在驗屍報告上簽名。

接著，巴迪從他的醫生那裡借了一部車，這位醫生也得過肺結核，非常善體人意，沒等提醒散步時間到了的蜂鳴器，在沒有陽光的療養院走廊上響起，我們就開車走了。

巴迪以前也沒滑過雪，但他說基本原則很簡單，而且他經常觀察滑雪教練和學生，所以我需要知道的所有事情他都可以教我。

最初的半小時，我聽話地踩著人字形步法爬上一個小坡，再用滑雪桿推，讓自己沿著斜坡直直滑下來。巴迪似乎對我的進步很滿意。

「做得很好，艾瑟，」當我第二十次順利滑下斜坡時，他評論道。「現在可以讓你試試索道了。」

我停住腳步，面紅耳赤，氣喘吁吁。

「但是巴迪，我還不知道怎麼滑之字形，從那上面下來的人都知道怎麼滑之字。」

「喔，你只要上到一半高就好，這樣你下來的衝力就不會那麼大了。」

巴迪陪我到索道，告訴我怎麼樣讓繩子繞過我的手，然後他要我把手指合攏，就這樣往上去。

我從來沒想過要說「不」。

我把那條粗糙扎人、蛇似的繩索繞在手指上，就上去了。

但是繩索一路拖著我，我搖搖晃晃，企圖保持平衡，速度太快了，我不可能半途下來。我前面有一個滑雪客，後面也有一個，我只要一鬆手就會被撞倒，然後困在一堆滑雪板和滑雪桿中間，我不想製造麻煩，於是我靜靜地堅持下去。

但是到了山頂，我又有了新的想法。

巴迪從人群中認出我這個身穿紅色外套又一臉猶豫的傢伙。他的手臂像卡其布做的風車在空中揮舞。然後我看見他在向我示意，要我沿著一條在交錯的滑雪客中間開出來的路線下去。但是當我心裡七上八下、口乾舌燥地準備出發時，從我腳下到他腳下這條平滑的白色路徑變得越來越模糊。

一個滑雪客從左邊穿過，另一個從右邊穿過，巴迪的手臂繼續徒勞地揮舞著，像是曠野另一端的天線，而地上擠滿了密密麻麻扭動的微生物，就像細菌，或者一群彎彎曲曲、發亮的驚嘆號。

我站在這座翻騰的圓形劇場中，抬頭望著劇場外的景色。

那隻巨大、灰色的天空之眼回望著我，迷霧籠罩的太陽位在焦點中央，所有白色、寂靜的軌跡，從周邊一座又一座蒼白的山丘發射出來，停在我的腳下。

我心裡有個聲音一直在說話，要我別做傻事——爲了保住自己的細皮嫩肉，脫掉滑雪板，在斜坡邊的矮松樹掩護下，走下去，像隻沮喪的蚊子一樣，溜掉吧。這一下說不定會要我的命，這個想法在我腦子裡像一棵樹、一朵花似的靜靜冒了出來。

我用眼睛大概估算了自己和巴迪的距離。

他現在雙臂交叉在胸前，和他身後交叉的鐵柵欄似乎成了一體——同樣的麻木、同樣的棕色、同樣無關緊要。

我走到山頂邊緣，把滑雪桿尖端深深戳進雪地，猛地一推，把自己推向一段我清楚不可能靠技術或任何遲來的意志力叫停的飛行。

我直直往下衝。

一股一直以來隱身的強風直接灌進我嘴裡，我的頭髮朝後颳成了水平。我在下降，但白色的太陽並沒有升得更高。它掛在懸浮半空的峰巒之上，是一個無知無覺、無喜無悲的支點，沒有它，世界就不存在。

我身體裡一個小小的點回應了它，朝它飛去。所有的景色——空氣、山巒、樹木、人群不斷湧入，我感覺我的肺在膨脹。我想著：「原來這就是幸福。」

我急速下降，越過了那些滑之字形的人、那些初學者、那些專家，越過一年又一年的表裡不一、微笑和妥協，飛進我自己的過去。

人群和樹木像隧道的暗面往兩邊退去，我衝向隧道盡頭那個靜止、明亮的小點，那顆井底的小石頭，那個在母親肚裡搖晃的可愛、蒼白的嬰兒。

我的牙嘎吱嘎吱地像咬了一嘴砂石。冰水順著我的喉嚨流下。

巴迪的臉懸在我頭上，好近，好巨大，像一顆心慌意亂的星球。其他人的臉都在他後面。在這些人身後，白色平面上黑色小點群聚起來，一片又一片，就像笨神仙教母揮起魔杖，舊世界又回歸了原位。

「你做得很好，」一個熟悉的聲音在我耳邊說，「就是有個人擋住你的路了。」

人們七手八腳地解開我的滑雪用具，把我東一根西一根插在雪堆裡斜斜戳向天空的滑雪桿撿回來。小屋的籬笆撐在我身後。

巴迪彎腰脫下我的靴子和墊在裡面的幾雙白色羊毛襪。他胖乎乎的手放在我的左腳上，然後慢慢移向腳踝，仔細探尋，像在摸一把藏起來的武器。

冷靜無私的白色太陽在天空頂巔照耀。我想在那上面磨練自己，我要讓自己變得聖潔、瘦削、精粹，如同一柄利刃。

「我要上去，」我說。「我要再來一次。」

「不，不行。」

巴迪臉上浮出一股怪異而滿足的表情。

「不，不行，」他帶著最後一絲微笑重複道。「你的腿有兩個地方骨折。你得在石膏裡包幾個月了。」

IX 第九章

「真高興他們要死了。」

希爾達拱起貓腰打了個哈欠，把頭埋進會議桌上的胳膊彎裡繼續睡。一縷膽汁綠色的麥稈像隻熱帶鳥兒，棲息在她的眉心。

膽汁綠。他們正打算猛推這個秋季流行色，只有希爾達一如往常，比其他人提前了半年。膽汁綠配黑色，膽汁綠配白色，膽汁綠配尼羅河綠，這是它的近親。

時尚評論總是說得天花亂墜，但裡面一無所有，它們在我腦子裡冒出腥臭的泡泡，帶著空洞的爆裂聲浮出水面。

真高興他們要死了。

我他媽的不知道走了什麼運，居然和希爾達挑了同樣的時間去旅館餐廳。昨晚太晚睡了，我覺得自己很遲鈍，居然連個藉口都想不出來，比如說回房間拿手套、手帕、雨傘或忘了的筆記本之類的。我的懲罰是，和希爾達一起從亞馬遜的磨砂玻璃門，走到麥迪遜大道入口的草莓色大理石板處，好一段漫長沉悶的路。

希爾達一路用模特兒的方式走路。

「這帽子眞漂亮，是你做的嗎？」

我心裡有點期待希爾達會對我說「你聽起來有病」，但她只是伸了伸天鵝般的脖子，然後又縮了回去。

「是啊。」

前天晚上我看了一齣戲，女主角被惡靈附身，當惡靈借她的口說話時，聲音既空洞又低沉，簡直難以分辨是男人還是女人。嗯，希爾達的聲音聽起來就像那個惡靈。

她凝視著光潔的商店櫥窗裡自己的倒影，彷彿每一時每一刻都必須確認自己是不是還繼續存在。我們之間的沉默如此深邃難解，我想一定有部分是我的錯。

於是我開了口，「羅森伯格夫婦的事眞可怕，是吧？」

羅森伯格夫婦那天夜裡就要上電椅了。

「是啊！」希爾達說，我終於感覺自己在她心底的貓性裡觸到了一根人類的心弦。直到我們兩個人在會議室墳墓般的晨曦中等候其他人時，希爾達才爲她的「是啊」加上了一點解釋。

「那樣的人居然還活著，實在太可怕了。」

然後她打了個哈欠，淡橙色的嘴張成一個大黑洞。我看得入迷，盯著那個藏在她臉後頭、難以窺見的洞穴，直到兩片嘴唇再次接觸，動起來，惡靈從它的藏身之處發出聲音：「眞高興他們要死了。」

☆

「來，笑一個。」

我坐在J．C辦公室的粉色天鵝絨雙人沙發上，手裡拿著一支紙玫瑰，面對著雜誌攝影師。我是十二個人當中最後一個拍照的。我試過躲在化妝間裡，但是沒成功。貝琪在門底下發現了我的腳。

我不想拍照，因爲我快要哭了。我不知道我爲什麼要哭，但我知道，要是有人跟我說話，或是太仔細看我，眼淚就會從我眼裡飆出來，嗚咽聲從喉管噴湧而出，我會哭上一星期。我可以感覺淚水在我身體裡滿溢、晃動，就像一杯放得不穩又裝得太滿的水。

這是雜誌送印前的最後一輪拍攝，然後我們就會回土爾沙，回比洛克西，回提內克、庫斯貝，反正從哪裡來就回哪裡去，我們要用道具拍照，以表示我們想成爲什麼樣的人。

貝琪拿著一根玉米穗，表示她想當個農婦；希爾達拿著製帽師用的禿頭沒臉假人頭，表示她想設計帽子；朵琳拿著金線刺繡的紗麗，表示她想在印度當社工（她告訴我，其實她不想，她只是希望能拿著那條紗麗）。

他們問我想做什麼，我說「我不知道」。

「噢，你一定知道的。」攝影師說。

「她呀，」Ｊ・Ｃ風趣地說，「她什麼都想當。」

我說「我想當詩人」。

於是他們開始四處尋找可以讓我拿在手裡的東西。

Ｊ・Ｃ建議拿本詩集，但攝影師說不行，太明白了，應該是一樣能讓人聯想到詩的東西。最後Ｊ・Ｃ從她剛買的帽子上拿下了那支長莖紙玫瑰。

攝影師擺弄著他的白熾燈。「讓我們看看寫詩能讓你多快樂。」

我透過Ｊ・Ｃ窗外的橡膠樹葉子凝視藍天，幾朵慢吞吞的雲從左向右緩緩移動。我死盯著最大的那朵雲，彷彿它一離開我的視線，我的好運就可能會和它一起離開。

我覺得讓嘴角那條線保持水平非常重要。

「笑一個。」

終於，我的嘴角開始順從地往上勾，像腹語術師手裡的的玩偶。

「嘿，」攝影師發出了抗議，突然有了預感，「你看起來好像要哭了。」

我停不下來。

我把臉埋在J．C那張雙人沙發的粉色天鵝絨椅背上，鹹鹹的淚水和悲慘的哭聲在我身體裡徘徊了一上午，終於在房間裡爆發出來，我覺得好輕鬆。

等到我抬起頭，攝影師已經不見了。J．C也消失了。我覺得全身無力，像是露了原形，彷彿一隻張牙舞爪的動物褪下了皮。擺脫這隻動物其實是種解脫，但它好像把我的精神、還有它能抓住的其他東西也一併帶走了。

我在包包裡摸索，尋找那只有睫毛膏、睫毛刷、眼影、三支口紅和側鏡的鍍金粉盒。在鏡裡回望著我的，是一張像是被人痛毆了很久之後、從牢房的柵欄後面冒出來的臉。看起來傷痕累累，浮腫不堪，顏色也完全不對。這是一張需要肥皂、水和基督徒給予寬容的臉。

我開始小心翼翼地畫它。

J．C在一段十分合宜的中場休息後，抱著一大疊稿件一陣風似的回來了。

「這些東西會讓你開心的，」她說。「好好享受吧。」

每天早上，雪崩般的稿件都會在小說編輯辦公室裡堆成灰濛濛的山。在全美各地的書房、閣樓和教室裡，都有人暗地裡在寫作。假設每分鐘都有人完成一份稿子；五分鐘後，就會有五份稿子堆在小說編輯的桌上。一小時內就會有六十份，橫七豎八地擠在地板上。接著，一年後……

我笑了，我看到一份完好、想像中的稿子漂浮在半空中，右上角打著：艾瑟．格林伍德。在雜誌社實習一個月後，我申請了一位著名作家開的暑期課程，你只要把小說稿寄過去，他看過之後會告知你是不是夠優秀，能不能進他的暑期班。

當然，這個班人數很少，我很久以前就把我的小說寄過去了，還沒有收到那位作家的回音，但我確信，錄取信已經在家裡的郵件桌上等著了。

我決定給J．C一個驚喜，我要用筆名把我在這個暑期班寫的幾篇小說寄過來。然後有一天，小說編輯會親自過來找J．C，把這些小說放在她桌上，說：「這些小說眞是非同凡響。」J．C會表示同意，決定刊登這些小說，並且請作者吃午飯，而作者就是我。

☆

「眞的，」朵琳說，「這次這個不一樣。」

「說說看怎麼個不一樣法。」我冷冰冰地說。

「他是祕魯人。」

「他們都矮矮胖胖的，」我說。「跟阿茲特克人一樣醜。」

「不，不，不，親愛的，我已經見過他了。」

我們兩個坐在我床上，床上散落著髒兮兮的棉衣裙、抽了絲的尼龍襪和灰色內衣。朵琳已經花了十分鐘時間試圖說服我去參加一個鄉村俱樂部的舞會，對象是蘭尼熟識的一個朋友，她堅持，

「蘭尼熟識的一個朋友」和「蘭尼的朋友」是完全不同的兩回事，但因爲我隔天早上要趕八點鐘的火車回家，我覺得我應該先努力收拾行李。

我還有個模糊的想法，覺得，如果我一個人在紐約街頭走一晚上，說不定能在最後一點時間裡，讓這座城市某些神祕美妙的東西感染我。

但我還是放棄了。

在最後一點時間裡做點什麼，變得越來越難決定。當我終於決定做某件事，比如說收拾行李，我也只是把所有邋遢的、昂貴的衣服從櫃子和衣櫥拉出來，放在椅子、床和地板上，然後坐在那裡盯著它們，茫然不知所措。它們似乎都自有獨立、頑固的個性，拒絕被洗滌、摺疊、收納。

「就是這些衣服，」我告訴朵琳。「我回來的時候就是沒辦法對付這些衣服。」

「很簡單啊。」

朵琳用她出色的單線思維方式，開始抓起襯裙、長襪和裡頭裝滿鋼絲的精緻無肩帶胸罩（這是櫻草花內衣公司送的免費禮物，我完全沒有勇氣穿），一件又一件，最後輪到那堆剪裁怪異、可悲的四十美元衣服……

「嘿，那件留下來。我要穿。」

朵琳從她手裡那團東西抽出一條黑色布片扔在我腿上。然後，她滾雪球似的把剩下的衣服滾成一團柔軟的聚合物，塞到床底下別人看不見的地方。

☆

朵琳敲了敲那扇有金色把手的綠門。

裡面傳來混戰聲和男人的笑聲，接著聲音戛然而止。一個穿著襯衫的高個子金髮平頭男孩慢慢推開門，向外張望。

「寶貝！」他喊道。

朵琳消失在他懷裡。我想那應該是蘭尼熟識的人。

我靜靜地站在門口，穿著黑色緊身連衣裙，披著帶流蘇的黑披肩，人比之前更黃了，但期望更低。「我是來觀察的。」當我看著那個金髮男孩把朵琳交給另一個男人時，我告訴自己。那個男人也很高，但膚色黝黑，頭髮稍微長些。穿著一套整潔的白西裝，一件淡藍色襯衫，繫著一條黃色仿緞領帶，上面別著一枚明亮的領帶夾。

我的眼光一直跟著那枚領帶夾。

彷彿有一道巨大的白光從它射出來，照亮了整個房間。然後，那光又斂回己身，在金色的田野上留下了一顆露珠。

我往前走了一步。

「那是鑽石喔。」有人說，許多人突然笑了起來。

我用指甲輕輕敲著它光滑透明的表面。

「這就是她的第一顆鑽石了。」

「馬可，給她吧。」

馬可鞠了一躬，把領帶夾放在我手裡。

它流光溢彩，像顆天堂來的冰塊。我很快地把它塞進我的仿黑玉珠晚宴包裡，然後看了看四周。周圍的人面無表情，好像也沒人呼吸。

「幸運的是，」一隻乾燥、堅硬的手摟住我的上臂，「今晚其餘的時間我都會擔任這位女士的護花使者。說不定，」馬可眼中的閃光熄滅了，變成了黑色，「我還會提供一些小服務……」

有人笑了出來。

「……值得一顆鑽石的小服務。」

抓著我的那隻手一緊。

「唉喲！」

馬可鬆了手。

我低頭看了看自己的手臂，看見一個泛紫的大拇指印。

馬可看著我，然後指指我手臂底下。「看那兒。」

我看了看，看見四個模糊的、和正面大拇指印相應的指痕。

「你看，我可是很認眞的。」

馬可露出一抹微笑，那一閃而過的笑意，讓我想起在布朗克斯動物園逗弄過的一條蛇。那時我用手指敲了敲牢固的蛇籠玻璃，那條蛇張開了發條式的下顎，彷彿在微笑。然後它對著那片看不見的玻璃一撞再撞，一撞再撞，直到我離開。

我以前從來沒見過仇女的人。

我看得出來，馬可就是個仇女的人。儘管那天晚上屋裡有那麼多模特兒和電視小明星，但他除了我，誰也不關心。他並非出於善意，甚至不是出於好奇，而是因爲我碰巧被分給了他，我不過是整副毫無差別的撲克牌當中的一張而已。

☆

鄉村俱樂部樂隊的一個人走到麥克風前，開始甩起代表南美音樂的種子搖鈴。

馬可伸手抓住我的手，但我緊緊抓著我的第四杯黛綺麗酒不動。我以前從來沒喝過黛綺麗，之所以會喝，是因爲馬可幫我點了，我很感激他沒有問我要什麼酒，所以我一句話都沒說，只是一杯又一杯地喝著黛綺麗。

馬可看了看我。

「不要。」我說。

「你是什麼意思，不要？」

「那種音樂我不會跳。」

「別傻了。」

「我想坐在這兒，把酒喝完。」

馬可朝我彎下身，擠出一絲笑容，一掌揮出來，我的酒就長了翅膀，飛落到一株棕櫚盆栽的葉子上。然後馬可用和之前一樣的方式抓住我的手，我只能在跟著他去舞池和手臂被扯掉之間選一個。

「這是探戈。」馬可把我引到跳舞的人群中。「我喜歡探戈。」

「我不會跳。」

「你不用跳。我跳就行了。」

馬可用一隻手環住我的腰，把我壓在他那件耀眼的白西裝上。然後他說：「假裝你快淹死了。」

我閉上眼睛，音樂像暴雨一樣打在我身上。馬可的腿靠在我腿上向前滑步，我的腿就自動向後滑，我的四肢像是拴在他手腳上，只能隨著他的移動而移動，沒有任何自主意願或知識，一會兒之後，我想著：「跳舞根本不需要兩個人，一個人就夠了。」於是我讓自己像棵風裡的樹，任憑吹拂。

「我怎麼跟你說的？」馬可的呼吸炙燒著我的耳朵。「你百分之一百能跳。」

我開始懂得爲什麼仇視女人的人可以這樣愚弄女人了。仇女的人就像神一樣：無堅不摧，充滿力量。他們一降臨，就消失。你永遠也抓不住。

南美音樂結束後，是一段中場休息。

馬可領著我穿過落地玻璃門，進了花園。燈光和人聲從舞廳窗戶溢出來，但在幾公尺外，黑暗便立起屏障，完全擋住了它們。微弱的星光下，樹木和花朵散發著清涼的香氣。那晚沒有月亮。

黃楊木樹籬在我們身後合上，一片廢棄的高爾夫球場朝幾座丘陵似的樹叢綿延而去，我感覺到這個場景的荒涼和熟悉——鄉村俱樂部、舞會，以及只有孤伶伶一隻蟋蟀的草坪。

我不知道我在哪裡，但這裡是紐約郊外的某個富人區。

馬可拿出一支細細的雪茄，和一個子彈形的銀色打火機。他把雪茄叼在雙唇間，彎腰迎向那小小的火焰。他的臉，有著誇張的陰影和亮面，看起來很陌生，很痛苦，像難民的臉。

我看著他。

「你愛上了誰？」然後我說。

足足有一分鐘，馬可什麼也沒說，他只是張開嘴，呼出了一個藍色的煙圈。

「漂亮！」他大笑。

煙圈越來越大，越來越模糊，在黑暗的空中蒼白如幽靈。

然後他說，「我愛上了我表妹。」

我一點也不驚訝。

「那你爲什麼不娶她？」

「不可能的。」

「爲什麼？」

馬可聳聳肩。「她是我大表妹。她就要去當修女了。」

「她漂亮嗎？」

「沒人比得上她。」

「她知道你愛她嗎？」

「當然。」

我停了停。這樣的阻礙對我來說似乎不怎麼眞實。

「如果你這樣叫愛她，」我說，「總有一天你也會愛上別人的。」

馬可把雪茄甩在腳下。

地面彷彿騰空浮起，以溫和的衝擊力撞上我。泥漿從我手指間蠕動出來。馬可一直等到我快站起來，才把雙手放在我肩膀上，把我扔回泥裡。

「我的衣服……」

「你的衣服！」泥漿滲進來，流到我的肩胛骨上。「你的衣服！」馬可的臉陰沉地壓在我臉上，幾滴唾沫落在我嘴唇上。「反正你的衣服是黑的，泥也是黑的。」

然後他的臉往下壓，好像要用他的身體碾穿我，把我碾進泥裡去。

「就要出事了，」我想。「就要出事了。如果我只是躺著，什麼也不做，就會出事。」

馬可用牙咬住我的肩帶，把我的緊身連衣裙扯到腰部。我看見裸露皮膚的微光，像一片蒼白的紗幔，隔開了兩個凶殘的死敵。

「婊子！」

這個詞出現在我耳邊，說得咬牙切齒。

「婊子！」

塵土散去，我看見了戰事的全貌。

我開始扭動撕咬。

馬可重重地把我壓在地上。

「婊子！」

我用尖銳的鞋跟朝他的腿狠狠戳下去。他轉過身，摸索著疼痛的地方。

然後我握起拳頭，往他的鼻子掄過去。感覺就像打在戰艦的鋼板上一樣。馬可坐起來。我開始哭。

馬可掏出一塊白手帕擦了擦鼻子。黑色的、墨水一樣的東西，在白布上散開。

我吮著自己鹹鹹的指關節。

「我要找朵琳。」

馬可望著高爾夫球場另一端。

「我要找朵琳。我要回家。」

「婊子，都是婊子。」馬可像是在自言自語。「不管是不是，全都一個樣。」

我戳戳馬可的肩膀。

「朵琳在哪裡？」

馬可哼了一聲。「去停車場。找找每一部車的後座。」

接著他轉過身來。

「我的鑽石。」

我站起來，在黑暗中摸回我的披肩，準備要走。馬可突然跳起來，擋住我的去路。然後，他故意用手指在血淋淋的鼻子下擦了擦，在我臉上抹了兩下。「我的鑽石是用這些血換來的，還給我。」

「我不知道在哪兒。」

其實我清楚得很，鑽石就在我的晚宴包裡，馬可把我打倒在地的時候，我的包包就像一隻夜鶯，飛進了無邊的黑暗。我開始想著，我要先把他引開，然後再自己回來找。

我不知道這麼大的鑽石值多少錢，但不管多少，我知道數字不會小。

馬可雙手抓住我的肩膀。

「給我說，」他說，每個字都用上同樣的強調語氣。「說，不然我就扭斷你的脖子。」

我突然不在乎了。

「在我那個仿黑玉珠子的晚宴包裡，」我說。「反正在這片糞坑裡頭。」

我丟下馬可，讓他跪在地上，在黑暗中尋找另一個黑暗，小得多，卻能讓他憤怒的雙眼看不見鑽石的光芒。

朵琳不在舞廳，也不在停車場。

我一直走在陰影邊緣，這樣就不會有人注意到黏在我衣服鞋子上的雜草，我用黑披肩遮住了肩膀和裸露的胸部。

對我來說幸運的是，舞會快結束了，一群群的人正準備離開，走到停車的地方。我一部車一部車地問，終於問到一輛尚有空間而且能送我到曼哈頓中心區的車。

☆

在黑暗和黎明交界的模糊時刻，亞馬遜的露臺上空無一人。

我穿著矢車菊花樣的浴袍，像小偷一樣安靜地爬到護欄邊。護欄幾乎有我肩膀高，所以我從靠牆放著的一堆摺椅中拖出一把打開，爬上了那張不怎麼穩的椅子。

猛地一陣風，揚起了我的頭髮。而在我腳下，這座城市在睡夢中熄去燈火，高樓披上黑衣，像在參加一場葬禮。

這是我的最後一夜。

我抓著帶上來的那包衣物，拉住一條白色帶子。那是一條無肩帶的襯裙，鬆緊帶已經穿到失去彈性，軟趴趴地攤在我手裡。我揮舞著它，像在揮一面停戰旗，我揮著，一次，兩次……起風了，我鬆了手。

一片白色飄進夜空，然後開始慢慢落下。不知道它最後會停在哪條街、哪片屋頂。

我又抽了一件出來。

風努力了一下，但沒有成功，一片蝙蝠般的影子沉入了對面頂層公寓的屋頂花園。

我把所有的衣服一件一件交給夜風，灰色的碎片，像戀人的骨灰，飄飄蕩蕩地被帶走，落在這裡，落在那裡，落在我永遠不會確切知道的地方，在紐約的黑暗中心。

我只是一輛麻木的無軌電車

我覺得非常安靜，非常空虛，
身在龍捲風的風眼想必就是這樣的感覺。
死寂令我沮喪。
那不是死寂的死寂，是我自己的死寂。

X 第十章

鏡子裡那張臉，看起來像個生病的印第安人。

我把粉盒放進包包，望著火車窗外。外頭像個巨大的垃圾場，康乃狄克州的沼澤地和各家後院一閃而過，每塊斷裂的破片都和另一塊毫無關係。

這世界簡直是一團亂！

我低頭看了看身上陌生的裙子和上衣。

裙子是一條綠色的巴伐利亞農家裙，上面綴著黑、白和電光藍色的小圖案，鼓得像個燈罩。白色繡花透眼上衣沒有袖子，而在肩膀處做了裝飾摺皺，軟趴趴的，像新生天使的翅膀。

我在紐約放飛衣服的時候忘了留下白天要穿的衣服，於是貝琪拿了一件上衣和一條裙子跟我換了那件矢車菊浴袍。

我憔悴的倒影，白色的翅膀、棕色的馬尾和一切，在窗外的景色中幽靈般不時閃現。

「波麗安娜女牛仔。」我大聲說。

對面一位女士從正在看的雜誌抬起頭來。

直到最後一刻，我都沒想到要洗掉臉上那兩道斜斜的乾血漬。它們看上去很令人同情，也很驚人，我覺得我應該一直留著它們，就像死去戀人的遺物，直到它們自動消失。

當然，如果我笑，或者臉動多了，血痕很快就會剝落，所以我盡可能讓臉保持不動，要是我非說話不可，我就靠牙齒說話，盡量不用嘴唇。

我眞不懂爲什麼別人一直看我。

看起來比我怪的人可多了。

我的灰色行李箱在頭頂上方的架子上，裡頭幾乎是空的，除了《年度最佳短篇小說三十選》之外，就只有一個白色的塑膠太陽眼鏡盒，和二十四個酪梨，那是朵琳送的臨別禮物。

酪梨還沒有熟，所以可以保存得不錯，每次我把行李拿上拿下，或者乾脆提著走的時候，它們就會帶著自己特有的小小雷聲，轟隆隆地從一頭滾到另一頭。

「一二八號公路到了！」列車長喊道。

種滿松樹、楓樹和橡樹的原野漸漸慢下來，卡在火車車窗的框框裡，像一幅拙劣的畫。我走過長長的走道，行李箱傳來咕嚕咕嚕撞來撞去的聲音。

從有冷氣的車廂走上月臺，郊區母親似的氣息包圍了我。那是草坪灑水器、旅行車、網球拍、狗和嬰兒的味道。

夏日的寧靜撫慰一切，如同死亡。

我媽媽站在和手套一樣灰的雪佛蘭旁邊等。「怎麼了，小寶貝，你的臉怎麼回事？」

「自己弄傷了。」我簡短回了話，把行李箱塞進後座，然後自己也鑽進去。我不想讓她在回家這一路上一直盯著我。

車裡的內裝感覺滑溜溜的，很乾淨。

我媽在方向盤後面坐定，把幾封信扔到我腿上，然後轉過身去。

車子噗嚕嚕地活了起來。

「我想我應該馬上告訴你，」她說，我從她脖子的姿態就看得出來，是個壞消息，「你沒被寫作班錄取。」

我肚子像挨了一拳，氣一下子散了。

整個六月，寫作班一直在我面前延伸，像一座明亮、安全的橋，跨越這個夏天的沉悶海灣。這一刻，我看見它在我眼前搖晃，消散，一個穿著白衣綠裙的人形跌進了裂口。

然後我的嘴角嚐到一絲酸楚。

我早就料到了。

我往下滑，脊背中段靠在椅子上，鼻子和窗沿齊平，看著波士頓郊區的房子從眼前滑過。房屋越來越熟悉，我的身子也越滑越低。

我覺得最重要的是別被人認出來。

灰色的軟襯墊車頂罩在我頭上，彷彿囚車。四處散落的、一模一樣的白色木板房和中間修剪整齊的綠化帶一個接一個經過，就像一座巨大難以脫逃的牢籠那一根又一根的鐵欄。

我之前從來沒有在郊區度過夏天。

☆

嬰兒車車輪女高音似的刺耳尖叫像在懲罰我的耳朵。陽光穿過百葉窗透進來，臥室裡充滿了硫磺色的光。我不知道自己睡了多久，只感覺到筋疲力盡的全身劇痛。

旁邊那張雙人床是空的，也沒人整理過。

七點鐘，我聽見媽媽起床，穿上衣服，躡手躡腳走出房間的聲音。然後，樓下響起榨汁機的嗡嗡聲，咖啡和培根的香味從門縫鑽進來。接著水從水龍頭流進水槽，傳來碗盤碰撞的叮噹聲，是媽媽擦乾碗盤放回櫃子的聲音。

然後，前門開了又關上。然後，車門開了又關上，引擎發出噗嚕聲，隨著碾壓碎石的清脆聲響，漸漸消失在遠方。

媽媽教很多城裡的大學女生速記和打字，要到下午才會回家。

嬰兒車的輪子又尖叫著過去了。好像有人在我窗戶外頭推著一個嬰兒來回走動。

我從床上滑到地毯上，手腳並用悄悄地爬過去，想看看到底是誰。

我們家是一棟白色的小木板房，位在兩條寧靜郊區街道拐角的一片綠色小草坪中間。雖然我們這裡的屋子每隔一段距離會種一棵小楓樹，但每個走過人行道的人只要抬頭望望二樓的窗戶，就能看見發生了什麼事。

我之所以會知道這一點，全拜我們家隔壁鄰居，一位名叫奧肯登太太的可惡女人之賜。

奧肯登太太是個退休護士，剛嫁給她的第三任丈夫（另外兩任丈夫死得都有點蹊蹺），總是花費大量時間躲在她漿過的白窗簾後頭往外偷看。

她爲了我給我媽打過兩次電話——一次是向她報告我在屋前的路燈下坐了一個小時，還親了一個坐在藍色普利茅斯汽車裡的人；另一次是說我最好把房裡的百葉窗放下來，因爲有一天晚上她看見我半裸著準備睡覺，當時她恰巧出門去遛她的蘇格蘭㹴。

我小心翼翼地把眼睛抬高到窗臺的位置。

那是個身高不到一百五十三公分的女人，挺著怪異的凸肚子，正推著一輛黑色的舊嬰兒車在街上走。還有兩三個大小不一的孩子，蒼白的臉上滿是污漬，光著髒兮兮的膝蓋，在她裙子的陰影底下搖搖晃晃地跟著她。

一抹寧靜、近乎宗教的笑容照亮了這個女人的臉。她愉快地仰起頭，像個頂在鴨蛋上的麻雀蛋，對著太陽笑。

這女人我很熟。

她叫度度・康威。

度度・康威是天主教徒，念的是巴納德學院（Barnard College），後來嫁給一個哥倫比亞大學畢業的建築師，也是天主教徒。他們在離我們不遠的同一條街北邊有棟大房子，亂得很，房子前面是一片看起來很恐怖的松樹林，周圍散落著滑板車、三輪車、娃娃嬰兒車、玩具消防車、球棒、羽球網、槌球球門、倉鼠籠和小可卡犬——都是郊區童年中會不斷繁衍壯大的各式用品。

我忍不住要對度度產生興趣。

她家和我們這附近所有的房子都不一樣，例如大小（大很多），顏色（二樓用的是深棕色的木板，然而一樓用的是灰色的灰泥，還鑲著灰色和紫色、高爾夫球形狀的石頭），還用松樹完全隔絕了外界的視線，在我們這個草坪相連、樹籬只到腰部的友善社區，這成了一種不合群的表現。

度度用米花穀片、花生醬棉花糖三明治、香草冰淇淋和一加侖又一加侖的胡德牌鮮奶，養大了六個孩子，毫無疑問，她也會這樣養大第七個。本地牛奶商給了她特別折扣價。

每個人都喜歡度度，儘管她不斷擴大的家庭規模一直是鄰居們談論的話題。附近年紀大些的人像我媽，生了兩個孩子，更年輕、更有錢的生了四個，但除了度度，沒有人逼近過第七個孩子的紀錄。就算是六個，也生過頭了，不過大家都說，這也是理所當然，因爲度度是天主教徒嘛。

我看著度度推著康威家最小的孩子上上下下。好像這麼做是爲了我好。孩子讓我不舒服。

地板嘎吱了一聲，我又蹲下來，就在這時，不知道是出於本能，還是某種超自然的聽覺天賦，頂在那脖子的小支點上的度度・康威的臉，突然轉了過來。

我感覺她的視線穿透了白色的隔板和壁紙上的粉紅色玫瑰，發現了蹲在銀色散熱片後面的我。

我爬回床上，把床單拉到頭上蓋著。但即使這樣也擋不住光，於是我把頭埋在枕頭下的黑暗中，假裝現在是晚上。我找不到起床的理由。

我根本沒什麼好期待的。

過了一會兒，我聽見樓下客廳電話在響。我用枕頭塞緊耳朵，給自己五分鐘時間。等到我把頭從螺孔似的枕頭洞裡拔出來的時候，鈴聲已經停了。

幾乎就在同時，電話又響了。

我咒罵著那些聞得出我回家了的朋友、親戚或陌生人，赤腳走下樓去。客廳桌上的黑色樂器一次又一次唱出歇斯底里的音符，像一隻緊張兮兮的鳥。

我拿起聽筒。

「哈囉。」我用一種低沉、僞裝的聲音說。

「哈囉，艾瑟，怎麼啦，你喉嚨發炎啊？」

是我的老朋友裘蒂，從劍橋打來的。

那年夏天，裘蒂在學校產學合作實習打工，還修了一堂午餐時間的社會學課程。她和我們學校的另外兩個女生，從四個哈佛法律系學生那裡租下了一間大公寓，我一直打算在寫作班開始之後搬去跟她們一起住。

裘蒂想知道什麼時候我會過去。

「我不去了，」我說。「我沒錄取。」

一陣短短的沉默。

「他是個笨蛋，」裘蒂接著說。「他沒眼光，不識貨。」

「我也這麼覺得。」我的聲音聽起來很怪，空空洞洞的。

「還是來吧。可以修點別的課啊。」

我腦子閃過改修德文或變態心理學的想法。畢竟我在紐約賺的薪水幾乎全存下來了，所以勉強負擔得起。

但那個空洞的聲音說，「你還是別等我了。」

「好吧，」裘蒂說，「還有個女孩子想跟我們一起住，如果有人退出的話……」

「沒問題。就去問她吧。」

掛上電話那一刻，我就知道我應該說「我要去」才是。度度・康威的嬰兒車聲，我再多聽一早上就會瘋掉。而且我決定，絕對不和我媽同處一個屋簷下超過一星期。

我伸手去拿話筒。

我的手往前伸了幾公分，然後退了回來，無力地垂下。我又逼它伸向話筒，但它再度半途而廢，像是撞上了一塊玻璃。

我晃進了飯廳。

我發現桌上放著一封長形公式化信函，是暑期班寄來的，和一封薄薄的藍色信件，套著用剩的耶魯信封，巴迪．威拉德清晰工整的字跡寫著我的名字。

我用刀子拆開暑期班的信。

信裡說，因爲我沒有被寫作班錄取，所以我可以選修其他課程，但我應該在當天上午打電話去招生辦公室，不然可能來不及註冊，課程幾乎都滿了。

我撥了招生辦公室的電話，聽見那殭屍般的聲音留言說，艾瑟．格林伍德小姐要取消上暑期班的所有安排。

接著我拆開巴迪．威拉德的信。

巴迪寫道，他可能愛上了一個同樣有肺結核的護士，但他媽媽七月在阿第倫達克山租下了一間小屋，如果我跟她一起去，他很可能會發現他對那個護士的感情只是種短暫的迷戀。

我拿起鉛筆劃掉巴迪寫的內容，然後把信紙翻過來，在背面寫道，我已經和一個同步口譯員訂婚了，以後再也不想見到他，因爲我不想讓孩子有個僞君子父親。

我把信塞回信封，用透明膠帶貼好，寫上巴迪的姓名地址，沒貼新郵票。我想這封信値得他再補三分錢。

然後我決定用這個夏天寫一篇小說。

應該可以報復很多人。

我走進廚房，在一茶杯的生漢堡肉裡打進一個生蛋，拌勻了吃下肚。接著我把橋牌桌搬到屋子和車庫之間的紗窗門廊上。

前方一大片山梅花叢擋住了前方的街景，房子和車庫牆擋住兩邊，幾株樺樹和一叢黃楊木樹籬擋住後方，保護我不被奧肯登太太發現。

我從客廳壁櫥裡媽媽的庫存中數了三百五十張打字機紙出來，它們藏在一堆舊氈帽、衣服刷和羊毛圍巾底下。

我回到門廊，把第一張潔白無瑕的紙裝進我的舊打字機，然後捲上來。

另一個我脫離了自己，從她的角度，我看見自己坐在紗窗門廊上，被兩面白色的木板牆、一片山梅花、幾株樺樹和一叢黃楊木樹籬包圍著，小小的，像個娃娃屋裡的娃娃。

我心裡充滿溫柔的感覺。我將成爲自己筆下的女主人翁，只是會僞裝一下。我給她取名叫伊蓮。伊蓮（Elaine），我扳著手指數了數，艾瑟（Esther）也是六個字母。這似乎是個好兆頭。

☆

伊蓮坐在紗窗門廊上，穿著她媽媽的黃色舊睡衣，等待著某件事發生。那是七月一個悶熱的上午，汗珠從她背上慢慢爬下來，一滴又一滴，就像蠕動的蟲。

我往後一靠，讀著自己寫的東西。

文字頗爲生動，我對拿蟲來形容汗滴這個點子很自豪，只是我隱約有個印象，這種說法我可能很久以前在別的地方看過。

我就這樣坐了快一小時，想思考接下來要發生什麼，我腦子裡那個穿著媽媽黃色舊睡衣的光腳小娃娃也坐在那裡，凝望著虛空。

「怎麼了，小寶貝，不想換衣服嗎？」

我媽很謹慎，從來不指揮我做事。她只會溫言軟語地跟我講道理，像一個聰明成熟的人對另一個聰明成熟的人那樣。

「都快下午三點了。」

「我在寫小說，」我說。「沒時間脫這換那的。」

我躺在紗窗門廊的躺椅上，閉上眼睛。我可以聽見媽媽收掉打字機和橋牌桌上的紙張，爲晚餐擺上銀餐具的聲音，但我沒有動。

惰性像糖漿一樣浸透了伊蓮的四肢百骸。得瘧疾一定就是這種感覺，她想。

照這種速度，我一天能寫一頁就謝天謝地了。

然後我突然明白問題出在哪裡。

我需要經驗。

如果我沒戀愛過，沒有孩子，甚至沒親眼見過死亡，我怎麼寫得出生活來？我認識的一個女孩剛因爲一篇描寫她在非洲俾格米人（pygmy）部落冒險的短篇小說獲獎，我怎麼可能跟那種經歷競爭呢？

吃完晚飯，媽媽終於說服我在晚上學速記，這樣對我來說一舉兩得，既能寫小說，又能學到實用的東西，我還能省下一大筆錢。

當天晚上，媽媽就從地窖裡挖出一塊舊黑板，把它擺在門廊上。接著她站在黑板前面，用白粉筆在上頭亂畫一些小符號，我就坐在椅子上看。

一開始我還覺得很有希望。

我覺得我可能很快就能學會速記，要是獎學金辦公室的雀斑女士問我爲什麼七八月不做點工作賺錢（靠獎學金過活的女孩應該會這樣做的），我就可以告訴她，我上了免費速記課程，這樣，我大學畢業之後就可以養活自己了。

唯一的問題是，我一試著想像自己正在做某種工作，俐落地記下一行又一行的速記時，腦子就會一片空白。我覺得會用上速記的地方，沒有一項工作是我想做的。我坐在那裡看著，白色的粉筆符號越來越模糊，最後變得毫無意義。

我跟媽媽說我頭痛得厲害，然後就去睡了。

一小時後，門緩緩地被推開，她躡手躡腳走進房間。我聽見她脫衣服的沙沙聲。她爬上了床，然後呼吸變得緩慢而規律。

昏暗的街燈從拉上的百葉窗透進來，我看見她頭上銀針似的捲髮閃閃發光，像一排小刺刀。

我決定推遲寫小說的計畫，等到我去了歐洲，有了戀人之後再說，而且我一個速記符號也不學。如果我從來沒學過速記，就永遠不需要用它。

我想我可以用這個夏天來讀《芬尼根守靈夜》，寫我的論文。

然後，等到九月底學校開學，我就能領先一步，可以好好享受我的最後一年，而不像大多數大四生那樣，妝也不化，一頭亂髮，靠咖啡和苯丙胺過日子，直到寫完論文。

接著我又想，我可以晚一年畢業，去找個製陶師傅拜師學藝。

或者，我也可以去德國工作，當女服務生，直到我掌握兩種語言爲止。

然後，一個又一個的計畫開始在我腦子裡蹦出來，像一窩亂跑的兔子。

我看見我人生中的每一年以電線桿的形式，沿著一條路一根根隔開，又被電線連結起來。我數著，一、二、三……一直數到第十九根，之後那根電線在空中晃蕩，我想盡方法，但在第十九根電線桿後面，我一根電線桿都看不見。

房間被晨光染藍了，慢慢變得清晰，不知道夜晚去了哪裡。媽媽從一根模糊的木頭變回沉睡的中年婦女，嘴微微張著，喉嚨裡發出鼾聲。這種豬叫似的聲音讓我火大，有片刻時間，在我看來，要阻止它的唯一辦法就是把那根出聲的皮膚肌腱核心抽出來，用雙手扭斷它，才能讓它安靜。

我假裝睡著，直到我媽出門上課，但即使是我的眼皮也沒能擋住光。光，把眼皮裡赤裸的紅色小血管簾幕掛在我面前，樣子像個傷口。我爬到床墊和和軟墊床架中間，讓床墊像墓碑一樣壓在我身上。躲在底下讓我覺得黑暗而安全，但床墊還是不太夠重。

它得再重一噸，才能讓我入睡。

河水奔流，流過夏娃和亞當之家，從起伏的海岸，到凹進的港灣，又沿著寬闊回環的維柯路，將我們帶回到霍斯堡和郊外……

這本厚厚的書在我肚子上壓出了一個不舒服的凹痕。

1苯丙胺（Benzedrine），第一種藥用安非他命的藥品名，可用於體能增強、益智，以及作為春藥使用。安非他命在許多國家為合法的處方藥，但為享樂而攝入的安非他命通常會遠超過醫療用劑量範圍，且伴隨著非常嚴重甚至致命的副作用。

河水奔流，流過夏娃和亞當之家……

我想，句子開頭用了小寫字母，可能意味著沒有什麼東西在眞的開始時是全新、足以用大寫字母強調的，一切不過是之前的東西流傳下來的。夏娃和亞當就是亞當和夏娃，這是當然，但也可能象徵別的東西。

說不定是都柏林的某家酒吧。

我的眼睛穿過一片字母湯，看到了那一頁中間的長單字。

bababadalgharaghtakamminarronnkonnbronntonnerronntuonnthunntrovarrhounawnskawntoohoordenthurnuk!

我數了數，這個詞足足有一百個字母。我想這個詞一定很重要。

爲什麼是一百個字母？

我結結巴巴地試著大聲唸出這個詞。

聽起來就像一個沉重的木製器物一路往樓下滾，咚咚咚，一階又一階。我翻著書，讓那些字詞在眼前慢慢飄過。字詞，有種朦朧的熟悉感，卻又扭曲得一塌糊塗，像遊樂場哈哈鏡裡的臉，就這麼掠過，沒有在我呆滯的大腦表面留下任何痕跡。

我瞇起眼睛，仔細看著這一頁。

字母長出倒鉤和公羊角。我看著它們各自散開，以一種愚蠢的方式上下晃動，接著又以奇妙、無法轉譯的形式連結，像阿拉伯文或中文。

我決定放棄我的論文。

我決定放棄整個榮譽學程，成爲一個普通的英文系學生。我去查了一下學校對英文系的畢業條件。條件很多，我連一半都沒達到。其中一個是修一門十八世紀課程。我討厭的正是十八世紀的概念，那些自以爲是的人寫著短小嚴密的對句，對理性熱中到極點。所以我跳過了這門課，在榮譽學程中是容許這麼做的，修課更自由。我太自由了，所以我把大部分時間都花在狄蘭・湯瑪斯[2]身上。

我有個朋友也是修榮譽學程的，她竟然能一點莎士比亞的作品都不讀，然而對於《四首四重奏》[3]，她卻是個貨眞價實的專家。

我發現，對我來說，從自由的學程轉到更嚴格的修課方式，有多不可能，多尷尬。於是我查了一下我媽媽教課的城市學院英文系的畢業條件。

它們的條件更嚴苛。

2狄蘭・湯瑪斯（Dylan Thomas，一九一四至一九五三），威爾斯詩人、作家。最著名的作品包括十九行詩《不要溫和地走進那個良夜》。

3《四首四重奏》（Four Quartets），是詩人艾略特（T. S. Eliot，一八八八至一九六五），在一九四〇至一九四二年之間的詩作。

你得熟悉古英文和英語發展史，以及從《貝奧武夫》[4]至今所有作品的代表性選集。

這讓我很吃驚。我一直看不起我媽任教的學校，因爲它男女兼收，而且一大堆拿不到東部名校獎學金的人都念那裡。

而如今我發現，我媽學校裡最蠢的人懂得的東西都比我多。我想他們甚至連門都不會讓我進，更別說給我和原來學校一樣的高額獎學金了。

我想，我最好先去工作一年，好好思考一下。說不定還可以偷偷研究一下十八世紀的東西。

可是我不會速記，那我能做什麼？

我可以去當女服務生或打字員。

但這兩種工作我都受不了。

☆

「你說你需要更多安眠藥？」

「是的。」

「可是我上星期給你的那些藥很強耶。」

「那些藥已經無效了。」

德蕾莎又大又黑的眼睛若有所思地看著我。我可以聽見她的三個孩子在診療室窗戶下方花園裡玩的聲音。我阿姨莉比嫁了一個義大利人，德蕾莎是我阿姨的嫂子，也是我們家的家庭醫生。

我喜歡德蕾莎，她有一種溫柔、直觀的能力。

我想，一定是因為她是義大利人。

我們沉默了幾秒鐘。

「怎麼了？」然後德蕾莎說。

「我睡不著。我讀不下書。」我努力用冷靜的方式說話，但殭屍從我喉嚨往上爬，死死掐住了我。我雙手一攤。

「我想，」德蕾莎從處方箋上撕下一張白紙，寫下一個名字和地址，「你最好去見見另一個我認識的醫生，他比我更能幫助你。」

我看著那些字，但是看不懂。

「戈登醫生，」德蕾莎說。「他是精神科醫生。」

4《貝奧武夫》（Beowulf），或譯貝奧武甫、北螯武夫、裴歐沃夫、表沃夫，完成於西元八世紀，約為七五〇年左右的英雄敘事長詩。故事的舞臺位於北歐的斯堪地那維亞半島。是以古英語記載的傳說中最古老的一篇，在語言學方面也是相當珍貴的文獻。

XI 第十一章

戈登醫生的候診室很安靜，而且是米色的。牆壁是米色的，地毯是米色的，軟墊椅和沙發也是米色的。牆上沒有鏡子，也沒有照片，只有不同醫學院的證書，用拉丁文寫著戈登醫生的名字，掛在牆上。診療桌、咖啡桌和雜誌桌上的陶瓷花盆裡滿是捲成了環狀的淺綠色蕨類植物和帶刺的深綠色葉子。

起初我很納悶，爲什麼這個房間會讓我覺得這麼安全。然後我意識到，是因爲沒有窗戶的緣故。冷氣讓我發抖。

我依然穿著貝琪的白上衣和農家裙。它們現在有點下垂了，因爲我待在家這三星期從來沒洗過。汗濕的棉布散出一股發酸但親切的氣味。

我也三星期沒洗頭了。

七個晚上沒睡覺。

媽媽跟我說我一定睡過，那麼長的時間，不可能完全沒睡，但如果我睡了，也是睜著眼睛睡的，因爲我每天晚上都盯著床頭鐘秒針、分針和時針的綠色夜光軌跡，跟著它們轉半圈，一圈，連續七夜，一小時、一分、一秒都沒有錯過。

至於爲什麼我沒洗衣服也沒洗頭，那是因爲，感覺太蠢了。

我看見一年中的日子像一排明亮的白色盒子一路往前延伸，盒子和盒子中間的間隔就是睡眠，像一片黑色的暗影。只是對我來說，隔開盒子和盒子那長長的、透視圖似的暗影突然沒了，我可以看見日子在我面前發著光，一天又一天，就像一條白色、寬闊、卻無比荒涼的大道。

今天洗衣服，以後也還是要洗，這種事很蠢。光想我都覺得累。

我想一勞永逸地做完每件事。

☆

戈登醫生捻著一根銀色的鉛筆。

「你媽媽跟我說你不舒服。」

我深深地在皮椅裡縮著，隔著光潔的桌子，面對一畝之外的戈登醫生。

戈登醫生等著我回答。他的鉛筆橫過吸墨紙整潔的綠色區域，一下一下地敲——嗒，嗒，嗒。

他的睫毛又長又密，看起來像假的。像黑色的塑膠蘆葦繞著兩個綠色的冰川湖。

戈登醫生的五官太完美了，幾乎稱得上漂亮。

從進門那一刻起，我就討厭他。

我曾經想像，會碰到一個善良、醜陋，卻很敏銳的人，他會抬起頭，以鼓舞人心的口吻說出「啊！」，好像他能看見我看不見的東西，然後我會找到適當的用字，告訴他我有多害怕，像是被塞進一個黑色、沒有空氣的袋子裡，沒有出口，越塞越深。

然後他會往後靠在椅子上，手指尖併攏成一個小尖塔，告訴我，為什麼我睡不著，為什麼我讀不下書，為什麼我吃不下東西，為什麼人們做的每件事看起來都那麼蠢，因為他們最後都會死。

然後，我想，他會幫助我，一步一步做回我自己。

但戈登醫生完全不是這樣的人。他很年輕，也很好看，我一眼就看出他是個自負的傢伙。

戈登醫生桌上有一張照片，裝在銀色的相框裡，一半對著他，一半對著我的皮椅。那是一張全家福，照片裡有個美麗的黑髮女子，可能是戈登醫生的妹妹，在兩個金髮孩子的頭頂上方微笑著。

我想，孩子一個是男孩，一個是女孩，但也可能兩個都是男孩，或者都是女孩，孩子還那麼小，很難說。我想照片裡還有一隻狗（應該是某種㹴犬或黃金獵犬），在底下，但也可能只是女人裙子上的圖案。

不知道為什麼，這張照片讓我很生氣。

我不知道爲什麼要讓它半邊對著我，一定是戈登醫生想立刻讓我知道他已經跟某個迷人的女士結婚了，要我最好別有任何非分之想。

然後我想，這個戈登醫生有漂亮的妻子、漂亮的孩子，還有一隻漂亮的狗，像聖誕卡上的天使一樣環繞著他，他怎麼有辦法幫我呢？

「你可以試著告訴我，你覺得哪裡不對勁。」

我猜疑地翻來覆去思索這句話裡的每一個字，像翻看一堆圓圓的、海水打磨過的鵝卵石，好像它們會突然伸出爪子，變成別的東西。

我覺得哪裡不對勁？

這話聽起來像是，並沒有什麼是真的不對勁，只是我覺得不對勁。

我用沉悶平淡的聲音（以表示我並沒有被他帥氣的外表和全家福照片迷惑）告訴戈登醫生，我沒睡覺、沒吃飯，也沒讀書。我沒提到寫字，這其實是最讓我煩惱的事。

那天早上，我想寫信給在西維吉尼亞州的朵琳，問她我能不能去跟她住，也許還可以在她們學校找個工作，當個女服務生或什麼的。

但是當我拿起筆，我的手卻寫出了幼兒般的字母，大大的，抖抖的，每行字從左到右幾乎斜成對角線，像是紙上的一團線圈，有人經過把它給掃歪了似的。

我知道不能把這樣的信寄出去，所以我把信撕成小碎片，放在包包裡我的粉盒旁邊，以備精神科醫生要求要看。

但是當然，戈登醫生並沒有說要看，因爲我根本沒提，我開始爲自己的機靈感到高興。我想我只需要告訴他我想說的，我可以隱藏這個，透露那個，藉此控制他對我的印象，而他還以爲自己很聰明。

在我說話的整個過程中，戈登醫生一直低著頭，像是在祈禱。除了我沉悶平淡的聲音之外，唯一的聲音就是戈登醫生的鉛筆在綠色吸墨紙同一個位置上嗒、嗒、嗒的敲打聲，像一根哪裡都去不了的手杖。

我說完之後，戈登醫生抬起頭。

「你說你上的是哪裡的大學？」

我有點糊塗了，我告訴他，我不知道大學跟我說的事情有什麼關係。

「啊！」戈登醫生往後一靠，看著我肩膀上方空白處，露出懷舊的微笑。

我以爲他要跟我說他的診斷結果，也許我對他的判斷太草率、太不友善了。但他只是說，「你們學校我記得很清楚，戰爭期間我在那裡工作過。那邊有一個陸軍婦女兵團（Women's Army Corps, WAC），對吧？還是海軍婦女預備隊（Women Accepted for Volunteer Emergency Service, WAVES）？」

我說「我不知道」。

「是了，是個陸軍婦女兵團，我想起來了。在我被派到海外之前，我是那裡的醫生。天哪，那群女孩眞漂亮。」

戈登醫生笑了起來。

然後他順勢起身，繞過診療桌桌角向我走來。我不確定他要做什麼，所以我也站了起來。

戈登醫生伸手抓住我右邊垂著的手，跟我握手。

「那就下次見了。」

飽滿濃密的榆樹在紅黃相間的磚砌門面前遮出一條陰涼的隧道。聯邦大道上一部電車沿著細長的銀色軌道開往波士頓。我先等電車過去，然後才過馬路，走向對面路邊的灰色雪佛蘭。

我可以看見媽媽的臉，充滿焦慮，灰灰黃黃的，像一片檸檬，正透過擋風玻璃看著我。

「嗯，他怎麼說？」

我關上車門。車門沒關好。我把門往外一推，又拉回來，車門發出一聲悶響。

「他說下星期再見。」

媽媽嘆了口氣。

戈登醫生每小時收費二十五塊錢。

☆

「嗨你好啊，你叫什麼名字？」

「愛莉．希金巴頓。」

那個水兵在我身邊坐下，我笑了笑。

我想，這公園的水兵一定和鴿子一樣多。他們似乎是從遠處一間暗褐色的徵兵處冒出來的，那裡四周和內壁的牆上都貼著藍白兩色的海報，寫著「加入海軍」。

「愛莉，你哪裡來的？」

「芝加哥。」

我從來沒去過芝加哥，但是我認識一兩個念芝加哥大學的男生，似乎不按牌理出牌、生活混亂的人都是從那樣的地方來的。

「你離家還眞遠啊。」

水兵摟住我的腰，我們就這樣在公園走了很長一段時間，他伸手探進農婦裙摸我的屁股，我故作神祕地笑著，盡量不說話，免得洩露我其實來自波士頓，隨時可能碰上威拉德太太，或者我媽那些剛在燈塔山喝完茶、剛從菲林的地下室買完東西穿過公園的朋友。

我想，如果眞的去了芝加哥，說不定我會永遠把名字改成愛莉．希金巴頓。這樣就不會有人知道我放棄了東部一所著名女子學院的獎學金，在紐約混過一個月，還拒絕了一個非常認眞的醫學生求婚，而他有一天會成為美國醫學會的會員，賺得盆滿缽滿。

在芝加哥，人們會把我當成我自己。

我就只是愛莉．希金巴頓，一個孤兒。人們會因為我甜美安靜的天性而喜歡我，不會追在後頭要我讀書，寫關於詹姆斯．喬埃斯筆下雙胞胎的長篇論文。也許有一天，我會嫁給一個陽剛但溫柔的修車技工，像頭母牛似的生下一大堆孩子，就和度度．康威一樣。

只要我當時碰巧想這麼做。

「你海軍退役以後想做什麼？」我突然問那個水兵。

這是我說過最長的一句話，他似乎吃了一驚。他把白色的紙杯蛋糕帽推到一邊，抓了抓頭。

「這個嘛，我不知道，愛莉，」他說。「也許就是靠退伍軍人權利法案去念個大學吧。」

我停了一下，然後暗示性地說：「有沒有想過開一家修車廠？」

「沒有，」水兵說。「從來沒想過。」

我從眼角餘光瞥了他一眼，他看上去不超過十六歲。

「你知道我幾歲了嗎？」我用責備的口氣說。

水兵對我笑了笑。「不知道，而且我也不在乎。」

1 菲林的地下室（Filene's Basement），麻州的一家百貨連鎖店，是美國最老的低價零售商。

我突然覺得，這個水兵長得眞帥。他看起來像北歐人，而且還是童子之身。現在的我頭腦簡單，顯然這點讓我吸引了純潔英俊的人。

「嗯，我三十歲了。」我說，等著他的反應。

「唉呀，愛莉，你看起來一點也不像。」那水兵捏了我屁股一把。

然後他從左到右快速掃了一眼。「聽著，愛莉，如果我們繞到那邊的臺階，走到紀念碑底下，我就可以吻你了。」

就在這時，我注意到一個穿著實用棕色平底鞋的棕色身影，正朝我的方向大步穿過公園。從這麼遠的地方，我看不清那張硬幣大小的臉有什麼特徵，但我知道那是威拉德太太。

「能不能請問你，去地鐵要往哪兒走？」我大聲對那個水兵說。

「啊？」

「去鹿島監獄的地鐵？」

威拉德太太走過來的時候，我只能假裝在跟水兵問路，其實我根本不認識他。

「把你的手拿開。」我咬著牙說。

「嘿，愛莉，你怎麼啦？」

那個女人走過來，沒看我一眼，也沒點頭示意，就這麼過去了，當然，那不是威拉德太太。威拉德太太人在阿第倫達克山上的小屋裡。

我用復仇的眼神看著那女人遠去的背影。

「嘿，愛莉……」

「我以爲是我認識的人，」我說。「芝加哥孤兒院裡某位該死的女士。」

水兵又用胳膊摟住我。

「你是說你沒有父母嗎，愛莉？」

「沒有。」我落下一滴眼淚，似乎已經收放自如。它在我頰上留下一道細細熱熱的痕跡。

「欸，愛莉，別哭啊。那位女士，對你很壞嗎？」

「她……她太可怕了！」

淚水洶湧而出，那個水兵抱著我，在一株美國榆樹的樹蔭下，用一塊乾淨的白色亞麻大手帕幫我擦眼淚，這時，我想著那位棕衣服女士幹過的種種邪惡行徑，不管她自己知不知道，她都必須爲我在這裡拐錯彎、在那裡走岔了路，以及之後發生的一切壞事負責。

☆

「嗯，艾瑟，這星期怎麼樣？」

戈登醫生輕輕捏著他的鉛筆，像捏著一顆細長的銀色子彈。

「一樣。」

「一樣？」他挑了挑眉毛，好像不相信。

於是我又說了一次，用同樣沉悶平淡的聲音，只是這次我更生氣了，因爲他好像很遲鈍，不懂我十四個晚上沒辦法睡覺、不能讀、不能寫，也不能好好吞嚥是怎麼回事。

戈登醫生似乎無動於衷。

我翻了翻包包，找出我寫給朵琳的信件碎片。我把紙片拿出來，讓它們在戈登醫生無瑕的綠色吸墨紙上飄動。它們躺在那裡，沉默如夏天草地上的雛菊花瓣。

「怎麼樣？」我說，「你覺得？」

我以爲戈登醫生一定馬上就能看出字跡有多糟，但他只是說：「我想跟你媽媽談談。你介意嗎？」

「不介意。」但我一點也不喜歡戈登醫生想跟我媽談話的想法。我想他可能會跟她說應該把我關起來。我撿起給朵琳的那封信的每張碎片，免得戈登醫生把信拼回去看出我打算逃跑，然後我什麼也沒說，走出了診療室。

我看著我媽越變越小，最後消失在戈登醫生診所大樓門口。然後當她走回車子時，又看著她越變越大。

「怎麼樣？」我看得出來，她一直在哭。

媽媽沒有看我。她發動了車子。

等到我們滑進涼爽的榆樹樹蔭，她才開口說，「戈登醫生覺得你完全沒有好轉，他認為你應該去他位於華頓的私人醫院接受電擊治療。」

我感覺到一陣強烈的好奇，好像我剛讀到一則可怕的頭條新聞，是關於別人的。

「他是說，要住在那裡嗎？」

「不是。」我媽說，她的下巴在發顫。

我想她一定在說謊。

「你跟我說眞話，」我說，「要不然以後我就不理你了。」

「我不是一直都跟你說眞話的嗎？」我媽說，然後突然哭了起來。

七樓窗臺自殺者獲救！

在七樓高的狹窄窗臺上待了兩小時之後，喬治．波魯齊先生在下方水泥停車場聚集的人群圍觀下，由查爾斯街警察隊的威爾．基爾馬丁警長協助，從附近的窗戶被接到安全地帶。

我從買來餵鴿子的一毛錢袋子裡拿出一顆花生剝開吃了。它的味道是死的，像一片老樹皮。

我把報紙湊近眼睛，好看清喬治．波魯齊的臉。在磚牆和黑色天空的模糊背景中，聚光燈打在他臉上，像個缺了四分之一的月亮。我覺得他有重要的事情要告訴我，不管是什麼，可能就寫在他的臉上。

但是，當我仔細端詳喬治‧波魯齊的五官時，油墨印出來的懸崖峭壁卻化開了，變成了深灰、淺灰和中灰色小點組成的規則圖案。

墨黑色的報紙文字沒有說爲什麼波魯齊先生會站在窗臺上，也沒有說基爾馬丁警長最後從窗戶把他拖進去時對他做了什麼。

跳樓的問題在於，如果你沒挑對樓層，很可能落地時還活著。我想七樓應該算保險距離。

我摺起報紙，塞在公園長椅的木板條中間。這就是我媽所謂的醜聞小報，裡頭全是本地的謀殺、自殺、毆打和搶案，幾乎每頁都有個半裸女郎，乳房快要從衣服邊緣溢出來，雙腿擺出刻意安排過的姿勢，好讓你看見她的絲襪上緣。

我不知道爲什麼以前我從來沒買過這些報紙。它們是我這時唯一可以讀到的東西。圖片之間的小段文字在字母有機會變得狂妄、開始扭動之前就結束了。在家裡，我唯一能看到的是《基督科學箴言報》（Christian Science Monitor），除了週日之外，每天早上五點鐘都會準時出現在門口，自殺、性犯罪和飛機失事在這份報紙上像是從來沒發生過一樣。

一只裝滿小孩的大天鵝船慢慢接近我坐的長椅，繞過一個站滿鴨子的小島，又從黑暗的橋洞划回來。我看見的每樣事物都生氣勃勃，又極其渺小。

我彷彿從一扇我打不開的門的鑰匙孔裡，看見我自己和弟弟，約莫只有膝蓋高，拿著兔耳氣球爬上天鵝船，在漂滿花生殼的水面上爭奪靠邊的位置。我嘴裡有乾淨的薄荷味。如果我們在牙醫那裡表現良好，我媽就會花錢讓我們坐一次天鵝船。

我繞著公共花園轉了一圈（過了橋，走到藍綠色的紀念碑下，經過種成美國國旗圖樣的花壇和公園入口，那裡可以讓你在一座橙白條紋帆布亭子裡，花兩毛五拍照），一路讀著那些樹的名字。我最喜歡的樹是「哭泣的學者樹」[2]。我想它一定是日本來的。在日本，他們理解一切精神層面的東西。

要是有什麼出了問題，他們就會把自己開膛破肚。

我試著想像他們是怎麼做的。他們一定有一把極鋒利的刀，不，可能是兩把。然後他們會坐下，盤著腿。接著雙手交叉，刀子對準自己的肚子，一邊一把。他們必須裸體，不然刀子會被衣服卡住。

然後瞬間，在他們還沒來得及思考的時候，立刻把刀刺進去拉圓形，一把刀劃上半圓，另一把劃下半圓，劃一整圈。然後他們的肚皮就會像個盤子一樣鬆脫，內臟掉出來，然後就死了。

這種死法一定需要很大的勇氣。

我的問題是我討厭見血。

我想我可能會在公園裡待一整晚。

2 哭泣的學者樹（Weeping Scholar Tree）即龍爪槐、日本槐（Japanese pagoda tree）。

明天早上，度度‧康威要開車送我和媽媽去華頓，如果我還想逃，現在正是時候。我翻了翻自己的包包，數出一張一塊錢鈔票和七毛九分錢硬幣。

我不知道去芝加哥要多少錢，我也不敢去銀行把我所有的錢都領出來，因爲我想戈登醫生很可能已經通知了銀行人員，如果我有什麼明顯的舉動，就會把我攔截下來。

我想到可以搭便車，但我不知道離開波士頓的路裡面哪一條是通往芝加哥的。在地圖上找方向很容易，但是當我眞的身在某個地方，我對方向的概念卻少得可憐。當我想知道哪邊是東，哪邊是西的時候，似乎都正好是中午或是陰天，一點能幫上忙的線索都沒有，不然就是晚上，除了北斗七星那把大杓子和仙后座的椅子，星星對我也毫無用處，我這個弱點總是讓巴迪‧威拉德很失望。

我決定走到公車總站，問問去芝加哥的票價。然後我可能會去銀行，準確地領出這數字的錢，這樣就不會引起那麼多懷疑了。

我剛走進總站的玻璃門，還在瀏覽架子上的彩色旅遊傳單和時刻表，就意識到我們鎮上的銀行要關門了，因爲現在已經是下午，我要到第二天才能領到錢。

我在華頓預約的時間是十點。

這時，擴音器劈哩啪啦地響起來，開始報出外面停車場一部準備出發的公車有哪些停靠站。聲音從喇叭傳出來都變了樣，向來如此，讓人一個字都聽不懂，然後，在一大堆干擾當中，我聽見了一個熟悉的名字，在整個管弦樂團同時調音的雜亂聲中，清晰如鋼琴上的中央A。

那是個離我家兩個街區的車站。

我匆匆走進塵土飛揚的七月底酷熱午後，一身是汗，滿嘴沙塵，像是有場艱難的面試要遲到了。我上了那部引擎已經發動的紅色公車。

我把車資交給司機，靜靜地把雙手放在車門絞鏈上，門在我身後關上了。

XII 第十二章

戈登醫生的私人診所矗立在一片草地上，在一條長長的僻靜車道盡頭，車道鋪著碾碎的蛤蜊殼，染成了一片白色。大房子的黃色木板牆和環繞屋子的露臺在陽光下發著光，翠綠的草丘上卻一個散步的人都沒有。

我和媽媽走近房子，夏天的酷熱向我們襲來，一隻蟬從後面一株山毛櫸中央飛了起來，像一部空中割草機。蟬聲更顯出了鋪天蓋地的死寂。

一位護士在門口迎接我們。

「請在客廳稍候，戈登醫生馬上過來。」

困擾我的是，這房子裡的一切看起來都很正常，儘管我知道裡面一定擠滿了瘋子。我目光所及的窗戶上都沒有鐵欄杆，也聽不見發狂或令人不安的聲音。陽光在破舊但柔軟的紅地毯上把自己切成規則的長方形，空氣裡飄著一縷新割下的綠草甜香。

我在客廳門口收住了腳。

有一瞬間，我還以爲，這是我在緬因州海岸一個小島上參觀過的某間家庭旅館休息室的複製品。落地玻璃門迎進耀眼的白光，房間遠處角落塞著一架平臺式鋼琴，牌桌邊是身穿夏裝的人群，坐的是歪歪斜斜的柳條扶手椅，沒落海邊度假村常見的那種。

然後我意識到，這些人沒有一個在動。

我更專注地觀察著，想從他們僵硬的姿勢裡看出一點線索。我發現那裡有男人和女人，也有男孩和女孩，他們一定和我一樣年輕，但他們的臉都是一個樣子，好像他們很久沒曬太陽、在篩粉似的蒼白細塵中躺了很久，無人聞問。

然後我看到，有些人確實在動，但動作很小，像鳥一樣，所以我一開始沒看出來。

一個臉色黯淡的男子在數一副牌，一、二、三、四，我想他一定是想知道這副牌完不完整，但是他數完之後，又重新開始數。他旁邊有一位胖女士在玩一串木頭珠子。她把所有珠子都往上推到繩子的一端，再讓它們一個撞一個，嗒、嗒、嗒地掉回去。

鋼琴那邊，一個年輕女孩翻看了幾張琴譜，但她一發現我在看她，便憤怒地猛一低頭，把琴譜撕成兩半。

媽媽碰了碰我的手臂，我跟著她進了房間。

我們一言不發地坐著，沙發凹凸不平，稍微動一下就嘎吱作響。

我的視線從那些人身上滑開，轉向薄紗窗簾外的一片青綠，我覺得自己像是坐在一個百貨公司的巨大櫥窗裡。我周圍的那些人形都不是人，是店裡的假人，只是畫得像人，以模仿眞實生活的姿態撐在那裡。

☆

我跟著戈登醫生的黑外套背影上了樓。

還在樓下客廳的時候，我曾經想問他電擊治療是怎麼回事，但是我張開嘴，卻說不出話來，只是睜大了眼睛，盯著那張微笑、熟悉的臉，裝著滿滿的信心，浮在我面前。

走到樓梯頂，石榴紅的地毯至此終結，取而代之的是釘在地上的普通棕色油氈，沿著一條走廊往下延伸，兩側是緊閉的白色門板。我跟著戈登醫生往前走的時候，有扇門在遠處打開了，我聽見一個女人在喊叫。

突然，有個護士從我們前面的走廊轉角匆匆走出來，領著一個穿著藍色浴袍、蓬鬆長髮及腰的女人。戈登醫生向後退了一步，我整個人貼在牆上。

那女人揮舞著手臂，被護士抓著從我們面前拖過去，嘴裡說著：「我要跳窗出去，我要跳窗出去，我要跳窗出去。」

身材矮小卻肌肉發達的護士，制服前襟滿是污漬，戴著一副厚厚的眼鏡，四隻眼睛從圓形的雙層酒瓶底玻璃後面朝我望過來。我正試著分辨哪隻眼睛是眞的，哪隻眼睛是假的，哪隻眼睛是斜視，哪隻眼睛是直視，這時她把臉湊到我面前，露出一個又大又陰險的笑容，從牙縫裡擠出聲音說話，好像要讓我放心，「她還以爲她能跳窗出去呢，她根本跳不了，窗戶都用鐵欄杆封死了！」

戈登醫生把我帶進屋子後面一個空蕩蕩的房間，我看見那裡的窗戶確實裝了鐵欄杆，房門、壁櫥門、衣櫃的抽屜和所有能開關的東西都有鑰匙孔，所以是可以鎖的。

我在床上躺下。

那個斜眼護士回來了。她解開我的手錶，把它放進自己的口袋。然後開始擰開我頭上的髮夾。

戈登醫生在開櫃子的鎖。他拉出一張帶輪子的桌子，上面有一臺機器，然後他把桌子推到床頭後面。護士開始在我太陽穴上塗抹一種氣味難聞的油脂。

她俯身湊近我靠牆那側的頭，肥大的乳房像一朵雲或一個枕頭一樣悶住了我的臉，她的身體隱約散出一股藥味。

「別擔心，」護士朝我咧嘴一笑。「第一次做，每個人都嚇得要死。」

我試著擠出微笑，但我的皮膚僵掉了，像張羊皮紙。

戈登醫生在我頭部兩側裝上兩片金屬板，他用一條帶子扣住板子，把我的額頭都勒凹了，然後他給了我一根電線，讓我咬住。

我閉上眼睛。

一陣短暫的寂靜，像是倒抽了一口氣。

然後有個什麼彎下腰來，抓住我，開始猛烈搖晃，像是世界末日。咿——，尖銳的聲音透過劈啪作響的藍光狂叫，每閃一下就是一次激震，我覺得我的骨頭要碎了，體液飛濺，像一株被劈開的樹。

我到底做了什麼可怕的壞事？

☆

我坐在一張柳條椅上，手拿著一只小小的雞尾酒杯，裡頭裝著番茄汁。錶又回到我手腕上，但是看起來很奇怪，我這才發現它戴反了。我也感覺頭上髮夾不在我熟悉的位置。

「感覺怎麼樣？」

我腦子裡浮現一座舊金屬立燈。那是我爸書房裡爲數不多的遺物之一，它罩著一個銅燈罩，裡面是燈泡，一條黑白相間的電線從金屬燈座連到牆上的插座上。

有一天，我決定把這盞燈從我媽床邊搬到房間另一頭我的書桌旁。電線應該夠長，所以我沒拔插頭。我雙手抱起立燈和那條布面包覆的電線，緊緊地抓住。

然後，好像有什麼東西在一道藍光中從燈裡跳了出來，猛烈搖晃著我，搖得我牙齒嘎嘎作響，我想把手從燈上拉開，但是手黏住了，我尖叫起來，或者應該說，一聲尖叫從我喉嚨裡被撕扯出來，因爲我不認識那個聲音，但是我聽得見它，那尖叫直衝雲霄，帶著顫聲，像個脫離了肉體的暴怒靈魂。

然後我的手猛一下掙脫了，我倒在媽媽床上。右手掌心有一個小洞，變黑了，像是裡面有一節鉛筆芯。

「感覺怎麼樣？」

「還好。」

其實不好，我感覺糟透了。

「你說你念哪所大學？」

我說了學校的名字。

「啊！」戈登醫生臉上亮起一個鬆弛、幾乎像熱帶地區人們的笑容。「戰爭期間那邊有一個陸軍婦女兵團，對吧？」

☆

媽媽的指關節跟骨頭一樣白，彷彿在這等待的一小時裡磨掉了一層皮。她看了看我，又看看戈登醫生，他一定是點了點頭，或者笑了笑，因爲她的神情鬆了下來。

「只要再做幾次電擊治療，格林伍德太太，」我聽見戈登醫生說，「我想你會看見驚人的進步。」

鋼琴邊的女孩依然坐在琴凳上，撕破的琴譜攤在她腳邊，像一隻死鳥。她瞪著我，我也回瞪她。她瞇起眼睛，伸出了舌頭。

媽媽跟著戈登醫生走向門口。我在後面亂逛，當他們轉過身去的時候，我轉向那個女孩，豎起兩根大拇指放在耳朵邊。她縮回舌頭，又恢復了僵硬冰冷的表情。

我走進了外面的陽光。

斑駁的樹影下，度度・康威的黑色旅行車等在那裡，像隻伺機而動的豹子。

這部旅行車本來是一位有錢的上流女士訂購的，整部車純黑，沒有一點金屬色，連皮革內裝也是黑的，但車送到之後她非常失望。她說，那簡直就是一部靈車，其他人也這麼覺得，沒有人願意接手，於是康威夫婦就砍價把車開回家了，省了他們好幾百塊。

我坐在前座，在度度和我媽之間，我覺得無話可說，很壓抑。我一想集中注意力，思緒就會像溜冰的人一樣滑向一片寬闊的空地，心不在焉地在那裡旋轉。

「我受夠了那個戈登醫生，」我們把度度和黑色旅行車留在松林後面之後，我說，「你可以打電話給他，說我下星期不去了。」

媽媽笑了。「我就知道我的寶貝不是那樣的。」

我看著她。「哪樣的?」

「像那些可怕的人,醫院裡那些可怕的死人那樣。」她停了停。「我就知道你會決定重新好起來。」

女明星昏迷四十八小時後不治

我在包包裡摸索,最後終於在一堆紙片、粉盒、花生殼、一毛和五毛硬幣,以及一個裝有十九片吉列刀片的藍色塑膠盒之間,摸到了那天下午在橙白條紋亭子裡拍的那張快照。

我把照片拿出來,放在那個過世女子油墨印的照片旁邊。兩張臉幾乎是一樣的,嘴和嘴,鼻子和鼻子,唯一不同的是眼睛。快照裡的人眼睛是睜著,而報上照片裡的眼睛是閉上的。但我知道,如果把那個死了的女子眼睛掰開,那對眼睛也會用和快照裡眼睛一樣死氣沉沉、黑暗、茫然的眼神看著我。

我把快照塞回包包裡。

「我就在這裡,在公園這張長椅上坐著,對著那邊建築上的鐘再曬五分鐘太陽,」我跟自己說,「然後我就去別的地方做這件事。」

我喚起了自己腦子裡小小合唱團的聲音。

你對自己的工作沒興趣嗎，艾瑟？

你知道，艾瑟，你這就是真正的神經質患者的完美配置。

你這樣什麼也做不成，你這樣什麼也做不成，你這樣什麼也做不成。

有一次，在一個炎熱的夏夜，我花了一小時時間親吻一個耶魯法學院的學生，這人毛髮旺盛，像個人猿，我親吻他，是因為他實在太醜了，我覺得他很可憐。結束之後，他說，「親愛的，我知道你是什麼樣的人了。你到了四十歲就會變成一個老古板。」

「做作！」我學校裡的創意寫作課教授，在我一篇叫做〈長週末〉的小說上，潦草地批下這兩個字。

我不知道這是什麼意思，所以我去查了字典。

做作，人為的，虛假的。

你這樣什麼也做不成。

我已經二十一夜沒有合眼了。

我想世界上最美的東西一定就是陰影，無數移動的模糊形影，和陰影形成的死胡同。櫥櫃抽屜、壁櫥和行李箱裡有陰影，房屋、樹木和石頭下也有陰影，人們的眼睛和微笑背後也有陰影，地球暗夜裡的那一半也有，幾英里幾英里幾英里綿延而去的陰影。

我低頭看了看我右小腿上的兩片肉色ＯＫ繃，樣子像個十字架。

那天早上，我動手了。

我把自己鎖在浴室裡，放了一缸溫水，拿出了吉列刀片。

當人們問某位古羅馬哲學家想用什麼方式死的時候，他說他會在溫暖的浴缸裡切開自己的血管。我以爲這很簡單，只要躺在浴缸裡，看著紅色的花朵從我手腕上冒出來，在清澈的水裡綻放，一朵又一朵，直到我沉入罌粟花般鮮豔的水面下，永遠沉睡，就行了。

但是當這一刻眞的到來的時候，我手腕的皮膚看起來那麼白，那麼沒有防備，我下不了手。彷彿我想殺掉的東西不在那層皮膚底下，也不在我拇指下跳動的藍色血脈裡，而是在別的地方，更深，更隱密，也更難觸及。

這需要兩個動作。一隻手腕，然後是另一隻。如果把剃刀從一隻手換到另一隻手也算上，那就是三個動作。然後我就走進浴缸，躺下。

我在藥櫃前做這件事。如果我邊做邊照鏡子，就會像是在看書裡或戲裡的另一個人。

但鏡裡那個人居然癱瘓了，蠢到什麼都做不了。

然後我想，也許我應該先流點血練習一下，於是我坐在浴缸邊邊，把右腳踝搭在左膝上。然後我舉起拿著剃刀的右手，讓它像斷頭臺一樣靠自己的重量落在我小腿上。

我完全無感。然後，我感覺到一陣微小卻深刻的興奮，一股鮮紅從刀口溢出。血陰鬱地聚合起來，像圓圓的果子，順著腳踝滾進我的黑色漆皮鞋裡。

那時我想進浴缸，但又意識到剛才的磨蹭已經用掉了上午大部分的時間，媽媽可能會在我完成這件事之前就回到家發現我。

於是我用ＯＫ繃貼好傷口，收起我的吉列刀片，趕上了十一點半往波士頓的巴士。

☆

「對不起，小姑娘，往鹿島監獄沒有地鐵，那監獄在一座島上。」

「不，它不在島上，以前是的，但它們往水裡填了土，現在那個島已經和陸地相連了。」

「那裡沒有地鐵到。」

「可是我得去那裡。」

「嘿，」售票亭的胖子隔著柵欄看著我，「別哭。你的誰在那兒？親愛的，是你的親人嗎？」

人造的燈光照亮著黑暗，人們推擠著從我身邊經過，匆忙追趕著從斯科利廣場（Scollay Square）底下腸子似的隧道中轟隆隆進出的列車。我可以感覺到眼睛裡的開關開了，淚水開始噴發。

「是我爸爸。」

胖子查了他售票亭牆上的圖表。「你應該這樣走，」他說，「你先到對面那一道上車，在東方高地站（Orient Heights）下，然後再跳上寫著往波因特海灘（The Point）的巴士。」他對我笑了笑。「它就會直接把你送到監獄大門口。」

☆

「嘿，你！」一個穿著藍色制服的年輕小伙子在小屋裡揮手。

我揮手回應，然後繼續往前走。

「嘿，我在叫你啊！」

我停住了，然後慢慢走向那個建在廢沙地上、像個圓形客廳的小屋。

「嘿，你不能再過去了。那邊是監獄的範圍，不准擅自進入。」

「我還以爲海灘上哪兒都能去呢，」我說。「只要不超過漲潮線就行了。」

小伙子想了一會兒。

然後他說，「這片海灘不行。」

他的臉很討人喜歡，是張新手的臉。

「你這地方不錯，」我說。「就像個小小的家。」

他回頭瞄了有編織地毯和印花棉布窗簾的小屋一眼，露出微笑。

「我們連咖啡壺都有。」

「我以前住在這附近。」

「少來了。我就是在這個鎮上出生長大的。」

我看了看沙地上的停車場和鐵柵欄門，又看了看鐵柵欄門後窄窄的路，它通往曾經的小島，兩側都是海。

監獄的紅磚建築看起來很親切，像一所海邊的大學。左邊的綠色草坪上可以看見一些小白點和稍大的粉紅斑點在移動。我問那個警衛那是什麼，他說：「是豬和雞。」

我在想，要是我當初能洞見未來，繼續在那個古老的小鎮住下去，說不定就會在學校裡認識這個警衛，然後和他結婚，現在已經有了一大群孩子。如果能和成堆的小孩、豬和雞一起住在海邊，穿著我奶奶說的洗衣裝，坐在某個有亮面油氈布和一堆肥壯胳膊的廚房裡，喝著一壺又一壺的咖啡，那該有多好啊。

「要怎樣才能進監獄？」

「你得拿到通行證。」

「不，我是說，要怎樣才能被關進去？」

「喔，」警衛笑了，「去偷一輛車，或者搶一家店。」

「你們這裡有殺人犯嗎？」

「沒有。殺人犯都送去大州的州立監獄了。」

「那裡面還有哪些人？」

「嗯，冬天一到，我們就會把這些老混混從波士頓弄出來。因爲他們拿磚頭砸窗戶。我們把這些人收齊了，帶他們來過冬，有電視看，有一大堆東西吃，週末還有籃球賽。」

「眞不錯。」

「如果你喜歡，是很不錯。」警衛說。

我說了聲「再見」，準備走開，走時，只回頭看了一眼。警衛依然站在哨亭門口，我轉身時，他舉手行了禮。

☆

我坐的那根木頭跟鉛塊一樣重，聞起來有股焦油味。高聳山丘上堅固的圓柱形灰色水塔下方，沙洲蜿蜒伸向大海。一漲潮，沙洲就會完全淹沒。

我清楚地記得那個沙洲。在它內緣彎曲的拐角，藏著一種特殊的貝殼，沙灘上其他地方都找不到。

那種貝殼很厚，很光滑，有拇指關節大小，通常是白色的，偶爾也會有粉紅或桃紅色的。像某種樸素的海螺。

「媽咪，那個女生還坐在那裡耶。」

我懶洋洋地抬起頭，看見一個滿身是沙的小小孩被一個穿著紅色短褲、紅白圓點背心、眼光銳利的女人從海邊拖回來。

我沒想到沙灘上會擠滿來享受夏天的人。在我離開這十年，花俏的藍色、粉色和淡綠色棚屋在波因特平坦的沙灘上不斷生長，像一叢叢索然無味的蘑菇，銀色的飛機和雪茄形的飛艇已經被噴射飛機取代，它們從海灣對面的機場飛來，在巨大的噪音中掃過家家戶戶的屋頂。

我是海灘上唯一一個穿著裙子和高跟鞋的女孩，因爲我本來想，我得引人注目一點。沒一會兒，我就把漆皮皮鞋脫了，因爲它們在沙子裡陷得太深。我想到，我死了之後，這雙鞋會棲息在銀色的原木上，鞋尖指向大海，就像一只靈魂指南針，這件事讓我很高興。

我用手指碰了碰包包裡的那盒刀片。

然後我想，我眞是蠢斃了。我有刀片，卻沒有溫水澡可泡。

我想過租一間房。在這些夏季度假勝地，一定有地方可以寄宿。但是我沒有行李，這會引起別人的懷疑。再說，寄宿旅店總是有人等著用浴室。在隨時有人會敲門的時刻，我幾乎沒有足夠的時間動手，再走進浴缸。

海鷗站在酒吧頂端的木柱上哇哇大叫，聽起來像貓。接著一隻接一隻拍起翅膀，穿著灰色的外套，繞著我的頭哀鳴。

☆

「欸，女士，你最好別坐那裡，已經開始漲潮了。」

小男孩蹲在幾英尺外。他撿起一塊紫色的圓石頭，扔進水裡。水噗通一聲把它吞了。然後他又四處摸索，我聽見乾石頭嘩啦啦互碰的聲音，像錢一樣。

他甩出一塊平平的石頭，石頭從暗綠色的水面掠過，跳了七次才從視線中消失。

「你爲什麼不回家？」我說。

男孩又扔了一塊重一點的。這回它跳兩次就沉了。

「不想。」

「你媽媽在找你。」

「她才沒有。」口氣聽起來還滿在乎的。

「如果你回家，我就給你一點糖果。」

男孩靠近了些。「什麼糖？」

但是我連看都不用看，就知道我包包裡只有花生殼，根本沒有糖。

「我會給你錢，讓你買糖。」

「亞——瑟！」

沙洲上眞的走上來一個女人，她滑了一下，嘴裡無疑咒罵了自己幾句，因爲她的嘴唇在她清晰、專制的呼喚之間仍然在上下開合。

「亞——瑟！」她舉起一隻手遮住眼睛，似乎這樣有助於她在漸濃的海濱暮色中辨認我們。

我可以感覺，隨著他母親對他的拉力越來越強，他對我的興趣也越來越低。他開始假裝不認識我。他踢開幾塊石頭，好像在找什麼，然後慢慢地走開了。

我打了個寒顫。

石頭堆在我光著的腳底下，又重又冷。我渴望地想著放在海灘上的黑鞋。一陣波浪向後退去，像一隻手，然後又往前伸，碰到了我的腳。

這濕答答的手似乎是從海底伸出來的，在那裡，盲眼的白魚靠自己的光在極地的嚴寒中逡巡。我看見鯊魚的利齒、鯨的耳骨散落在底下，如同墓碑。

我等待著，彷彿大海可以爲我做出決定。

第二個浪頭蓋過了我的雙腳，打出白色的泡沫，冰冷的寒氣帶著致命的痛感，緊抓住我的腳踝。因爲怯懦，面對這樣的死法，我的身體退縮了。

我拿起包包，沿著冰冷的石頭走回去，紫羅蘭色的天光中，我的鞋在那裡執著地守候著我。

XIII 第十三章

「殺他的當然是他媽媽啊。」

裘蒂要我見個男生，我看著他的嘴。他的嘴唇厚厚的，粉紅色的，一張娃娃臉在淡金色的髮絲裡半遮半掩。他叫卡爾（Cal），我想這一定是某個名字的簡稱，但我想不起來了，只想到加利福尼亞（California）。

「你怎麼能確定是她殺了他？」我說。

卡爾應該是非常聰明的人，裘蒂在電話裡說他很可愛，我會喜歡的。我在想，如果我還是以前的我，是不是真的會喜歡。

這很難說。

「嗯，她一開始說不不不，後來又說是。」

「可是之後她又說了不啊。」

在林恩市（Lynn）沼澤地對面一片髒兮兮的海灘，卡爾和我並排躺在一條橙綠相間的浴巾上。

裘蒂和她看上的那個男生馬克在水裡游泳。卡爾不想游泳，只想聊天，我們在爭論一齣戲，有個年輕人發現自己得了腦部疾病，原因是他父親和不乾淨的女人鬼混，他的腦子一直惡化，最後完全崩潰了，他媽媽正在考慮是不是要殺了他。

我懷疑是我媽打電話給裘蒂，拜託她約我出去玩的，這樣我就不會整天坐在拉上窗簾的房間裡。一開始我不想去，因爲我覺得裘蒂會注意到我的改變，任何一個有點眼力的人都會發現我腦殼裡頭沒有大腦。

但是在先往北、再往東的開車過程中，裘蒂一直在說笑話、大笑、閒聊，似乎並不介意我只用「啊」、「天哪」、「不會吧」回應。

我們在沙灘公共烤架上烤熱狗，我仔細觀察裘蒂、馬克和卡爾的動作，設法把我的熱狗烤得恰到好處，沒像我害怕的那樣烤焦，也沒掉進火裡。然後趁沒人注意，把熱狗埋進了沙裡。

我們吃完熱狗，裘蒂和馬克手牽手跑到水邊，我躺下來，凝望天空，卡爾還一直在提那齣戲。

我記得那齣戲的唯一原因就是裡面有個瘋子，我讀過的每樣東西都會飛掉，只有瘋子會留在我腦子裡。

「但重要的就是這個『是』，」卡爾說。「就因爲這個，她最後一定會歸結到『是』的。」

我抬起頭，瞇著眼睛看大海那塊亮藍色盤子——鑲著髒邊的亮藍色盤子。一塊圓圓的灰岩石從水裡探出頭來，像蛋的上半部，離石岬角大約一英里遠。

「她打算用什麼東西殺他？我忘了。」

我其實沒忘。我記得一清二楚，但我想聽聽卡爾會怎麼說。

「嗎啡粉。」

「你覺得在美國，他們會有嗎啡粉嗎？」

卡爾思考了一分鐘。然後他說，「我覺得不會。這聽起來太老派了。」

我翻身趴在地上，瞇著眼睛看著另一邊，也就是林恩方向的風景。一層玻璃般的熱流從烤架上的火和路面的熱氣中蒸騰起來，透過它，就像透過一片清澈的水幕，我可以看到由煤氣桶、工廠煙囪、起重機和橋梁構成的污濁天際線。

看起來眞是一團糟。

我又翻回仰躺姿勢，刻意用輕鬆的口氣說話。「如果你要自殺，你會怎麼做？」

卡爾似乎很高興。「我經常想這個問題欸。我會用槍打爆自己的腦袋。」

我很失望。用槍做這件事確實很男人。我拿到槍的機會根本微乎其微。就算我拿到了，我也不知道該往自己哪個部位打才對。

我在報上讀到過有人試圖開槍自殺，結果射中了一條重要的神經，導致癱瘓，或者打爛了自己的臉，卻被外科醫生和某種奇蹟救活了，沒能死成。

槍的風險似乎相當大。

「什麼樣的槍？」

「我爸的獵槍。他一直都裝著子彈。我只要哪天走進他的書房，然後，」卡爾用手指頂著自己的太陽穴，做了一個滑稽、扭曲的表情，「咔嗒！」他睜大了淡灰色的眼睛，看著我。

「你爸不會剛好住在波士頓附近吧？」我漫不經心地問道。

「不，他住在濱海克拉克頓（Clacton-on-Sea）。他是英國人。」

裘蒂和馬克手牽手跑了過來，一面滴滴答答地甩水珠，像一對可愛的小狗。我覺得人太多了，所以我站起來，假裝打哈欠。

「我想我要去游游泳。」

和裘蒂、馬克和卡爾待在一起，我的神經開始變得沉重，像鋼琴弦上壓了個讓人透不過氣的木塊。我怕我的控制力隨時可能崩潰，我會開始喋喋不休，說我是怎麼不能讀不能寫，還有我一定是唯一一個整整一個月沒睡、卻還沒有因爲疲憊而倒地身亡的人之類的話。

我的神經彷彿冒出一股煙，就像烤架和烈日曬透之後的馬路。整片風景——沙灘、岬角、大海和岩石，像舞臺背景布幕一樣，在我眼前顫抖。

我在想，不知道從太空的哪一點開始，天空那愚蠢、虛僞的藍色會變成黑色。

「卡爾，你也去游嘛。」

裘蒂頑皮地推了卡爾一下。

「喔喔。」卡爾把臉藏在浴巾裡。「太冷了。」

我開始朝水邊走去。

不知道爲什麼，在正午沒有影子的日光下，水看起來好親切，像在歡迎我。

我想溺水一定是最仁慈的死法，燒死則是最糟的。巴迪．威拉德給我看的那些玻璃罐嬰兒有些還有鰓，他說。它們剛經歷了一個像魚的階段。

一股微微的波浪推上來，在我腳上泛起皺紋，那是個垃圾波，裡頭滿是糖果紙、橘子皮和爛海草。

我聽見身後的沙子有響聲，卡爾過來了。

「我們游到外面那塊岩石那兒吧。」我指著它。

「你瘋了？那可有一英里遠呢。」

「是不是個男人啊？」我說。「膽小鬼。」

卡爾抓住我的手肘，把我推進水裡。到了水深及腰處，他又把我往水裡壓。我潑啦一聲浮出水面，眼睛被鹽灼得生疼。在海面下，水是綠色半透明的，像一大塊石英。

我開始往前游，游的是一種改良狗爬式，始終面朝岩石。卡爾游得很慢。過了一會兒，他探出頭來，腳下還在踩水。

「我不行了。」他沉重地喘著氣。

「好吧，你回去吧。」

我心裡想，我要往外海游，一直游到我沒力氣游回來爲止。我繼續划動手腳，心跳像一部沉悶的馬達，轟轟作響，震懵了我的耳朵。

我活著活著活著。

☆

那天早上，我試圖上吊自殺。

媽媽一出門上班，我就把她黃色浴袍的絲繩拿下來，在臥室的琥珀色陰影中把它打成一個可以上下滑動的結。做這件事花了我很長時間，因爲我很不會打結，不知道怎麼打才合適。

然後我四處尋找可以掛繩子的地方。

問題是，我們家的天花板不對。天花板很低，是白色的，抹得很光滑，放眼望去一盞燈或一根梁都沒有。我懷著渴望的心情想起我外婆的房子，她後來賣了房子來和我們一起住，之後又跟莉比阿姨一起住。

我外婆的房子是按照十九世紀的精緻風格建造的，有挑高的房間、堅固的枝形吊燈架，還有高高的壁櫥，壁櫥上有牢靠的欄杆，還有一個從來沒人去過的閣樓，裡面堆滿了箱子、鸚鵡籠子、裁縫用的假人，頭頂上的橫梁厚得像船的龍骨。

但那是座老房子，她已經賣掉了，我不知道還有誰有這樣的房子。

我拿著像黃貓尾巴一樣掛在脖子上的絲繩到處走來走去，卻找不到可以掛的地方，讓我很洩氣，於是我坐在媽媽床邊，試著拉緊繩子。

但每次我一拉緊繩子，就感覺耳朵裡有一股激流，整張臉充血，我的手會無力地鬆開，我就又沒事了。

然後我發現，我的身體有各式各樣的小詭計，比如在關鍵時刻讓我的手癱軟，這樣就能一次又一次地拯救它自己，要是一切都由我說了算，我一眨眼就能死了。

我只能用我所有剩餘的理智讓它措手不及，否則它就會毫無道理地把我困在這個愚蠢的牢籠裡五十年。人們要是發現我的正常心智消失了（他們遲早會發現的，雖然我媽說話很謹慎），就會勸她把我送進精神病院，說那樣可以治我的病。

只是我的病是不治之症。

我在藥房買了幾本變態心理學平裝書，把自己的症狀和書裡的比對了一下，果然，我的症狀和最無望的病例相符。

除了醜聞小報，我唯一讀得下去的就是那幾本病態心理學。彷彿它留下了一些小小的破口，讓我瞭解我這個病例需要知道的一切，好以適當的方式結束它。

在上吊可恥地失敗之後，我在想，我是不是該放棄，把自己交給醫生，然後我想起戈登醫生和他的私人電擊器。一旦我被關起來，他們就會一直用它來對付我。

我想到我媽、我弟和朋友們，他們會來探望我，一天又一天，希望我能好起來。然後他們的探望會漸漸減少，他們會放棄希望。他們會變老。他們會忘記我。

他們也會變窮。

一開始，他們希望我能得到最好的照顧，所以他們會把所有的錢都投入私人醫院，像戈登醫生開的那種。最後，等到錢用完了，我就會被轉到州立醫院，和幾百個跟我一樣的人一起關在地下室的一個大籠子裡。

你越無望，他們就把你藏得越遠。

☆

卡爾已經轉身，正在往回游。

我看著他慢慢把自己拖出齊脖高的海面。在卡其色和岸邊綠波的映襯下，他的身體彷彿暫時被切成兩段，像一條白色的蟲。然後他完全從綠色爬出來，爬上了卡其色，和幾十條在海天之間蠕動著、或只是懶懶躺著的蟲子合流，就此失去了自己。

我在水裡手划腳踢。比起我和卡爾在岸上看的時候，那塊蛋形岩石似乎一點也沒有變近。

然後我意識到游到岩石邊毫無意義，因爲我的身體會找藉口爬上去，躺在陽光下，存夠了力氣再游回來。

我唯一能做的就是當場把自己淹死。

所以我停了下來。我把雙手放在胸前，低下頭，用雙手把水推開，拚命往下潛。水壓著我的耳膜和心臟。我把自己往下推，但在我弄清楚自己在哪裡之前，水已經把我往太陽方向吐了出來，世界在我周圍閃閃發光，像藍色、綠色和黃色的半寶石。

我甩掉眼睛裡的水。

我氣喘吁吁，就像做了一次激烈運動，然而卻依然漂浮著，毫不費力。

我往下潛，又往下潛，每次都跟軟木塞一樣彈出來。

灰色的岩石在嘲笑我，那個像救生圈一樣輕鬆漂浮著的我。

那時我就知道，我輸了。

我轉身往回游。

☆

我推著花到樓下大廳去，一路上花兒們就像什麼都懂的伶俐孩子一樣，不停地點頭。

我覺得自己穿著灰綠色的義工制服很蠢，很多餘，不像那些穿白制服的醫生護士，甚至連穿著棕色制服、拿著拖把和一桶髒水，經過我時一句話也不說的拖地女工也比不上。如果有錢拿，不管多少，至少我還能把這當成一份合適的工作，但我推著雜誌、糖果和鮮花轉了一上午，報酬只是一份免費午餐而已。

媽媽說，如果要別想太多自己的事情，就去幫助比你更辛苦的人，所以德蕾莎安排我去本地醫院當義工。要進這家醫院當義工並不容易，因爲這是所有女青年會的人都想來的地方，但幸運的是，這會兒她們很多人都去度假了。

我本來希望他們會送我去一間裡頭住著眞正恐怖病人的病房，他們會透過我麻木、呆滯的臉，看見我心裡的善意，並爲此而感激。但是義工負責人，也就是我們教會的一位上流社會夫人，她看了我一眼，就說，「你到產科去。」

於是我搭電梯往上三層樓，來到產科病房，向護士長報到。她給了我一推車的花。我的任務是把正確的花瓶放在正確病房裡正確的床邊。

但我還沒走到第一個房間門口，就注意到有很多花都垂著頭，邊緣枯黃。我想，對一個剛生產完的女人來說，看到有人在她面前放下一大束死花，應該會讓她很沮喪，所以我把手推車推到大廳某個小凹間的洗臉盆邊，開始把所有枯死的花挑出來。

接著我又把所有快枯死的花也挑了出來。

我沒看見垃圾桶，所以我把花揉爛，放在白色的洗臉盆裡。洗臉盆感覺和墳墓一樣冰冷。我微笑。他們在醫院停屍間裡擺屍體一定也是這樣擺的。我的小動作，以具體而微的方式，呼應著醫生和護士的大動作。

我推開第一個房間的門，拖著我的手推車走了進去。幾個護士跳了起來，我對架子和藥櫃的印象很模糊。

「你想幹什麼？」其中一個護士口氣嚴厲地問。我分不清哪個是哪個，她們看起來都很像。

「我到處送花。」

說話的護士把手放在我肩上，把我帶出房間，用另一隻空著的手專業地操控著手推車。她推開隔壁房間的雙扇彈簧門讓我進去，然後就消失了。

我可以聽見遠處傳來的笑聲，直到門關上，截斷了聲音。

這個房間有六張床，每張床上都有一個女人。她們都坐著，有的織毛衣，有的翻雜誌，有的在上髮捲，像鸚鵡籠裡的鸚鵡一樣嘰喳不停。

我本來以為她們都在睡覺，不然就是臉色蒼白地躺著，那我就可以毫不費力、躡手躡腳地走過去，按床號對上花瓶貼的膠布號碼，但我還沒來得及搞清楚該怎麼做，就有個活潑、長著尖銳三角臉的爵士風格金髮女子對我招手。

我走過去，把手推車留在原地，但她不耐煩地做了個手勢，我明白了，她是要我把手推車一起帶過去。

我推著手推車來到她的床邊，臉上帶著親切的笑容。

「嘿，我的飛燕草呢？」病房另一頭一位身材高大鬆垮的女士用老鷹般的眼睛打量我。

金髮尖臉女彎腰看著手推車。「這是我的黃玫瑰，」她說，「但是都跟糟糕的鳶尾花混在一起了。」

其他人也加入了前兩位女士的七嘴八舌。她們的聲音聽起來很生氣，很響，充滿了怨氣。

我打算開口解釋，說我是把一束枯掉的飛燕草扔進水槽裡了，我清掉死花之後，有些花瓶剩下的花太少，看起來太空了，所以才把幾束花湊在一起，把花瓶填滿一點。這時雙扇彈簧門展翅飛翔似的開了，一個護士走進來看發生了什麼事。

「聽我說，護士小姐，我本來應該有一大把飛燕草，是我讓賴瑞昨晚帶來的。」

「她把我的黃玫瑰搞砸了。」

我邊跑邊解開綠色制服的扣子，順手把它和死花殘骸一起塞進洗臉盆。然後順著荒廢的側梯兩步併一步地奔到街上，路上一個人也沒遇見。

☆

「墓地往哪兒走？」

穿著黑色皮夾克的義大利人停住腳步，指著衛理公會白色教堂後面的一條小巷。我記得衛理公會的教堂。在我生命的前九年，我是衛理公會的一員，在我父親過世前，我們搬家了，改宗唯一神教派[1]。

我媽在成為衛理公會教徒之前是天主教徒。我外婆、外公和莉比阿姨也一直都是天主教徒。在我媽離開天主教會的同時，莉比阿姨也離開了，但後來她愛上了一個義大利天主教徒，所以她又回去了。

最近我想過自己進天主教會。我知道天主教徒認為自殺是一種可怕的罪。但如果眞是這樣，也許他們會有好方法可以說服我放棄。

當然，我不相信死後生命，不相信處女生子，不相信宗教裁判所，也不相信那個小猴臉教宗無謬誤，或者什麼什麼的。但我不需要讓神父看見這些，我可以只專注在我的罪愆上，他會幫助我懺

1 唯一神教派（Unitarian），又稱一位論派（Unitarianism），是否認三位一體和基督的神性的基督教派別。此派別強調上帝只有一位，聖父才是唯一真神，並不如傳統基督教相信上帝為三位一體（即聖父、聖子和聖靈）組成。

悔。

唯一的問題是，教會不會是你全部的生活，即使是天主教會也不。無論你如何跪拜祈禱，還是得一天吃三頓，有一份工作，在這個世界生活才行。

我想，不知道要當多久天主教徒才能成爲修女，所以我問了我媽，我覺得她應該知道最好的方法。

我媽嘲笑我。「你以爲他們會毫不猶豫，馬上讓你這樣的人當修女？你得先熟悉所有的教理問答和信經，而且全心相信才行。你這種女孩子怎麼可能！」

即使如此，我還是想像起自己去找波士頓某個神父的樣子——必須是波士頓，因爲我不想讓老家的神父知道我有過自殺的念頭。神父都是可怕的八卦長舌男。

我會穿著黑衣，臉色慘白，撲倒在神父腳下，說：「神父，幫幫我。」

但那是在人們開始用奇怪的眼光看我之前，就像醫院裡那些護士。

我很確定天主教會不會收發瘋的修女。莉比姨丈曾經說過一個笑話，說有一個修女被送到德蕾莎那裡做檢查。這個修女一直聽見耳朵裡有豎琴樂音，還有個聲音一遍又一遍地說著「哈利路亞」，只是仔細詢問之後，她不確定那個聲音說的到底是「哈利路亞」還是「亞利桑那」。這位修女是亞利桑那州出生的，我想她最後應該是在某個精神病院終老。

我把黑面紗拉到下巴底下，從鍛鐵大門走進去。從我爸埋在這片墓地之後，這麼長一段時間裡我們都沒有來看過他，讓我覺得很奇怪。我媽沒讓我們參加他的葬禮，因爲那時我們都還小，而且他是在醫院去世的，所以這片墓地、甚至他的死亡對我來說都有點不眞實。

最近，我突然非常渴望補償對他多年來的忽視，想開始打理他的墳墓。我一直是我爸最疼愛的孩子，似乎應該承擔起我媽沒承擔過的哀悼。

我想，如果我爸還在，他一定會教我一切關於昆蟲的知識，他在大學裡是專門研究這個的。他還會教我德文、希臘文和拉丁文，這些他都會，也許我會成爲一個路德派教徒。我爸是威斯康辛州的一個路德派教徒，但在新英格蘭地區，路德教派已經過時了，於是他成了路德教派背教者[2]。然後，我媽說，他變成了一個激烈的無神論者。

這片墓園讓我很失望。它位於小鎭郊區，地勢比較低，就像一個垃圾場，我在碎石小路上來回走動的時候，可以聞到遠處鹽沼積滯的臭氣。

墓園年代比較老的部分還不錯，有磨損了的平坦石頭和長滿地衣的墓碑，但我很快就發現我爸肯定埋在現代區，日期是一九四〇年那一區。

現代區的石頭粗糙廉價，不時可見大理石鑲邊的墓，像個裝滿泥土的長方形浴缸，生鏽的金屬

2 背教（lapsed），亦稱叛教、冷淡教友，是指早年領洗加入教會，但已經離開，甚至已經改宗其他宗教的人。

容器安在人的肚臍位置，裡面插滿了塑膠花。

灰色的天空開始飄起細細的毛毛雨，我變得非常悲傷。

我到處找，就是找不到我爸。

在沼澤和海灘棚屋後面，蓬亂的雲低低地從海平面上方掠過，雨滴打濕了我那天早上才買的黑色雨衣，顯得更黑了。一股潮潮的濕氣透到我皮膚上。

我問售貨員，「這衣服防水嗎？」

她說，「雨衣沒有防水的。它只是防雨。」

我又問她防雨是什麼意思，她跟我說，最好還是買把傘。

但是我的錢已經不夠買傘了。這段時間進出波士頓的車錢、花生、報紙、變態心理學書，還有去海邊老家的旅行，幾乎把我那筆紐約基金全耗盡了。

我已經決定，等到我銀行帳戶裡沒錢了，我就動手，那天早上，我買下黑色雨衣，花掉了最後一筆錢。

然後我看到了我爸的墓碑。

它和另一塊墓碑擠著，頭挨著頭，就像空間不足的慈善病房人擠人的模樣。碑石是花花的粉紅大理石，像罐頭鮭魚，上面只刻了我爸的名字、底下的兩個日期，和中間分隔的破折號。

我在碑石底部放了一捧雨後的杜鵑花，那是我在墓園門口的灌木叢摘的。然後我雙腿交疊在身下，跪坐在濕漉漉的草地上。我不懂為什麼自己會哭得那麼厲害。

然後我想起來，我從來沒有為我父親的死哭過。

我媽也沒哭過。她只是笑著說，他死了對他來說眞是老天仁慈，因爲如果他活著，他就會殘廢，一輩子不能自理，這種情況他是受不了的，他寧死也不會願意這樣。

我把臉貼在光滑的大理石面，在冰冷的鹹雨中哭喊著我死去的親人。

☆

我知道該怎麼做。

當車輪嘎吱嘎吱壓過車道，引擎聲漸漸遠去時，我跳下床，匆忙穿上我的白上衣、綠紋裙和黑色雨衣。從前一天放到現在，雨衣還是有點潮，但這很快就不再重要了。

我走下樓，從餐桌上拿起一個淡藍色的信封，在背面用費力的大字草草寫下：我要去散很長很長的步。

我把它放在媽媽一進門就能看到的地方。

然後我笑了。

我忘了最重要的事。

我跑上樓，拖了一把椅子進媽媽的衣櫃。然後我爬上去，伸手去拿架子上的綠色小保險箱。我本來可以徒手扯掉金屬蓋的（那鎖太脆弱了），但我想要用平和有序的方式做事。

我拉開媽媽衣櫃右上角的抽屜，從香香的愛爾蘭亞麻手帕底下把藏著的藍色珠寶盒拉出來。我從深色天鵝絨裡拔出小鑰匙，然後打開保險箱，拿出那瓶新藥片。藥片的數量比我希望的還多。

至少有五十顆呢。

要是我一直等著媽媽每天晚上發藥給我，我得花五十個晚上才能存夠藥。五十個晚上之後，學校就要開學，弟弟也會從德國回來，到那時就太晚了。

我把鑰匙插回珠寶盒那堆雜亂無章的廉價項鍊和戒指當中，再把珠寶盒放回手帕底下的抽屜；接著把保險箱放回衣櫃架子，椅子放回地毯，就是我剛剛拖過來之前它在的地方。

然後我下樓，進了廚房。我打開水龍頭，給自己倒了一大杯水。然後我拿著那杯水和那瓶藥片，走到地下室。

地下室窗縫裡透進昏暗的光，像在海底。燃油暖爐後面牆上有個黑暗的缺口，約莫與肩同高，向後延伸到通風口底下之後，就看不見了。挖了地下室之後，這房子多了一個通風口，房子就建在這個祕密地底缺口上。

洞口被幾根陳舊腐朽的壁爐原木堵住了。我把木頭往後推了一點，然後把水杯和藥瓶並排放在其中一根木頭平坦的表面上，開始把自己撐起來。

我花了好多時間才讓自己鑽進缺口，但經過多次嘗試，我終於成功了。我像一頭山怪巨魔，蹲在黑暗的入口處。

我赤著腳，底下的泥土似乎有種親切感，但是很冷。我不知道這塊特別的土地有多久沒見過太陽了。

然後，我拖著沉重、布滿灰塵的原木去擋洞口，一根又一根。黑暗厚重得像天鵝絨。我伸手去拿杯子和藥瓶，小心翼翼地跪在地上，低著頭，爬到最遠的牆邊。

蛛網像蛾一樣輕柔地觸碰我的臉。我用黑外套包住自己，像是我自己甜蜜的影子。我擰開藥瓶，開始快速吃藥，在大口喝水的間隙，一顆一顆又一顆地吞。

一開始什麼也沒發生，但當我吞到接近見底時，我眼前開始閃起紅光和藍光。藥瓶從我指間滑落，我躺下了。

寂靜如浪潮退去，露出了卵石、貝殼，以及我生命中所有的破爛殘骸。然後，在視野邊緣，它又再次凝聚，化爲一個巨大的浪頭，把我捲入睡鄉。

XIV 第十四章

全然的黑暗。

我感覺到黑暗，但這之外別無其他，我抬起頭，就像感覺到蟲子的頭一樣感覺到它的存在。有人在呻吟。然後一個巨大、堅硬的重物像石牆一樣砸在我臉頰上，呻吟聲停止了。

寂靜又湧上來，隨即平復，像黑水寧靜地散開，包覆了一塊落石古老的表面。

一陣涼風吹過，我以極快的速度被傳送到一個通往地下的隧道裡。然後風停了。遠處傳來轟隆隆的聲音，好像有很多人的聲音在遠處抗議、表示異議。然後聲音又停了。

一把鑿子砸在我眼睛上，砸開一道光亮的裂隙，像一張嘴，或是一個傷口，但黑暗再次鉗合了它。我企圖轉身躲開光，但手像木乃伊一樣被包住了，我動不了。

我開始想，我一定是在一間地下密室裡，有刺眼的燈光照著我，而且密室裡擠滿了人，不知道爲什麼正在拚命壓制我。

然後鑿子又砸了下來，光躍進我的腦殼，一個聲音穿透了厚厚的、暖暖的、毛茸茸的黑暗，喊出來。

「媽媽！」

☆

微風拂過我的臉，在我臉上嬉戲。

我感覺到周圍有房間的形狀，一個開著窗戶的大房間。一個枕頭在我的頭下面塑出自己的模子，我的身體飄在兩片薄薄的床單之間，感覺不到一點壓力。

然後我感到一陣暖意，好像有隻手放在我臉上。我一定是躺在陽光下。如果我張開眼睛，就會看見色彩和形狀朝我彎下身來，像護士一樣。

我睜開了眼睛。

全然的黑暗。

有人在我旁邊呼吸。

「我看不見。」我說。

黑暗中傳來一個愉快的聲音。「世界上瞎子可多了，總有一天你會嫁給一個好瞎子的。」

☆

拿鑿子的人又回來了。

「幹嘛費心這麼做？」我說。「沒有用的。」

「你不能說這種話。」他的手指探了探我左眼上方那一大塊疼痛的突出物。然後他解開了什麼，出現一個凹凸不平的透光裂口，像個牆上的洞。當中隱約出現一個男人的頭。

「看得到我嗎？」

「看得到。」

「還能看見別的嗎？」

然後我想起來了。「我什麼都看不到。」裂口開始縮小，變黑。「我瞎了。」

「胡說！誰告訴你的？」

「護士。」

那人哼了一聲。他把繃帶重新貼回我的眼睛。「你很幸運。你的視力完好無缺。」

☆

「有人來看你。」

護士笑了笑，消失了。

媽媽帶著微笑走到床腳。她穿著一件印著紫色手推車的衣服，難看極了。

她身後跟著一個高大的男孩。起初我看不出是誰，因爲我眼睛只開了一點點縫，但之後我看出來了，是我弟弟。

「他們說你想見我。」

我媽趴在床邊，一隻手放在我腿上。她看起來既慈愛，又帶著責備，我希望她走開。

「我想我什麼都沒說。」

「他們說你喊了我。」她好像快哭了，整張臉皺了起來，像個蒼白的果凍一樣抖個不停。

「你還好嗎？」我弟說。

我看著我媽的眼睛。

「一樣。」我說。

☆

「你有訪客。」

「我不見客。」

護士匆匆走出去，跟大廳裡的某個人低聲說了幾句。然後她回來。「他很想見你。」

我低頭看著下面那雙黃黃的腿，從睡衣下方伸出來，那是他們給我穿上的，一件陌生的白色絲睡衣。我一動，皮膚就鬆鬆地晃蕩，彷彿底下完全沒有肌肉，表面還長著粗粗短短的黑色毛根。

「是誰？」

「你認識的人。」

「叫什麼名字？」

「喬治・貝克威爾。」

「我不認識什麼喬治・貝克威爾。」

「他說他認識你。」

然後護士就出去了，一個很面熟的男生進來，說：「介意我坐在你床邊嗎？」

他穿著白袍，我可以看見他口袋裡探出一支聽診器。我想一定是我認識的某個人扮成了醫生。

我本來想，要是有人進來，我就遮住我的腿，但是現在我發現太晚了，所以我就讓它們伸出來，就像它們原本的樣子，噁心而醜陋。

「這就是我，」我想著。「我就是這樣的人。」

「還記得我吧，艾瑟？」

我瞇起好的那隻眼睛，從縫隙看著那個男生的臉。另一隻眼睛的繃帶還沒拆開，但眼科醫生說再過幾天就行了。

那男生看著我，好像我是動物園某種令人興奮的新動物，他簡直就要笑出來了。

「還記得我吧，艾瑟？」他說得很慢，像在對一個遲鈍的孩子說話。「我是喬治．貝克威爾。我去了你的教堂。你跟我室友在阿默斯特（Amherst）約過一次會。」

我想，我記起當時那個男生的臉了。它模糊地徘徊在記憶的邊緣——是那種我永遠也不會費心把名字和它搭起來的臉。

「你在這裡幹嘛？」

「我是這家醫院的住院醫生。」

這個喬治．貝克威爾怎麼會突然變成醫生？我很納悶。他也不是眞的認識我。他只是想看看一個瘋到要自殺的女孩是什麼樣子而已。

我把臉轉向牆壁。

「滾出去，」我說。「他媽的給我滾，別再回來了。」

☆

「我想照鏡子。」

護士忙碌地哼著歌，同時打開一個又一個抽屜，把媽媽給我買的新內衣、上衣、裙子和睡衣塞進黑漆皮小行李箱。

「爲什麼我不能照鏡子？」

他們給我穿上一件連衣裙，灰白相間的條紋，像床墊布，還有一條又寬又亮的紅腰帶，他們把我放在一張扶手椅上支撐好。

「爲什麼我不能照？」

「最好不要。」護士把小行李箱扣上，發出一聲輕響。

「爲什麼？」

「因爲你現在不是很好看。」

「喔，讓我照一下就是了。」

護士嘆了口氣，打開衣櫃最上層的抽屜，拿出一面大鏡子，鏡框和櫃子的木頭是配套的，她把鏡子遞給我。

一開始我沒看出什麼問題。這根本就不是鏡子，是一張照片。

照片裡的人看不出是男是女，因爲那人頭髮剃掉了，頭上冒出雞冠似的剛硬毛髮。有一邊臉是紫色的，腫成難以形容的形狀，紫色沿著腫塊邊緣慢慢變青，然後變成一種灰灰黃黃的顏色。那個人的嘴是淡褐色的，兩邊嘴角都有玫瑰色的傷口。

這張臉最令人吃驚的，莫過於這些鮮明色彩的超自然結合。

我笑了。

鏡子裡那張嘴也咧開了。

嘩啦聲出現一分鐘後，另一個護士跑進來。她看了破鏡子一眼，又看了看站在炫目的白色碎片上的我，然後把那個年輕護士趕出了房間。

「我不是跟你說過嗎！」我可以聽見她說。

「但我只是……」

「我不是跟你說過嗎！」

我聽著她們說話，不算很有興趣。誰都可能會掉鏡子，我不知道爲什麼她們要這麼激動。

比較年長的護士回到房間。她站在那裡，抱著手臂，狠狠地盯著我。

「七年霉運啊。」

「什麼？」

「我說，」護士提高了聲音，好像在對一個聾子說話，「這樣可是要走七年霉運的。」

年輕護士拿著畚斗和掃把回來，開始掃那些閃閃發光的碎片。

「那只是一種迷信。」然後我說。

「哼！」第二個護士好像當我不存在，對趴在地上清掃的那個護士說，「等她到那個地方之後，她們就會好好照顧她了！」

☆

從救護車尾的車窗，我可以看見一條又一條熟悉的街道漏斗似的匯入綠色的遠方。媽媽坐在我旁邊，弟弟坐在我的另一邊。

我一直裝作不知道他們爲什麼要把我從我家鎮上的醫院轉到市立醫院，看看他們會怎麼說。

「他們想讓你住特殊病房，」媽媽說。「我們這兒的醫院沒有那種病房。」

「我喜歡原來的地方。」

媽媽的嘴抿緊了一下。「那你就應該表現得好一點。」

「什麼？」

「你不應該摔破那面鏡子，那樣他們還可能讓你留下來。」

但我當然清楚，鏡子跟這一點關係都沒有。

☆

我坐在床上，被子蓋到脖子上。

「爲什麼我不能起來？我又沒生病。」

「查房，」護士說。「查完房你就可以起來了。」她拉開分隔的床簾，露出隔壁床一個胖胖的年輕義大利女人。

這個義大利女人有一大蓬緊密的黑色捲髮，前額梳成高聳的山形，從這兒開始往後背層層垂下。她一動，那座頭髮山就跟著動，像是用黑紙板糊出來的。

那女人看著我，咯咯地笑了。「你爲什麼在這裡啊？」她沒等我回應，便自顧自地回答。「我是因爲我的法裔加拿大婆婆才來的。」她又咯咯笑了起來。「我老公知道我受不了她，卻還是說她可以來拜訪我們，她一來，我就吐舌頭，收都收不住。他們把我送進了急診室，然後我就被送到這兒來了，」她放低了聲音，「跟一堆瘋子一起。」然後她說，「那你是怎麼了？」

我轉過身，把紅腫青紫的眼睛和一整張臉都露出來給她看。「我企圖自殺。」

那女人盯著我看了一會兒，便匆忙從床頭櫃拿起一本電影雜誌，假裝在看。

我床對面的雙扇彈簧門又展翅似的開了，一群穿著白袍的年輕男女走了進來，還有一個頭髮花白的老人。他們都在笑，笑得很燦爛，很做作。他們聚集在我床尾。

「格林伍德小姐，今天早上感覺如何？」

我試著判斷這句話是當中哪個人說的。我討厭對一群人說話。當我跟一群人說話時，總是要挑出一個人，對著他說，而我說話的時候，總覺得其他人都盯著我看，不公平地占便宜。我也討厭有人在明知你感覺很糟的時候，興高采烈地問你感覺如何，還期望你說「很好」。

「我覺得糟透了。」

「糟透了，嗯。」有人說。有個男生低頭微微一笑，有人在寫字板上潦草地記東西。然後有人拉長了臉，擺出一副嚴肅的樣子，說：「爲什麼你覺得糟透了？」

我想這聰明的一群人中，有些男女很可能是巴迪．威拉德的朋友。他們會知道我認識他，他們會好奇地看著我，之後他們會拿我當彼此八卦閒聊的主題。我想去一個我認識的人都不會去的地方。

「我睡不著……」

他們打斷了我。「但是護士說你昨晚睡了。」我掃視了這些青澀陌生的面孔一圈。

「我沒辦法讀東西。」我提高音量。「我吃不下。」我突然想起，從我來到這裡開始，就一直貪婪地吃個不停。

這群人已經轉身不再看我，只是互相低聲說著話。最後，那個頭髮花白的男人站了出來。

「謝謝你，格林伍德小姐。很快就會有住院醫師來看你了。」

然後這群人走到那個義大利女人床邊。

「今天感覺如何，⋯⋯太太。」有人問，那個姓氏聽起來很長，有一堆里啊拉啊的音，好像是托莫里洛太太。

托莫里洛太太咯咯笑了起來。「噢，我很好，醫生。我好得很。」然後她壓低音量，輕聲說了些我聽不見的話。有一兩個人朝我這邊瞥了一眼。然後有人說，「可以了，托莫里洛太太。」有人走出來，把我們中間白牆似的床簾拉上。

☆

我坐在草坪上木製長椅的一端，草坪四面都是磚牆。我媽坐在另一端，身上還是那件紫色手推車衣服。她手支著頭，食指放在臉頰上，拇指在下巴底下。

托莫里洛太太和幾個黑髮義大利人坐在隔壁長椅上開懷大笑。我媽每動一下，托莫里洛太太就跟著學樣。現在托莫里洛太太坐在那裡，食指放在臉頰上，拇指在下巴底下，頭若有所思地歪向一邊。

「不要動，」我低聲對媽媽說。「那個女人在學你。」

我媽轉頭看了一眼，但托莫里洛太太眨眼間就把她肥白的手放到膝蓋上，開始興高采烈地和朋友聊起天來。

「哪有，她又沒學，」我媽說。「她連注意我們一下都沒有。」

但是，我媽一轉頭看我，托莫里洛太太就又學起我媽剛才手指尖碰在一起的樣子，還狠狠地向我投來一個嘲弄的眼神。

草坪突然染白了一塊，都是醫生。

我和媽媽坐在那裡，陽光從高高的磚牆上方照下來，形成圓錐形的光束，醫生們朝我走來，一個個自我介紹。「我是什麼什麼醫生，我是什麼什麼醫生。」

這群人當中有些看起來很年輕，我知道他們不可能是眞正的醫生，其中一個人姓氏很奇怪，聽起來就像梅毒醫生，於是我開始注意可疑的假名字，果然，有個黑頭髮的傢伙看起來非常像戈登醫生，只是他的膚色是黑的，而戈登醫生是白的，他走上前對我說「我是胰臟醫生」，然後和我握手。

自我介紹完之後，醫生們都站在聽得見我說話的距離內，這樣我就沒辦法在他們聽不見的情況下告訴我媽，我們說的每一個字都被他們記下來了，所以我靠過去，在她耳邊輕聲地說。

我媽猛一下閃開。

「噢，艾瑟，我希望你合作一點。他們說你不肯聽話。他們說你不跟醫生說話，職能治療也什麼都不做……」

「我得離開這裡，」我故意對她說。「那我就會好起來。是你把我弄進來的，」我說。「那就把我弄出去。」

我想，只要我能說服我媽讓我出院，我就可以像戲裡那個腦子有病的男孩一樣，利用她的同情心，說服她怎麼做才是最好的。

令我驚訝的是，我媽說，「好吧，我會想辦法把你弄出去——就算只是去一個更好的地方。要是我想辦法把你弄出去，」她把一隻手放在我膝蓋上，「你保證會乖乖的？」

我轉過頭，直直地盯著梅毒醫生，他就站在我手肘邊，用一本小到幾乎看不見的筆記本做紀錄。「我保證。」我刻意用引人注目的音量大聲說。

☆

黑人把餐車推到病患餐廳。這家醫院的精神科病房非常小，只有兩條走廊，形成L形，走廊兩側都是病房。職能治療室後面有塊凹進去的地方，裡面有幾張病床，我就住在這兒。L形的彎角處有一個小區域，有一張靠窗的桌子和幾個座位，就是我們的休息室和餐廳。

平常給我們送飯的是一個瘦小的白人老頭，但今天是一個黑人。那個黑人身邊有個穿藍色細高跟鞋的女人，正在告訴他該怎麼做。黑人一直咧嘴笑著，傻乎乎的。

接著他把托盤端到我們桌上，盤子裡有三個帶蓋子的錫鍋，然後他開始乒乒乓乓地把錫鍋放到桌上。藍高跟鞋女人走了，走時鎖上了門。黑人一直乒乒乓乓地放東西，先是錫鍋，然後是凹凸不平的鍍銀餐具和厚厚的白瓷盤，他翻著白眼，目瞪口呆地用大眼睛看著我們。

我看得出來，我們是他這輩子見到的第一批瘋子。

飯桌上沒有人動手去掀蓋子，護士站在後面，等著看我們有沒有人會在她動手前主動來做。通常都是托莫里洛太太來掀蓋子，像個小媽媽一樣給大家分配食物，但後來他們把她送回家了，她的工作似乎沒人願意接。

我餓了，所以我掀開了第一個鍋的蓋子。

「你眞好，艾瑟，」護士愉快地說。「你要不要拿點豆子，然後傳給其他人？」

我給自己裝了一盤四季豆，轉身把鍋子遞給我右邊那個大塊頭紅髮女人。這是紅髮女人第一次獲准上桌。我見過她一次，在L形走廊最盡頭，她站在一扇敞開的門前，門上方形的窗戶嵌著鐵欄杆。

她大喊大叫，粗魯地狂笑，還向經過的醫生拍大腿，病房那頭照顧病人的白衣助手靠在餐廳的暖氣片上，笑得快吐了。

紅髮女人從我手裡搶過鍋子，一古腦兒倒在她的盤子裡。豆子在她面前堆得跟山一樣高，還有些落在她腿上和地上，像一根根僵硬的綠吸管。

「噢，莫爾太太！」護士用悲傷的聲音說。「我想你今天最好回房間吃飯。」

然後她把大部分豆子倒回鍋裡，交給莫爾太太旁邊的人，然後帶著莫爾太太走了。從餐廳走到她病房這一路，莫爾太太不斷轉身對我們擺出不懷好意的表情，還發出難聽的豬叫聲。

黑人回來了，開始收拾還沒分到豆子的人的空盤子。

「我們還沒吃完，」我對他說。「你就等著吧。」

「天哪！天哪！」黑人睜大了眼睛，裝出驚訝的樣子。他瞥了周圍一眼，護士去關莫爾太太還沒回來。黑人向我鞠了個沒禮貌的躬，「還眞是個千金大小姐呢。」他低聲說。

我掀開第二個鍋蓋，裡頭是一塊楔形的通心粉，冷得像石頭，黏得像漿糊。第三個也是最後一個鍋裡裝滿了烤豆子。

現在我已經很清楚，一頓飯裡不能有兩種豆子。可以是豆子和胡蘿蔔，或者豆子和豌豆，也許，但絕不能是豆子和豆子。那個黑人只是想看看我們會吃多少。

護士回來了，黑人慢慢走到一段距離外。我盡可能多吃烤豆子。然後我從桌邊站起來，繞到護士看不到我腰部以下的地方，走到正在清理髒盤子的黑人身後。我抽起腿，在他小腿上狠狠踢了一腳。

黑人大叫一聲跳開，對我翻了個白眼。「噢，小姐，噢，小姐，」他一邊呻吟，一邊揉著自己的腿。「你不應該這樣做的，你不應該，眞的不應該。」

「這是你應得的。」我盯著他的眼睛。

☆

「你今天不想起床嗎？」

「不想。」我在床上縮得更深，拉起床單蓋在頭上。然後我偷偷掀開床單一角往外看，護士正在甩她剛從我嘴裡拿出來的體溫計。

「你看吧，很正常。」我在她收溫度計之前已經先看過了，我向來如此。「你看吧，正常得很，你幹嘛一直量？」

我很想告訴她，如果只是我的身體出問題就好了，我寧願是身體出問題，也不願意自己的頭腦出問題，但這個想法似乎太複雜了，想起來很煩人，所以我什麼也沒說。我只是在床上又鑽得更深了一點。

然後，我感覺有一股輕輕的、但令人討厭的壓力透過床單壓在我腿上。我偷看了一下，發現護士把體溫計托盤放在我床上，而她轉身替躺在我隔壁，也就是托莫里洛太太那張床上的病人量脈搏。

一股陰沉的玩心戳穿了我的血管，像一顆鬆動的牙齒一樣刺痛著我，讓人惱火卻又吸引人。我打了個哈欠，動動身子，做出準備翻身的樣子，偷偷把腳挪到托盤底下。

「喔！」護士的呼喊聽起來像在求救，另一個護士跑了過來。「看看你幹的好事！」

我把頭從被子裡探出來，盯著床邊。打翻的搪瓷托盤周圍，一片體溫計碎片形成的星空閃閃發光，水銀珠子像天國的露珠一樣顫動著。

「我很抱歉，」我說。「我不是故意的。」

第二個護士惡狠狠地看著我。「你就是故意的。我都看見了。」

然後她匆匆走開，幾乎馬上就來了兩個助手，把我連床和所有東西一起推進了莫爾太太的舊病房，但是在那之前，我已經先撈了一團水銀。

他們鎖門後不久，我就看見那個黑人的臉，一輪黑糖蜜色的月亮，從窗戶的柵欄處升起來，但是我假裝沒注意到。

我張開手指，像一個有祕密的孩子，對著掌心的銀球笑了。如果我把銀球掉在地上，它就會變成一百萬個自己的小複製品，如果我把它們推到一起，它們又會毫無縫隙地融合，再度變成一個整體。

我對著這個小銀球笑了又笑。

我無法想像他們對莫爾太太做了什麼。

XV 第十五章

菲洛梅娜·吉內雅的黑色凱迪拉克在五點鐘擁擠的車流中，像一部禮車一樣緩緩前進。很快，它就要經過查爾斯河上的一座小橋，而我會毫不猶豫地打開車門，穿過車流，跳上橋欄杆。只要向下一躍，水就會淹過我的頭頂。

我漫不經心地把面紙揉成藥丸大小的顆粒，夾在手指間，等待機會來臨。我坐在凱迪拉克後座中間，媽媽坐在我旁邊，弟弟在另一邊，兩個人都微微前傾，像根斜槓，一邊車門一根。在我前方，我可以看到司機SPAM罐頭午餐肉色般的脖子，夾在藍色的帽子和穿著藍夾克的肩膀中間。在他身邊的，是著名小說家菲洛梅娜·吉內雅的銀髮和綴著翡翠色羽毛的帽子，就像一隻脆弱的異國鳥兒。

我不太清楚爲什麼吉內雅女士會出現。我只知道她對我的案例很感興趣，她在事業顛峰時期也曾經一度住進精神病院。

我媽說，吉內雅女士在巴哈馬給她發了一封電報，她在那兒的一份波士頓報紙上看到了我的消息。吉內雅女士在電報裡問：「這件事和男孩子有關嗎？」如果這件事涉及男孩子，吉內雅女士當然就不可能插手。

但我媽回了電報，「不，和艾瑟的寫作有關。她覺得她再也沒辦法寫東西了。」因此，吉內雅女士飛回波士頓，把我從逼仄的市立醫院病房接出來，現在她要用車把我送到一家有庭院、高爾夫球場和花園，像鄉村俱樂部一樣的私人醫院，費用她付，就像我有獎學金一樣，直到她認識的醫生把我治好爲止。

我媽跟我說，我應該心存感激。她說我幾乎把她的錢全花光了，如果不是吉內雅女士，眞不知道我現在會在哪裡。我知道我會在哪裡。我會在鄉下的大型州立醫院裡，就在這家私人醫院隔壁。

我知道我應該感激吉內雅女士，但我卻什麼也感覺不到。就算吉內雅女士給我一張去歐洲或環遊世界的船票，對我來說也毫無區別，因爲不管我坐在哪裡——在郵輪甲板上、巴黎的街頭咖啡館或者曼谷，我都是坐在同一個玻璃鐘形罩底下，在自造的酸苦空氣中不斷煎熬。

藍天在河面上打開了穹頂，河面上綴著點點風帆。我準備好了，但我媽和我弟立刻各自把手放在門把上。輪胎過橋時發出短暫的嗡嗡聲，河水、風帆、藍天，浮在半空的海鷗，彷彿似眞似幻的明信片一閃而過，我們就這樣過了橋。

我癱回灰色的毛絨座椅，閉上眼睛。玻璃罩裡的空氣在我周圍塞得嚴嚴實實，我擾動不了一絲一毫。

☆

我又有了自己的房間。

這裡讓我想起戈登醫生醫院的房間——一張床、一個書桌、一個壁櫥、一套桌椅。有一扇帶紗窗的窗戶，但沒有鐵欄杆。我的房間在一樓，窗戶離鋪滿厚厚松針的地面很近，可以俯瞰用紅磚牆圍起來的院子，裡頭林木茂密。要是我往下跳，連膝蓋都不會擦傷。高牆內面看上去就跟玻璃一樣光滑。

過橋那段路讓我很氣餒。

我錯過了一個絕佳的機會。河水從我身後流過，像一杯沒人喝的飲料。我懷疑，即使我媽和我弟不在，我也不會採取行動往下跳。

我在醫院主樓登記時，有個苗條的年輕女子已經在那兒了，她自我介紹。「我是諾蘭醫生，以後由我來照顧艾瑟。」

有女醫師這件事讓我很驚訝。我沒想到他們居然有女精神科醫生。這個女人是瑪娜・洛伊和我媽的結合體。她穿著白上衣和長裙，一條寬寬的皮帶束在腰間，戴著一副時髦的新月型眼鏡。

但是，在一個護士領著我穿過草坪，來到我要住的那棟叫卡普蘭的陰暗磚砌樓房之後，諾蘭醫生並沒有來看我，反而來了一大堆陌生的男人。

我躺在床上，蓋著厚厚的白毯子，他們一個接一個進我房間自我介紹。我不明白爲什麼會有這麼多人，也不明白爲什麼他們要自我介紹，我開始覺得他們在試探我，想知道我有沒有注意到他們人太多，我變得警戒起來。

最後進來了一位英俊的白髮醫生，說他是這家醫院的院長。然後他開始說起清教徒移民和印第安人，以及在這之後擁有這片土地的人，還有附近有哪些河流，誰建了第一家醫院，這家醫院如何被燒，又是誰建了下一家醫院。他叨叨不停，我覺得他一定在等著看我什麼時候要打斷他，告訴他我知道那些河流和清教徒的事全都是一派胡言。

但後來我又覺得當中可能有些事情是眞的，於是我試著弄清楚哪些可能是眞的，哪些不是，只是在我想清楚之前，他已經說再見了。

我一直等著，直到所有醫生的聲音都消失。然後我丟開白毯子，穿上鞋子，走到大廳。沒有人阻止我，於是我繞過我住的這側走廊轉角，走過另一條更長的走廊，經過一個開放式的餐廳。

一個穿著綠制服的女僕正在擺設晚餐餐桌。有白色的亞麻桌布、玻璃杯和餐巾紙。我把這裡有眞玻璃杯這件事像松鼠儲藏堅果一樣儲藏在腦海一角。在市立醫院，我們用紙杯喝東西，沒有刀可

1 瑪娜・洛伊（Myrna Loy，一九〇五至一九九三），美國女演員，一九九一年獲奧斯卡終身成就獎。

以切肉。肉總是煮得很爛，我們可以用叉子切。

最後，我來到一個大客廳，裡頭的家具破破爛爛，地毯也磨禿了。一個圓臉黑短髮的女孩坐在扶手椅上看雜誌，讓我想起以前我們的女童軍服務員。我瞥了她的腳一眼，果不其然，她穿的就是服務員穿的那種棕色平底皮鞋，流蘇舌皮貼在前面，以顯示出這種鞋的運動風格，鞋帶末端還繫著小小的假橡實。

女孩抬起眼睛，微笑著說。「我叫瓦萊麗。你呢？」

我裝作沒聽見，走出客廳，來到隔壁那側走廊盡頭。路上我經過一扇只有腰部高的矮門，我看見門後有幾個護士。

「人都去哪兒了？」

「外面。」護士在小片膠帶上一遍又一遍地寫東西。我把身子探過門口，想看看她在寫什麼，結果是E·格林伍德，E·格林伍德，E·格林伍德，E·格林伍德。

「外面哪裡？」

「噢，做職能治療啦，上高爾夫球課啦，或者打羽毛球。」

我注意到護士身邊的椅子上有一堆衣服，正是第一家醫院的護士在我打碎鏡子那時幫我裝進漆皮行李箱那堆。護士們開始在衣服上貼標籤。

我走回客廳。我不明白這些人在做什麼，打羽毛球和高爾夫？還能做這些事，他們一定不是眞病。

我在瓦萊麗附近坐下，仔細觀察她。我想，沒錯，她就像在參加女童軍露營一樣。現在她正興味盎然地讀著手上那本破破的《時尚》雜誌。

「她到底在這裡幹嘛？」我很納悶。「她一點問題都沒有。」

☆

「介意我抽菸嗎？」諾蘭醫生背靠在我床邊的扶手椅上。

我說「不」，我喜歡煙的味道。我想，如果諾蘭醫生抽菸，她可能會待久一點。這是她第一次來跟我說話。她一離開，我就會陷入過去的空白。

「跟我說說戈登醫生的事，」諾蘭醫生突然說。「你喜歡他嗎？」

我警戒地看了諾蘭醫生一眼。我想醫生肯定都是一夥的，在這家醫院的某個地方，某個隱蔽的角落，就放著一部和戈登醫生那裡一模一樣的機器，隨時準備把我從皮囊裡頭震出來。

「不，」我說。「我一點都不喜歡他。」

「這很有意思啊。為什麼呢？」

「我不喜歡他對我做的事。」

「對你做的事？」

我跟諾蘭醫生說了機器的事，還有藍色閃光、強烈震動和噪音的情況。我說這些事的時候，她變得非常安靜。

「那是錯的，」然後她說。「不應該是那樣。」

我凝視著她。

「如果實施得當，」諾蘭醫生說，「就會像睡著一樣。」

「如果再有人對我這樣做，我就去死。」

諾蘭醫生堅定地說，「你在這裡不會進行電擊治療。如果眞的要做，」她稍微修正了一下，「我也會事先告訴你，我保證做起來不會像你之前那樣。因爲，」她把話說完，「有些人甚至還滿喜歡這個的呢。」

諾蘭醫生走了之後，我在窗臺上發現一盒火柴。並不是一般大小的火柴盒，而是個超小的盒子。我打開盒子，露出一排帶著粉紅色尖端的白色小棍子。我想擦一根試試，結果弄折了。

我想不通爲什麼諾蘭醫生會留下這麼愚蠢的東西給我。也許她是想看看我會不會還給她。我小心翼翼地把這盒玩具火柴藏在新羊毛浴袍的下襬裡。如果諾蘭醫生跟我要火柴，我就說我以爲那是糖果做的，我吃掉了。

☆

有個新來的女人搬進了我隔壁的房間。

我想她一定是這棟樓裡唯一比我晚來的人，所以她不會像其他人那樣知道我有多糟糕。我想我也許可以進她房間去交個朋友。

那個女人躺在床上，穿著一件紫色的連身裙，脖子位置扣著一枚浮雕胸針，下襬大約到膝蓋和鞋子中間。她有一頭鐵鏽似的紅髮，梳成女教師般的髮髻，細細的銀框眼鏡用黑色鬆緊帶繫著，插在胸前的口袋裡。

「你好，」我擺出一副健談的樣子說，在床邊坐了下來。「我叫艾瑟，你呢？」

那女人動也不動，只是望著天花板。我覺得很受傷。我想，也許她一進來，瓦萊麗或別人就跟她說過我有多蠢了。

一個護士從門邊探出頭來。

「喔，你在這裡啊，」她對我說。「來拜訪諾里斯小姐啊。眞好！」然後她又消失了。

我不知道在那裡坐了多久，我看著這個穿紫色衣服的女人，想知道她緊閉的粉紅色嘴唇究竟會不會張開，如果眞的會，又會說什麼。

最終，諾里斯小姐還是沒說話，也沒看我，她穿著高統黑扣長靴的腳從床的另一側下床，走出了房間。我想她可能是想用一種巧妙的方式擺脫我。我跟在她後面一段距離外，悄悄地跟著她走到走廊。

諾里斯小姐走到餐廳門口，停住了腳步。走到餐廳這一路，她走得非常精確，每一步都踏在地毯上交織著的洋薔薇圖案正中央。她在門口等了一會兒，然後舉起腳，先一隻，再一隻，跨過門檻進入餐廳，就像跨過了一道小腿高的隱形踏蹬。

她在一張鋪好了亞麻桌巾的圓桌前坐下，在腿上攤開一張餐巾紙。

「還有一小時才吃晚飯喔。」廚師從廚房喊道。

但諾里斯小姐沒有回應，只是禮貌地直視著前方。

我在她那張桌的對面拉開一把椅子，也攤開一張餐巾紙。我們一語不發，只是坐在那裡，親密無間地沉默著，如同姊妹，直到走廊響起吃晚飯的鈴聲。

☆

「躺下來，」護士說。「我要再給你打一針。」

我翻身趴著，把裙子掀起來，然後拉下絲睡褲。

「唉呀，你底下穿的是什麼啊？」

「睡褲。這樣我就不用老是穿穿脫脫了。」

護士嘖嘖幾聲，然後說，「哪一邊？」這是個老笑話了。

我抬起頭，回身瞥了自己光溜溜的屁股一眼。因爲之前打的針，屁股上全是青紫紅腫的瘀痕，左邊看起來比右邊更黑一點。

「右邊。」

「就聽你的。」

護士把針戳進去，我縮了一下，細細品味這微微的疼痛。護士每天給我打三次針，打完之後大約一小時，他們會給我一杯含糖的果汁，站在一邊看著我喝下去。

「你眞幸運，」瓦萊麗說。「你在打胰島素。」

「沒什麼感覺啊。」

「喔，會有的。我已經有了。有反應了再告訴我。」

但是我好像一直都沒有什麼反應。我只是越來越胖。我已經把媽媽買來那件原本過大的新衣服撐滿了，我低頭看著自己肥滿的肚子和寬廣的屁股，覺得還好吉內雅女士沒看見我這個樣子，因爲我看起來就好像快生了一樣。

☆

「看過我的疤嗎？」

瓦萊麗撩開黑髮，指指她額頭兩邊兩道淺色痕跡，彷彿某段時間她突然開始長角，但又把角鋸掉了。

我們在散步，就我們兩個，和運動治療師一起在精神病院的花園裡散步。現在我越來越常獲准放風出來散步了，諾里斯小姐就從來沒放出來過。

瓦萊麗說，諾里斯小姐根本就不應該住卡普蘭這棟樓，她應該住另一棟叫威馬克的樓，情況更糟的人都住那裡。

「你知道這是什麼疤嗎？」瓦萊麗繼續追問。「不知道。是什麼疤？」

「我做過腦白質切除術[2]。」

我敬畏地看著瓦萊麗，第一次明白她永恆的、大理石般的平靜從何而來。「你覺得怎麼樣？」

「很好啊。我不再生氣了。以前我總是生氣。以前我住威馬克，現在我住卡普蘭。現在我可以去鎮上，買東西，看電影，和護士一起。」

「你出去以後要做什麼？」

「喔，我不走，」瓦萊麗笑起來。「我喜歡這裡。」

☆

「要換房間囉！」

「我為什麼要換房間？」

護士繼續愉快地開關我的抽屜，清空衣櫃，把我的東西放進黑色行李箱。

我以為他們終於要把我搬到威馬克去了，一定是的。

「喔，你只是要搬到前面一點的房間，」護士興高采烈地說。「你會喜歡的，那裡陽光更好。」

我們出了房間，走到走廊，我看到諾里斯小姐也在搬家。一個和我護士一樣年輕開朗的護士站在諾里斯小姐房間門口，幫諾里斯小姐穿上一件紫色大衣，領口有一圈乾巴巴的松鼠毛。

我一直守在諾里斯小姐床邊，拒絕了職能治療的娛樂、散步、羽球賽，甚至一週一次的電影（我很喜歡電影，但諾里斯小姐從來不看），只是一小時又一小時地望著她蒼白無言的嘴唇發呆。

2腦白質切除術（lobotomy或leucotomy）是一種神經外科手術，包括切除前額葉皮質的連接組織。這也是世界上第一種精神外科手術。該技術雖曾獲得一九四九年諾貝爾生理學或醫學獎，但現今已被認為嚴重違反人權而廢棄。

我在想，要是她開口說話了，那該有多令人興奮啊！我會衝到走廊，向護士們宣布這個消息。她們會稱讚我，因為我鼓勵了諾里斯小姐，也許我就能獲准到鎮上去買東西、看電影，我的逃亡也就有了成功的把握。

但我守候了那麼長一段時間，諾里斯小姐一個字也沒說。

「你要搬去哪裡？」這時我問她。

護士碰了碰諾里斯小姐的手肘，諾里斯小姐就像輪椅上的玩偶似的抽動了一下。

「她要去威馬克，」我的護士低聲告訴我。「諾里斯小姐怕是沒辦法像你一樣越變越好了。」

我看著諾里斯小姐抬起一隻腳，然後抬起另一隻，跨過擋住前門門檻的隱形踏蹬。

「我要給你一個驚喜，」護士一邊說，一邊把我安置在前翼一個陽光充足、可以俯瞰綠色高爾夫球場的房間裡。「今天剛來了個你認識的人。」

「我認識的人？」

護士笑起來。「別這樣看我，來的又不是警察。」然後，因為我沒接話，她又說，「她說她是你的老朋友。她住隔壁。去看看她怎麼樣？」

我想護士一定是在開玩笑，如果我去敲隔壁的門，不會有人回我，但一進去，就會發現諾里斯小姐穿著紫色松鼠領大衣，扣子一直扣到脖子，躺在床上，她的嘴從身體死寂的花瓶綻放出來，像朵含苞的玫瑰。

儘管如此，我還是走出房間，敲了敲隔壁的門。

「請進！」一個歡快的聲音喊道。

我把門推開一條縫，向房裡望去。一個穿著馬褲、長得也像馬的大個子女孩坐在窗邊，她瞥了一眼，露出大大的笑容。

「艾瑟！」她聽起來上氣不接下氣，好像跑了很長很長的路，剛剛才停下來。「見到你眞高興。她們跟我說你在這裡。」

「瓊安？」我試探地說，然後在困惑和難以置信之下，又說了一次：「瓊安！」

瓊安笑了，露出她閃亮的大牙齒。

「眞的是我啊。我還以爲你會很吃驚呢！」

XVI 第十六章

瓊安的房間有壁櫥、書桌、桌子、椅子，和印著藍色大C的白毯子，擺設和我的房間成鏡像相反。我突然想，瓊安一聽說我人在哪兒，就假意在精神病院訂了一個房間，只是開個玩笑而已。這就解釋了爲什麼她跟護士說「我是她朋友」。因爲除了彼此會點頭致意之外，我不算眞的認識過她。

「你怎麼會到這裡來？」我縮在瓊安的床上。

「我看到了關於你的報導。」瓊安說。

「什麼？」

「我看到關於你的報導，然後我就跑了。」

「什麼意思？」我平靜地說。

「嗯，」瓊安往印花棉布面的病院扶手椅上一靠，「我夏天打工的時候在一個像是兄弟會的地方做點文書工作，你知道，就跟那個曼森家族很像，不過不是那個曼森家族啦，然後我就覺得自己很慘。我拇指外翻嘛，幾乎沒辦法走路——最後那段時間，我只能穿橡膠靴子去上班，沒辦法穿鞋，你可以想像這對我的心情打擊有多大……」

我想，要麼瓊安肯定是瘋了（穿橡膠靴子上班），要麼就是她想看看我有多瘋，我才會相信這一切。再說，只有老人才會拇指外翻。我決定假裝我覺得她瘋了，我只是在迎合她。

「我要是不穿皮鞋會很難受，」我帶著曖昧的微笑說。「腳很疼嗎？」

「痛死了。還有我那個老闆啊（剛跟他老婆分居，他不能立刻離婚，因爲那不符合兄弟會的規定），每隔一分鐘就叫我一次，我一動，腳就痛得要命，但是我只要一到辦公桌前坐下，蜂鳴器就響了，他又冒出什麼別的事情想交代……」

「你爲什麼不辭職呢？」

「喔，我確實不幹了，算是啦。我請病假不去上班。我不出門，不見任何人。我把電話藏在抽屜裡，不接電話……」

「然後我的醫生把我送到一家大醫院的精神科醫生那裡。我約的時間是十二點，那時我情況很

1曼森家族（Manson Family），一九六〇年代末在加州建立的公社以及公認的邪教團體，由查爾斯・曼森（Charles Milles Manson）領導。大多數團體成員都是來自中產階級背景的年輕女性，許多人由於曼森的教導而變得激進。

糟。最後，到了十二點半，接待的人出來告訴我，醫生去吃午飯了。她問我要不要等，我說要。」

「他回來了嗎？」這個故事對瓊安來說太複雜，不像是憑空捏造出來的，但我引導她繼續說下去，想看看結果會怎麼樣。

「喔，回來了啊。跟你說一聲，那個時候我想自殺。我當時說，『這個醫生最好夠力，要不然就完了。』於是呢，這個接待員帶我走過一條長長的走廊，就在我快要走到診療室門口的時候，她轉身對我說，『你不介意有幾個學生跟醫生在一起吧？』我還能說什麼呢？『喔，不介意。』我說。我走進去，發現有九雙眼睛盯著我。九雙！整整十八隻眼睛。

「天哪，要是那個接待員告訴我那個房間裡會有九個人，我當場就會走掉。但我就是這樣，而且現在做什麼都來不及了。嗯，在那個特別的日子，我剛好穿著一件毛皮大衣……」

「在八月？」

「喔，那天又冷又濕，而且我想，那是我第一個精神科醫生嘛——你知道的。總之，這個精神科醫生在我跟他說話的過程中一直盯著那件毛皮大衣，我要求他給我學生優惠價，別讓我付全額，我可以看出他對這件事的想法。我從他的眼神就知道他是個見錢眼開的人。反正，我跟他說，我什麼都不知道(不管是我的拇指外翻、抽屜裡的電話，或者我有多想自殺)，然後他叫我到外面等，他要跟其他人討論一下我的病例，等到他叫我回去為止，你猜他怎麼說？」

「怎麼說？」

「他雙手交握看著我，說，『吉靈小姐，我們的結論是，團體治療應該對你有好處。』」

「團體治療？」我想我的聲音一定跟回音壁一樣虛假，但瓊安並沒有注意到。

「他就這樣說啊。你能想像嗎，我都想自殺了，還要跟一大群陌生人聊天，而這群人絕大多數情況沒比我好到哪裡去……」

「太瘋狂了。」我不由自主地跟著同理了起來。「簡直不是人。」

「我就是這麼說嘛。我直接回家，給那個醫生寫了一封信。那封信我寫得漂亮極了，說他這種人根本沒資格去幫助病人……」

「有回音嗎？」

「不知道。我就是那天看到你的消息的。」

「什麼意思？」

「喔，」瓊安說，「就是警察認爲你已經死了之類的事。我有一疊剪報，不知道收在哪裡。」

她沉重地站起來，我聞到一股強烈的馬味，讓我鼻孔刺痛。瓊安曾經拿過大學年度體操賽的跳馬冠軍，我懷疑她是不是一直睡在馬廄裡。

瓊安在打開的行李箱裡翻找，然後拿出一疊剪報。

「來，看看。」

第一張剪報有一張放大照片，照片上的女孩眼睛畫著黑眼影，咧開黑色的嘴唇笑著。我難以想像這種傖俗的照片會是在哪裡拍的，直到我注意到那副布魯明黛百貨公司買的耳環和項鍊在照片裡像白色亮點似的閃爍著，像仿冒的星星。

資優女孩失蹤。母親焦心。

照片下的文字敘述這個女孩八月十七日從家中消失的經過，她穿著綠裙白上衣，留下一張紙條，說要去散很長的步。報導說，格林伍德小姐直到午夜都沒有回家，她母親便打了電話給鎮上的警察。

下一張剪報上是我媽、我弟和我的合照，三個人一起在後院微笑。我也想不起來這張照片是誰拍的，後來我看見自己穿的是短褲和白球鞋，想起我們去採菠菜的夏天也是這麼穿的，某個炎熱的午後，度度・康威順道來訪，給我們拍了幾張家庭照。格林伍德太太要求刊登這張照片，希望能鼓勵她的女兒回家。

女孩恐攜安眠藥一同失蹤

一張黑暗的午夜照片，有十幾個臉圓圓的人在樹林裡。我覺得最後那幾個人看起來很奇怪，而且異常矮小，最後才意識到那不是人，而是狗。警犬出動尋找失蹤女孩。警長比爾・辛德利表示：情況不樂觀。

女孩生還！

最後一張照片裡，警察正把一條長長、軟軟的毯子捲抬到救護車後面，毯子一端有個毫無特徵的包心菜頭。然後，文字敘述了我媽如何去了地下室，打算洗積了一星期的衣服，結果從一個廢棄的洞裡傳來微弱的呻吟……

我把剪報放在白床單上。

「你留著吧，」瓊安說。「你應該把這些東西貼在剪貼簿上。」

我把剪報摺起來，塞進口袋。

「我讀了關於你的報導，」瓊安接著說。「不是他們怎麼找到你的，而是在這之前的一切，我就把所有的錢湊一湊，搭了第一班飛機去紐約。」

「為什麼是紐約？」

「喔，我想在紐約自殺會比較容易一點。」

「你做了什麼？」

瓊安羞澀地笑笑，伸出雙手，掌心朝上。又大又紅的傷疤在她手腕的白皮膚上縱橫交錯，就像一座座縮小版的山脈。

「你這是怎麼弄的？」我第一次覺得瓊安和我可能有某些共通點。

「我用拳頭打穿了我室友的窗戶。」

「什麼室友？」

「我以前大學的室友。她在紐約工作，我想不出還有哪裡可以住，而且我也沒什麼錢了，所以就去跟她住了。我爸媽發現我在那兒（因爲她寫信給我爸媽，說我舉止很奇怪），我爸就直接飛過去把我帶回去了。」

「但是你現在已經沒事了。」我做出結論。

瓊安用那雙鵝卵石灰色的明亮眼睛打量著我。「我想是吧，」她說。「你不也是嗎？」

☆

吃過晚飯之後我就睡著了。

我被一個響亮的聲音吵醒。班尼斯特太太，班尼斯特太太，班尼斯特太太，班尼斯特太太。當我從睡夢中被拖出來的時候，我發現自己拍著床柱在喊人。夜班護士班尼斯特太太歪斜的清晰身影迅速進入我的視野。

「來，我們不希望你把這個敲壞了。」

她解開了我的錶帶。

「怎麼了？發生了什麼事？」

班尼斯特太太的臉突然每個線條都彎了，笑成一朵花。「你有反應了。」

「反應？」

「是啊，你有什麼感覺？」

「很怪。有點輕飄飄的。」

班尼斯特太太扶我坐起來。

「現在你就要開始變好了。你很快就會好起來的。想喝點熱牛奶嗎？」

「好。」

班尼斯特太太把杯子捧到我嘴邊，我讓熱牛奶在舌頭上方翻了幾翻才呑下，奢侈地品味著，就像嬰兒品味母親的味道一樣。

☆

「班尼斯特太太告訴我你有反應了。」諾蘭醫生在窗邊的扶手椅坐下，拿出一個小小的火柴盒。盒子看起來和我藏在浴袍下襬那個一模一樣，有一瞬間我還在想，是不是護士在哪裡發現了它，悄悄地把它還給了諾蘭醫生。

諾蘭醫生在盒子側面劃起一根火柴。一團滾燙的黃色火焰瞬間燃起，我看著她把火吸進菸裡。

「B太太說你感覺好多了。」

「確實有一陣子是的。但現在又變回老樣子了。」

「我有消息要告訴你。」

我等著她繼續說。現在，每一天，我不知道有多少天了，每天早上、下午和晚上，我都裹著我的白毯子躺在小凹室的躺椅上，假裝在讀書。我隱約覺得，諾蘭醫生會容許我放縱一定的天數，然後就會說出和戈登醫生一模一樣的話：「很抱歉，你好像沒什麼進步，我想你最好做點電擊治療……」

「嗯，你不想聽聽是什麼消息嗎？」

「什麼消息？」我悶悶地說，同時想辦法替自己壯膽。

「你接下來一段時間不會有訪客了。」

我驚訝地望著諾蘭醫生。「啊，太棒了。」

「我就知道你會高興。」她笑了。

然後我看了看衣櫃邊的垃圾桶，諾蘭醫生也跟著看了看。垃圾桶裡探出一打長莖玫瑰血紅色的花苞。

那天下午，我媽來看過我。

我媽只不過是一長串訪客當中的一個——我的前老闆，也就是基督科學教會那位女士，她和我在草坪散步，談著《聖經》中的「有霧氣從地上騰」，那霧其實是錯的，我所有的麻煩都是因爲我相信霧，一旦我不再相信，它就會消失，我就會看見自己一直都很好；還有我高中的英文老師，他特地來教我玩拼字遊戲，因爲他覺得這說不定能喚回我對文字的興趣；還有菲洛梅娜．吉內雅本人，她對醫生們至今的表現完全不滿意，也一直這麼對他們說。

我討厭這些探訪。

我坐在自己的小凹室或房間裡，會突然進來一個面帶微笑的護士，宣布我有一個或者還有好幾個訪客。有一次，他們居然帶了一個唯一神教派的牧師來，我根本打心裡不喜歡他。他一直很緊張，我看得出他認爲我瘋了，因爲我告訴他我相信有地獄，而這當中有些人，像我，不相信死後的永生，也不相信一個人相信的事會決定他死時會發生什麼，所以我們還沒死就必須活在地獄裡，不然等死後就逮不到我們了。

我討厭這些探訪，因爲我覺得來看我的人一直在打量我身上的肥油和蓬亂的頭髮，對照著我曾經的樣子，和他們希望我成爲的樣子，我知道他們離開的時候完全不知所措。

我想，要是他們不來打擾我，我說不定還能平靜一點。

我媽是最糟糕的。她從不責備我，只是一臉悲傷地一直求我告訴她，她到底做錯了什麼。她說她確信醫生認爲她做錯過一些事，因爲他們問了她很多關於訓練我上廁所的問題，而我在很小的時候就已經訓練得很完美，沒給她帶來任何麻煩。

那天下午，我媽給我帶了玫瑰來。

「花等到我葬禮再送吧！」我說。

我媽的臉皺起來，看起來快哭了。

「可是，艾瑟，你不記得今天是什麼日子了嗎？」

「不記得。」

我想可能是情人節。

「是你的生日啊。」

這時我已經把玫瑰扔進垃圾桶了。

「這就是她做的蠢事。」我對諾蘭醫生說。

諾蘭醫生點點頭。她似乎懂得我的意思。

「我恨她。」我說，等待反擊到來。

但諾蘭醫生只是對我笑笑，好像有什麼事讓她很高興，很開心，然後她說，「我想也是。」

XVII 第十七章

「你今天運氣眞好呀。」

年輕護士把我的早餐盤收走，然後讓我裹在白毯子裡，像個在甲板上吹海風的乘客。

「爲什麼說我運氣好？」

「嗯，我也不曉得該不該讓你知道，但是今天你就要搬到貝爾賽斯樓去了。」護士滿懷期待地看著我。

「貝爾賽斯，」我說。「我不能去那兒。」

「爲什麼？」

「我沒準備好。我情況還不夠好。」

「你當然夠好。別太擔心，要是你不夠好，他們就不會讓你搬過去了。」

護士走了之後，我試著釐清諾蘭醫生這個新舉動。她想證明什麼呢？我的情況沒變，一點也沒有。而貝爾賽斯樓是所有病房中最好的人才能去住的。住進貝爾賽斯之後，下一步就是回到工作崗位，回學校，回自己的家。

瓊安也會在貝爾賽斯，帶著她的物理書、高爾夫球桿、羽球拍，和她那令人窒息的聲音。瓊安代表我和那些幾乎康復的人之間的鴻溝。自從瓊安離開卡普蘭後，我就從病院的小道消息一直追蹤她的進展。

瓊安可以散步了，瓊安可以去購物了，瓊安可以到鎮上去了。我把瓊安的所有消息收集成一小堆苦澀的東西，儘管我聽到這些消息的時候表面上很高興。瓊安是我過往最好那個自己一個閃亮的翻版，是專門來跟著我、折磨我的。

也許等我到了貝爾賽斯，瓊安已經走了。

至少在貝爾賽斯，我可以忘記電擊治療的事。在卡普蘭，很多女人都接受過電擊治療。我知道是哪些人，因爲她們不會跟我們一樣領到早餐托盤。我們在房間裡吃早餐的時候，她們就去做電擊治療，之後她們回到交誼廳，安安靜靜，好像有什麼消失了，像孩子一樣被護士帶著，在那裡吃早餐。

每天早上我一聽見護士端著我的餐盤來敲門，就會湧起無比的解脫感，因爲我知道，這一天我已經安全了。我不明白，如果諾蘭醫生自己也沒做過電擊治療，怎麼會知道病人在電擊治療的時候是睡著的呢？她怎麼會知道那個人不是只是看起來像睡著，內在其實依然感覺得到藍色電流和噪音呢？

☆

走廊盡頭傳來鋼琴聲。

晚餐時間我靜靜地坐著，聽貝爾賽斯樓的女人們吱吱喳喳地聊天。她們都打扮得很時髦，精心化妝，其中有好多人已經結婚了。她們當中有人去了市中心買東西，還有些外出拜訪了朋友，整個晚餐時間，就聽她們來來回回說著那幾個只有她們懂的笑話。

「我想打電話給傑克，」一個叫迪迪的女人說，「可是我擔心他不在家。不過我知道我可以打到哪裡去，他肯定在。」

和我同桌那個活潑的金髮矮個子女人笑了。「我今天想要洛林醫生，差點就得手了，」她睜大了那對小娃娃似的藍眼睛。「我一點都不介意把老柏西換成新型號。」

而在餐廳另一頭，瓊安正狼吞虎嚥地吃著她的SPAM罐頭午餐肉和烤番茄，食慾極佳。她在這些女人當中似乎頗為自在，對我有點冷淡，略帶輕視，好像我是個印象模糊但地位明顯不如她的熟人。

晚飯後我就準備上床睡覺了，但隨後又聽見了鋼琴聲，我想像著瓊安、迪迪、露貝兒（那個金髮女人）和其他人在我身後的交誼廳裡笑著說我閒話的樣子。她們會說，貝爾賽斯有我這樣的人在眞是太可怕了，我應該去威馬克才對。

我決定去阻止她們惡毒的談話。

我把毯子像披肩一樣鬆鬆地披在肩上，在走廊上慢慢晃著，走向燈光和歡樂噪音所在的地方。那天晚上剩下的時間，我聽著迪迪在平臺鋼琴上敲打她自創的曲子，其他女人坐著打牌聊天，彷彿身在大學宿舍，只是她們大部分人比大學女生大了十歲。

其中有位女士身材高大，頭髮花白，說起話來是轟轟響的低音，她叫薩瓦奇太太，是瓦薩學院（Vassar College）畢業的。我一眼就看出她是上流社會的人，因爲她只談名媛淑女。她好像有兩三個女兒，那年正好要初次在社交界亮相，只是她不但搞砸了她們的初登場派對，也把自己送進了精神病院。

迪迪有一首曲子叫〈送奶工〉，每個人都說她應該出唱片，保證會紅。首先，她的手會在琴鍵上彈出一小段旋律，像是小馬慢慢前進的馬蹄聲，接著是另一段旋律，就像送奶工的口哨聲，然後兩段旋律合在一起繼續。

「這首曲子眞不錯啊！」我用願意交談的口氣說。

瓊安靠在鋼琴的一角，翻著新一期的某本時尚雜誌，迪迪抬起頭對她笑了笑，好像她們倆有個共同的祕密。

「噢，艾瑟，」然後瓊安拿著那本雜誌，說，「這不是你嗎？」

彈琴的迪迪停了下來。「讓我看看。」她接過雜誌，看了看瓊安指的那一頁，然後回頭瞥了我一眼。

「噢，不是啦，」迪迪說。「肯定不是。」她又看了看雜誌，然後又看我。「不可能！」

「噢，可是這就是艾瑟啊，是吧，艾瑟？」瓊安說。

露貝兒和薩瓦奇太太也湊上來，我跟她們一起走到鋼琴邊，裝出我明白是怎麼回事的樣子。

雜誌照片裡有個女孩，穿著一件毛茸茸的無肩帶白色晚禮服，笑得合不攏嘴，周圍一大群男孩彎腰圍著她。女孩拿著一只裝滿透明飲料的玻璃杯，目光彷彿越過我的肩膀，盯著某個站在我身後偏左的東西。一股微弱的氣息吹過我的後頸，我轉過身去。

夜班護士穿著柔軟的膠底鞋，不聲不響地進來了。

「不要開玩笑喔，」她說，「眞的是你嗎？」

「不，不是我。瓊安完全搞錯了。是別人。」

「喔，你就說是你就好了！」迪迪喊著。

但我假裝沒聽見，轉身走開。

然後露貝兒求護士湊第四個牌搭子打橋牌，我就搬了把椅子坐在旁邊看，雖然我其實對橋牌一竅不通，因爲我在大學裡不像那些富家女一樣有時間學這些。

我盯著國王、傑克和皇后平平的撲克臉，聽著護士聊她辛苦的生活。

「你們這些女士根本不知道兼兩份工是怎麼回事，」她說。「晚上我就在這裡，看著你們……」

露貝兒咯咯笑了起來。「噢，我們很乖的啊。我們是所有人當中最好的了，這你知道的。」

「喔，你們都好得很。」護士拿出一條薄荷口香糖給大家傳著吃，自己也從錫紙包裡拆出一條粉紅色的帶子。「你們好極了，是州立醫院那些瘋子讓我煩得要死。」

「你同時在兩個地方工作？」我突然很感興趣。

「當然。」護士直直地看著我，我看得出她認為我根本沒資格住進貝爾賽斯。「你絕對不會喜歡那裡的，珍女士。」

我覺得很奇怪，護士完全清楚我叫什麼名字，卻叫我「珍女士」。

「為什麼？」我追問。

「喔，那不是什麼好地方，不像這裡。這裡就像個普通的鄉村俱樂部。在那邊，他們什麼都沒有。沒有可以說話的職能治療，也不能散步……」

「為什麼他們不能散步？」

「因為人、手、不、足。」護士迅速拿下一墩，露貝兒發出一聲呻吟。「相信我，女士們，等到我存夠買一輛車的錢，我就不幹了。」

「這邊你也不幹了嗎？」瓊安想知道。

「當然。到那時候，我只接私人照護。高興接才……」

但我已經不想再聽下去了。

我覺得這個護士是奉命來向我展示我的備選方案的。要不我就好起來，我要是變糟了，就會一直往下墜，往下墜，像一顆正在燃燒，最終要徹底焚毀的星星，從貝爾賽斯，掉到卡普蘭，再到威馬克，最後，在諾蘭醫生和吉內雅女士也放棄我之後，落在隔壁的州立醫院。

我把毯子裹在身上，把椅子向後推。

「你會冷啊？」護士粗魯地問道。

「對，」我說，開始向走廊走去。「我凍僵了。」

☆

我在白色的繭中醒來，覺得很溫暖，很平靜。一束蒼白的冬日陽光照著鏡子、衣櫃上的眼鏡和金屬門把，亮得刺眼。走廊另一端傳來廚房女僕清晨的喧鬧聲，她們正在準備早餐餐盤。

我聽到護士在走廊遠處敲我隔壁的門。薩瓦奇太太睡意濃重的聲音轟轟響起，護士端著叮噹響的餐盤走了進去。我想起那隻冒著熱氣的藍瓷咖啡壺和藍瓷早餐杯，還有那個畫著白色雛菊的藍瓷鮮奶油罐，心裡泛起一絲喜悅。

我開始認命了。

如果我眞要往下掉，至少我也要維持住我這些小小的慰藉，能撐多久是多久。

護士敲了敲我的門，沒等我回應，就一陣風似的進來了。是個新護士（她們總是在換人），長著一張瘦削、沙土色的臉和沙土色的頭髮，骨節突出的鼻子上布滿大大的雀斑。不知道爲什麼，這個護士的樣子讓我很不舒服。當她大步走過房間，拉起綠色的窗簾時，我才意識到她之所以看起來奇怪，部分原因是，她手上是空的。

我想開口跟她要我的早餐餐盤，但又立刻收住嘴。護士可能把我當成別人了，新護士常常這樣的。貝爾賽斯一定有誰正在做電擊治療，我不知道是誰，而護士把我跟她搞混了。這很容易理解。

我一直等到護士在我房裡轉完一圈，這裡拍拍，那裡整整，東西擺好，接著她就把下一個餐盤端去給走廊隔壁那扇門裡的露貝兒了。

然後我把腳塞進拖鞋，拖著我的毯子，因爲早上雖然亮，卻很冷，我快步走到廚房。穿著粉紅色制服的女僕正拿起爐子上一個破舊的大水壺給一排藍瓷咖啡壺倒咖啡。

我滿懷愛意地看著乖乖排隊等待的餐盤——上面有摺成硬挺等腰三角形的白色餐巾紙，每張都用銀叉子固定好，還有藍色蛋杯裡圓滾滾的白煮蛋，以及扇形玻璃碟裡的橘子果醬。我要做的就是伸手去拿我的餐盤，然後世界就會完全恢復正常。

「有件事弄錯了，」我靠在櫃檯上，用低沉、信任的口氣對女僕說。「新來的護士今天忘了把我的早餐餐盤送過來。」

我勉強擠出愉快的微笑，表示我並不因此覺得有什麼不愉快。

「什麼名字？」

「格林伍德。艾瑟．格林伍德。」

「格林伍德，格林伍德，格林伍德。」女僕長了疣的食指在廚房牆上貼著的貝爾賽斯樓病人名單上滑動。「格林伍德，今天沒有早餐喔。」

我雙手緊緊扣住櫃檯邊緣。

「一定是搞錯了。你確定看的是格林伍德嗎？」

「是格林伍德。」女僕很確定地說，這時護士剛好進來。

護士眼光疑惑地從我這裡移到女僕身上。

「格林伍德小姐想拿她的餐盤。」女僕說，避開了我的目光。

「喔，」護士對我笑笑，「今早晚一點你會拿到餐盤的，格林伍德小姐，你……」

我沒等護士說下去。我茫茫然走到走廊，但不是回房間，而是去凹室，這裡的凹室比起卡普蘭差很多，但還是一個凹室，在走廊一個安靜的角落，不管是瓊安、露貝兒、迪迪或薩瓦奇太太都不會來。

我蜷縮在凹室最深的角落，頭上蒙著毯子。最打擊我的不是電擊治療，而是諾蘭醫生赤裸裸的背叛。我喜歡諾蘭醫生，我很愛她，我把我的信任全盤奉上，每件事都告訴她，而她也眞誠地承諾，如果我不得不再次接受電擊治療，她會提前通知我。

如果她前一天晚上就告訴我，我會整晚躺在床上，充滿恐懼和不祥的預感，這是當然的，但到了早上，我就會鎭定下來，做好準備。我會在兩個護士之間走過走廊，走過迪迪、露貝兒、薩瓦奇太太和瓊安面前，帶著尊嚴，像個冷靜接受處決的人。

護士朝我彎下腰，喊我的名字。

我往後縮，遠遠地蹲在角落裡。護士消失了。我知道她馬上就會回來，帶著兩個粗壯的男護佐，他們會扛起一邊嚎叫一邊打人的我，經過現在聚集在交誼廳裡，微笑看戲的觀眾。

諾蘭醫生用雙臂摟著我，像母親一樣擁抱我。

「你說你會告訴我的！」我隔著皺成一團的毯子對她大叫。

「但是我正在告訴你呀，」諾蘭醫生說。「我今天特地早點來，就是爲了要告訴你這件事，而且我會親自帶你過去。」

我從哭腫的眼皮縫裡看著她。「你爲什麼昨晚不跟我說？」

「我只是覺得這樣會讓你睡不著覺。要是我知道……」

「你說過你會告訴我的。」

「聽我說，艾瑟，」諾蘭醫生說。「我會跟你一起過去。我全程都會在，所以一切都不會有問題，就像我承諾過的一樣。你醒的時候我會在，然後我會再把你帶回來。」

我看著她。她好像很難過。

我等了一分鐘。然後我說，「你保證你會在。」

「我保證。」

諾蘭醫生拿出一條白手帕幫我擦擦臉。然後像個老朋友似的用手臂勾住我的手，扶我站起來，我們開始往走廊去。我的毯子纏在腳上，所以我任它掉在地上，但諾蘭醫生似乎沒有注意到。我們經過正要出房間的瓊安，我給了她一個意味深長、傲慢的微笑，她躲回門後，等著我們走過去。

然後諾蘭醫生打開走廊盡頭的一扇門，領著我下樓梯，進入神祕的地下室走廊，這些走廊打造了一個精心設計的隧道和地洞網路，連結了醫院的每一棟建築。

牆壁貼著明亮的白色盥洗室磁磚，黑色天花板上每隔一段距離就有一個光禿禿的燈泡。嘶嘶作響的管道沿著發亮的牆壁延伸、分支，形成一個錯綜複雜的神經系統，動不動就看見管道上靠著擔架和輪椅。我死死抓住諾蘭醫生的手臂，她也不時摟緊我一下，表示鼓勵。

最後，我們停在一扇綠色的門前，上面用黑字印著「電療室」。我收住腳，諾蘭醫生靜靜等著。然後我說，「我們把事情做了吧。」我們就進去了。

候診室裡除了諾蘭醫生和我，只有一個穿著破舊褐紅浴袍、呆滯無神的男人，和陪著他來的護士。

「想坐下來嗎？」諾蘭醫生指了指一張木製長椅，但我的腿彷彿有千斤重，我想，等到做電擊治療的人來了，我要把自己從坐著的姿勢拉起來不知道有多困難。

「我還是站著吧。」

終於，一個穿著白色工作服、高大蒼白的女人從一扇內門進了候診室。我以爲她會帶走那個穿褐紅色浴袍的男人，因爲他是先來的，所以當她朝我走來的時候，我很驚訝。

「早安，諾蘭醫生，」那個女人說，一面用手臂環住我的肩膀。「這位就是艾瑟嗎？」

「是的，休伊小姐。艾瑟，這位是休伊小姐，她會好好照顧你的，我已經把你的情況告訴她了。」

我想這個女人一定有兩百一十三公分高。她親切地彎下腰，我看見她中間突出的暴牙，以及曾經被痘痘嚴重坑害過的臉，看起來就像月球小隕石坑的地圖。

「我想我們可以立刻帶你過去，艾瑟，」休伊小姐說。「安德森先生不介意再等一下吧，安德森先生？」

安德森先生一個字也沒說，於是休伊小姐摟著我的肩膀，諾蘭醫生跟在後面，我進了隔壁的房間。

我不敢把眼睛睜太開，免得全景把我嚇死，透過瞇著的眼縫，我看見那張著平整白床單的高床、床後的機器，以及機器後面戴著口罩的人（我看不出是男是女），床兩邊還有其他戴口罩的人。

休伊小姐扶我爬上床，讓我仰面躺下。

「跟我說話。」我說。

休伊小姐開始用一種低沉舒緩的聲音說，同時在我太陽穴上抹藥膏，在頭部兩側裝上小電鈕。

「你完全不會有問題的，什麼感覺都沒有，只要咬住……」她在我舌頭上放了個東西，我慌亂地咬住，黑暗像擦掉黑板上的粉筆字一樣，瞬間把我抹得乾乾淨淨。

XVIII 第十八章

「艾瑟。」

我從深度睡眠中醒來，渾身濕透，第一個看見的是諾蘭醫生的臉在我眼前晃來晃去，說著，「艾瑟，艾瑟。」

我用笨拙的手揉了揉眼睛。

在諾蘭醫生身後，我看到一個女人的身體，穿著一件皺巴巴的黑白格子長袍，被扔在一張小床上，像是從很高的地方掉下來的。但我還沒來得及看見更多東西，諾蘭醫生就帶我穿過一扇門，走進一片有清新藍天的露天空間。

所有的激動和恐懼都消失了，我驚訝於此刻的平靜。鐘形玻璃罩拉起來了，懸在我頭頂上幾英尺高的地方。我身在開放、流動的空氣中。

「就像我告訴你的一樣，對吧？」諾蘭醫生說，那時我們一起踩過脆脆的棕色落葉，正要回貝爾賽斯樓。

「對。」

「嗯，以後也都會是這樣，」她堅定地說。「接下來你每星期做三次電擊治療，每週二、四、六。」

我倒吸了長長一口氣。

「要持續多久？」

「那就要看，」諾蘭醫生說，「我們兩個表現怎麼樣了。」

☆

我拿起銀製刀子敲開蛋殼頂。然後我把刀放下，望著它。我想弄清楚之前我為什麼會那麼愛刀子，但我的記憶卻從思考的串繩上滑落，像一隻鳥兒一樣展翅飛入虛空。

瓊安和迪迪並排坐在鋼琴凳上，迪迪在教瓊安彈〈筷子歌〉的低音部，她自己彈高音部。

我在想，瓊安的牙那麼大，眼睛簡直像兩顆突出的灰色鵝卵石，看上去那麼像馬，這真是件悲哀的事。哎，她連巴迪・威拉德那樣的男生都留不住。而迪迪，她的丈夫顯然跟某個情婦同居了，讓她像個古板老女人一樣整天酸溜溜的。

☆

「我收到一封信喔。」瓊安把頭探進我房門唱歌似的說道。

「那很好啊。」我眼睛完全沒離開書。自從電擊治療短暫的五個療程結束，我獲得到鎮上去的特權之後，瓊安就像一隻巨大、氣喘吁吁的果蠅一樣繞著我轉，好像康復的甜蜜是她只要靠近就能吸到的東西。她們收走了她的物理書、滿房間積了灰的螺圈裝訂筆記本（裡面寫滿了她的上課筆記）。她的行動範圍又只限於庭院裡了。

「你不想知道是誰寄來的嗎？」

瓊安走進房間，在我床上坐下。我很想叫她滾出去，她讓我覺得發毛，但我說不出口。

「好吧。」我把手指夾在剛剛看到的那一頁，然後合上了書。「誰寄來的？」

瓊安從裙子口袋掏出一個淡藍色信封，逗弄似的揮了揮。

「嗯，還眞巧啊！」我說。

「什麼意思，眞巧？」

我走到書桌那兒，也拿起一個淡藍色的信封向瓊安揮了揮，像在揮一條離別時的手帕。「我也收到了。我在想這兩封信是不是一模一樣。」

「他好多了，」瓊安說。「已經出院了。」

突然一陣沉默。

「你會嫁給他嗎？」

「不會，」我說。「你呢？」

瓊安模稜兩可地笑笑。「我反正是不太喜歡他。」

「哦？」

「真的，我喜歡的是他的家人。」

「你是說威拉德先生和他太太？」

「是啊。」瓊安的聲音像一股冷空氣一樣滑過我的背脊。「我很愛他們。他們人那麼好，那麼幸福，跟我爸媽完全不一樣。我常常過去看他們，」她停了停，「直到你出現。」

「我很抱歉。」然後我繼續說，「如果你這麼喜歡他們，爲什麼不繼續去看他們呢？」

「喔，這可不行，」瓊安說。「你要是還在跟巴迪交往就不行。那樣我看起來會……我不知道，很可笑吧。」

我想了想。「我想也是。」

「那你，」瓊安遲疑了一下，「會讓他來嗎？」

「我也不知道。」

剛開始，我認爲讓巴迪來精神病院看我是件可怕的事（他來了，可能就只會幸災樂禍，去跟其他醫生攀關係）。但後來我發現，對我來說，這似乎是置他於尷尬之地、徹底和他斷絕關係的第一步，儘管事實上我並沒有移情別戀——我會告訴他，根本沒有什麼同步口譯員，沒有別人，但他不是我要的那個人，我已經放棄他了。「你呢？」

「我會，」瓊安喘著氣。「說不定他會帶他媽媽來。我會要他帶著他媽……」

「他媽媽？」

瓊安噘起嘴。「我喜歡威拉德太太啊。威拉德太太是個很棒很棒的女人。她就像我真正的媽媽一樣。」

我有一張威拉德太太的照片，照片裡的她穿著混色斜紋花呢衣服和實用耐穿的鞋子，嘴裡彷彿說著母親才會說的睿智格言。威拉德先生就像她的小兒子，聲音又高又亮，像個小男孩。瓊安和威拉德太太。瓊安……和威拉德太太……

那天早上我敲了迪迪房間的門，想借一些兩部的曲譜。我等了幾分鐘，沒聽到回應，我想迪迪一定出去了，我可以自己去她書桌那兒拿譜，於是我推開了門，走進房間。

在貝爾賽斯，門也是有鎖的，就算在貝爾賽斯也是這樣，但是病人沒有鑰匙。門只要關著，意思就是隱私，和一扇鎖起來的門一樣受到尊重。一個人敲了一次門，兩次門，之後往往就會走開。當我站在那裡，我的眼睛從明亮的走廊突然進入房間麝香般濃厚的深沉黑暗、變得半廢之後，我才想起這件事。

當我視線終於清晰，我看見一個人形從床上爬起來。然後有人發出低沉的笑聲。那個人形整了整頭髮，一雙淺鵝卵石色的眼睛透過黑暗注視著我。迪迪躺在枕頭上，綠色的羊毛睡袍下是一雙裸著的腿，她看著我，臉上有一絲嘲弄的微笑。一支香菸在她右手指間閃著紅光。

「我只是想……」我說。

「我知道，」迪迪說。「樂譜。」

「你好啊，艾瑟，」接著瓊安開口，她乾玉米皮似的聲音讓我想吐。「等著我啊，艾瑟，等一下我去幫你彈低音部。」

這時瓊安堅定地說，「我從來沒眞的喜歡過巴迪・威拉德。他老以爲自己無所不知。他以爲女人的一切他都一清二楚……」

我看了看瓊安。雖然有種毛骨悚然的感覺，雖然我對她是打心裡不喜歡，瓊安還是很吸引我。這就像是在觀察一個火星人，或者一隻疣特別多的蟾蜍。她的想法和我完全不同，感受也完全不同，但我們夠親密，於是她的想法和感受，似乎成了我自己的一個扭曲黑暗的鏡像。

有時我會想，瓊安是不是我自己編造出來的。其餘時間我想的是，不知道她會不會繼續在我生命中每次危機時都突然出現，提醒我，我曾經是什麼樣子，我經歷過什麼事，然後在我眼皮底下繼續度過屬於她個人、卻和我極爲相像的危機。

「我不知道女人在其他女人身上會發現什麼，」那天中午和諾蘭醫生見面時，我對她說。「有什麼東西是女人在女人身上找得到，在男人身上卻找不到的呢？」

諾蘭醫生停頓了一會兒。然後她說，「溫柔吧。」

我接不下話，只好閉嘴。

「我喜歡你，」當時瓊安說。「比喜歡巴迪更喜歡你。」

她臉上掛著傻笑，在我床上伸了個懶腰，我想起我們大學宿舍曾經出過一個小小的醜聞，當時有個胖胖的學姐，有媽媽似的大胸脯，長相像個老奶奶，是虔誠的教徒，主修宗教。另一個是高高的、笨手笨腳的新生，每次相親完，相親對象總是以各種巧妙的方式早早甩掉她。她們一開始只是見面次數有點頻繁，後來便總是同進同出，有一次，有人發現她們抱在一起，在那個胖女生的房間裡，事情就這麼爆出來了。

「可是，她們在做什麼呢？」我問。我想到男男、女女在一起的時候，總是沒辦法想像她們實際上到底做了什麼。

「喔，」那個暗中監視她們的人說，「蜜麗坐在椅子上，西奧朵拉躺在床上，蜜麗在撫摸西奧朵拉的頭髮。」

我很失望。我還以爲會聽到一些具體邪惡行爲的內幕。我很納悶，是不是所有女人和女人在一起的時候，都只是躺著抱抱而已？

當然，我們學院那個有名的女詩人就和另一個女人住在一起（一個又矮又胖、留著馬桶蓋短髮的老古典學者）。當我跟那個詩人提到，我說不定哪天會跑去結婚、生一大堆孩子的時候，她驚恐地望著我。「那你的事業怎麼辦？」她喊道。

我頭好痛。爲什麼我總是吸引這些奇怪的老女人？著名詩人、菲洛梅娜・吉內雅、J・C，還有基督科學教會那位女士，天曉得還有誰，她們都想以某種方式收養我，並且以她們的照顧和影響作爲懸賞，要我變成和她們相像的人。

「我喜歡你。」

「這很難，瓊安，」我說，拿起我的書。「因爲我不喜歡你。如果你想知道理由的話：因爲你讓我想吐。」

然後我走出房間，留下躺在我床上、粗笨得像匹老馬的瓊安。

☆

我等著醫生，同時想著是不是該開溜。我知道我打算做的事不合法（反正在麻州不合法，因爲這裡擠滿了天主教徒），但是諾蘭醫生說這位醫生是她的老朋友，而且是個聰明人。

「請問您來看診的目的是？」那位活潑的白制服接待人員一邊在筆記本名單上勾出我的名字，一邊問道。

「你說目的，是什麼意思？」我沒想到除了醫生本人之外，還有人會問我這個問題，公共候診室裡坐滿了等著看其他醫生的病人，大部分都是孕婦，不然就是帶著孩子，我感覺她們的眼光都集中在我未經人事的平坦小腹上。

接待人員抬頭瞥了我一眼，我臉就紅了。

「是來試戴裝置的，對嗎？」她親切地說。「我只是想確認一下，這樣就知道該怎麼收費了。還是學生嗎？」

「嗯——是。」

「那就是半價。只收五塊錢，本來是十塊錢的。要寄帳單給您嗎？」

我差點就說出了家裡的地址，因爲帳單寄到的時候我可能已經在那裡了，但我又想到，我媽一定會拆開來看看這到底是幹嘛的。我唯一能用的其他地址就是一個毫無特徵的信箱號碼，那些不想公開自己住在精神病院的人就會用這個信箱。但我又想到，接待人員可能認得出這個信箱，所以我說，「我還是現在付吧。」然後從包包的鈔票捲上剝下一張五塊錢。

這五塊錢是從菲洛梅娜·吉內雅給我的一筆錢當中抽出來的，本來是我的康復禮物。我很好奇，要是她知道這筆錢用在什麼地方，會作何感想。

她知道也好，不知道也好，反正菲洛梅娜·吉內雅這時正在爲我買自由。

「一想到自己活在男人控制之下，我就覺得痛恨，」我曾經這樣告訴諾蘭醫生。「男人在這世上逍遙自在，我卻有個可能出現的嬰兒像根大棒子一樣懸在頭上，逼著我循規蹈矩。」

「如果你不必擔心有孩子，你的行爲會不一樣嗎？」

「會，」我說，「但是……」我跟諾蘭醫生提到那位已婚女律師，和她寫的那篇〈捍衛貞操〉。

諾蘭醫生一直等到我說完，然後才大笑起來。「洗腦宣傳！」她說，然後在處方箋上潦草地寫下這位醫生的姓名地址。

我緊張地翻著一期《嬰兒談》（Baby Talk）雜誌。嬰兒肥胖伶俐的小臉對著我微笑，一頁又一頁——禿著頭的嬰兒、巧克力色的嬰兒、臉長得像艾森豪的嬰兒、第一次翻身的嬰兒、伸手拿搖鈴的嬰兒、吃第一匙固體食物的嬰兒、爲了長大嘗試一切小難事的嬰兒，一步一步地，進入一個焦慮不安的世界。

我聞著一股混合嬰兒麥片、發酸奶水和臭鹹魚尿布的味道，覺得悲哀而傷感。在我身邊這些女人眼裡，生孩子多麼簡單！爲什麼我會這麼沒有母性，和別的女人都不一樣？爲什麼我就不能像度度．康威那樣，畢生夢想就是把自己奉獻給一個又一個胖嘟嘟的嬰兒呢？

如果我必須整天伺候一個嬰兒，我會瘋掉的。

我看著對面女人腿上的嬰兒。我不知道他多大了，我對嬰兒一無所知——我只知道他會哇啦哇啦一直講話，緊閉的粉紅色嘴唇後面有二十顆牙。他肩膀上頂著一個搖搖晃晃的小腦袋（好像沒有脖子似的），用一種睿智、柏拉圖般的表情觀察我。

嬰兒的媽媽笑容滿面，抱著那個嬰兒，好像這孩子是世上最大的奇蹟。我觀察著這對母子，想找出一些線索解釋他們爲什麼對彼此這麼滿意，但在我找到之前，醫生就喊我進去了。

「你想試戴子宮帽啊？」他口氣很愉快，我鬆了一口氣，想著，還好他不是那種會問尷尬問題的醫生。我想過要糊弄他，跟他說，我打算跟一個水兵結婚，現在就等他的船抵達查爾斯頓海軍造船廠碼頭，而我之所以沒有訂婚戒指，是因爲我們太窮，但在最後一刻，我放棄了這個引人入勝的故事，只說了聲「是」。

我爬上診療床，心裡想著：「我正攀上自由之巔，從恐懼中解脫，從只爲了性就嫁給巴迪・威拉德那種錯誤的人當中解脫，從佛洛倫斯・克里坦頓之家[1]解脫，那裡每一個可憐的女孩都應該跟我一樣戴避孕裝置，因爲她們也做了性事，她們無論如何都會做的，無論如何……」

我搭車回精神病院，腿上放著一個裝在普通牛皮紙袋裡的盒子，我可能看上去和任何一個在鎮上逛了一天、給她的老姑婆姨媽帶了一個施拉弗特蛋糕[2]，或者一頂在菲林的地下室買的帽子的普通太太沒什麼兩樣。漸漸的，我對天主教徒自帶X光透視眼的疑慮減輕了，整個人輕鬆了不少。我想，我把我獲准購物的特權運用得很不錯。

我是個屬於我自己的女人。

下一步，就是要找到那個合適的男人了。

1 佛洛倫斯・克里坦頓之家（Florence Crittenden Homes），查爾斯・克里坦頓於一八八三年建立的一個組織，他們在各地建立收容妓女和未婚懷孕婦女的機構，讓她們學習技能，以藉此改造她們。

2 施拉弗特（Schrafft's）是麻薩諸塞州的一家糖果、巧克力和蛋糕公司。位於查爾斯頓沙利文廣場。大樓著名的霓虹燈在夜晚十分鮮豔，鐘樓在整點時敲鐘，是波士頓地標之一。

XIX 第十九章

「我要當精神科醫生。」

瓊安用她慣有的、熱切到喘不過氣的口吻說。我們這時正在貝爾賽斯的交誼廳喝蘋果酒。

「喔，」我冷冷地說，「那很好啊。」

「我跟昆恩醫生聊了很久，她覺得完全有可能做到。」昆恩醫生是瓊安的主治醫生，一個機靈精明的單身女士，我經常想，要是我當初被分配給昆恩醫生，我說不定現在還在卡普蘭，或者更可能已經在威馬克了。昆恩醫生有種難以描述的特質，正是這種特質吸引了瓊安，而這卻讓我覺得毛骨悚然。

瓊安還喋喋不休地說著「自我」與「本我」，我已經把心思轉到別處，轉到我放在最底層抽屜的那個拆了包裝的棕色盒子上。我從來沒跟諾蘭醫生談過什麼「自我」和「本我」，眞不知道我到底跟她聊了什麼。

「……我就要搬出去住了。」

我注意力又轉到瓊安身上。「住哪裡？」我問道，試圖掩飾心裡的嫉妒。

諾蘭醫生說，因爲有她的推薦和菲洛梅娜・吉內雅提供的獎學金，學校會在下學期讓我回去。但因爲醫生反對我在這段過渡期間和母親同住，所以我會繼續住在精神病院，直到冬季學期開始。

即使如此，我還是覺得瓊安早我一步走出這裡的大門很不公平。

「住哪裡？」我繼續追問。「他們不會讓你一個人住的，不是嗎？」瓊安這週才再次獲准到鎮上去。

「喔，不，當然不是自己住。我會跟甘迺迪護士一起住在劍橋。她室友結婚去了，她需要人跟她合租公寓。」

「恭喜。」我舉起蘋果酒杯，我們碰杯慶祝。儘管我對她這個人有極大的保留意見，但我想我會永遠珍惜瓊安。彷彿我們是被某種類似戰爭或瘟疫的壓倒性情勢逼迫，不得不在一起，因而分享了各自的世界。「你什麼時候走？」

「下個月一號。」

「很好。」

瓊安有點依依不捨。「你會來看我的，對吧，艾瑟？」

「當然。」

但我心裡想的其實是，「不太可能。」

☆

「好痛，」我說。「應該很痛的嗎？」

厄文一開始沒應聲，後來才說：「有時候是會痛的。」

我是在懷德納圖書館的臺階上遇見厄文的。當時我站在長長的階梯頂端，俯瞰圍繞著積雪中庭的紅磚建築，並且正準備搭車回精神病院，這時一個身材高大的年輕人走過來，他長得實在不好看，還戴著眼鏡，然而很聰明的樣子，他說：「請問一下，現在幾點了？」

我瞥了手錶一眼。「四點零五分。」

這人懷裡抱了一堆書，就像端著一個餐盤。然後他雙手換了個姿勢，露出瘦骨嶙峋的手腕。

「嘿，你自己明明有錶！」

那人沮喪地看著自己的錶，舉起手，在耳邊晃了幾下。「壞了。」他笑笑，看起來很迷人。「你要去哪裡？」

我差點就開口說「回精神病院」，但是這個人看起來很有前途，於是我改變了主意，「回家。」

「要不要先喝杯咖啡？」

到。

我猶豫了一下。我本來要回院裡吃晚飯的，我很快就要永遠離開那裡了，我不想在這種時候遲到。

「只喝很小很小一杯？」

我決定在這個人身上練習我全新的正常人格，在我猶豫的片刻，他告訴我他叫厄文，是個收入很高的數學教授，於是我說「好吧」，然後跟著厄文的步伐，和他一起慢慢走下結了冰的長階梯。

我是看到厄文的書房之後，才決定要勾引他的。

厄文住在劍橋郊外某條破敗街道上一間陰暗舒適的地下室公寓，在學生咖啡館喝了三杯苦咖啡之後，他開車把我帶到那裡——他說是爲了要喝啤酒。我們在他書房裡，坐在棕色塡充皮椅上，周圍是一堆又一堆布滿灰塵、難以理解的書籍，書頁上嵌著大片大片的精美公式，像詩一樣。

我喝著我的第一杯啤酒（我從來沒眞的喜歡過大冬天的冰啤酒，但我還是接過了杯子，好讓我有個實質的東西可以掌握），就在這時，門鈴響了。

厄文似乎很尷尬。「我想可能是某位女士。」

厄文有個古怪的老派習慣，喜歡稱女人爲「女士」。

---

1 懷德納圖書館（Widener Library）位於美國哈佛大學內，建築為新古典主義風格，它是現存歷史最悠久的圖書館之一，也是世界上最大規模的大學圖書館。

「沒關係，沒關係，」我大動作做著手勢。「帶她進來吧。」

厄文搖搖頭。「她看見你會難過的。」

我對著琥珀色的冰啤酒杯笑了。

門鈴又響了，這回戳得很猛。厄文嘆了口氣，起身應門。他一消失，我就迅速衝進浴室，躲在骯髒的鋁色百葉窗後面，看著厄文那張僧侶似的臉出現在門縫裡。

一位身材高大、上圍傲人的斯拉夫女士，穿著天然羊毛製成的厚重毛衣、寬鬆紫色長褲、帶波斯羊皮翻邊的黑色高跟鞋和配套的毛帽子，在寒風中呼著白煙，說著我聽不見的話。厄文的聲音倒是穿過寒冷的走廊飄了回來。

「抱歉，奧爾嘉……我在工作，奧爾嘉……不，我不這麼覺得，奧爾嘉，」這位女士的紅唇從頭到尾沒有停下來過，她的話被翻譯成白色的煙霧，飄上了門邊光禿禿的丁香樹枝。然後，終於，「也許吧，奧爾嘉……再見了，奧爾嘉。」

我欣羨地看著那位女士毛衣包覆的巨大胸脯，像大草原一樣廣闊，她從我眼前退了幾公分遠，走下嘎吱作響的木樓梯，鮮紅的嘴唇上有種西伯利亞式的悲苦。

☆

「我想你在劍橋的風流韻事沒斷過吧。」我興高采烈地對厄文說，那時我正在劍橋一家堅守法式口味的法國餐廳裡用針挑蝸牛。

「我似乎，」厄文謙虛地微笑承認，「很有女士緣。」

我拿起空蝸牛殼，把綠色的香料湯汁一口喝掉。我不知道這樣做對不對，但在精神病院吃了幾個月無趣的健康飲食之後，我對奶油實在饞得不得了。

我在餐廳裡用公用電話聯繫了諾蘭醫生，請她准許我和瓊安一起在劍橋過夜。當然，我不知道厄文在晚餐之後會不會邀我回他的住處，但我認為從他甩了那位斯拉夫女士（另一位教授的太太）看來，應該很有希望。

我一仰頭，喝乾了一杯夜聖喬治紅酒（Nuits St. Georges）。

「你眞喜歡紅酒啊！」厄文說。

「只有夜聖喬治，會讓我想起他……和龍的故事……[2]」

厄文伸手抓住我的手。

我覺得我上床的第一個男人一定得聰明，這樣我才會尊重他。厄文二十六歲就當上了正教授，

2聖喬治是著名的基督教殉道聖人，英格蘭的守護聖者。經常以屠龍英雄的形象出現在西方文學、雕塑、繪畫等領域。

皮膚細白，沒什麼毛髮，像個天才少年。我也需要一個經驗豐富的人來彌補我的不足，厄文的女人緣在這方面令我放心。然後，基於安全考量，我想找一個我不認識、今後也不打算繼續認識下去的人，一種不涉及感情、類似牧師的人，就像部落儀式的傳說一樣。

到了這晚的尾聲，我已經確定就是厄文了。

自從我知道巴迪・威拉德的墮落行爲之後，我的處女之身就像塊大石頭一樣壓在我脖子上。一直以來，它對我無比重要，我已經習慣不惜一切代價捍衛它。我捍衛了它五年，我已經厭倦了。

厄文把我摟進懷裡，回到公寓，抱著醉醺醺的我搖搖晃晃走進漆黑的臥室，這時我才喃喃地說：「噯，厄文，我想我應該跟你說一聲，我還是處女。」

厄文笑出聲來，把我扔到床上。

幾分鐘後，厄文一聲驚呼，表示剛才他並不眞的相信我。我想，我從白天就裝上了避孕裝置，這眞是太幸運了。因爲當天晚上在酒醉的狀態下，我絕對不會費心去做這項精細又必須的操作。我一絲不掛地躺在厄文粗糙的毛毯上，全神貫注，等待身體自己感受那奇蹟般的變化。

但我只感覺到銳利的、令人驚訝的劇痛。

「好痛，」我說。「應該很痛的嗎？」

厄文一開始沒應聲，後來才說：「有時候是會痛的。」

過了一會兒，厄文起身走進浴室，我聽見蓮蓬頭灑水的嘩嘩聲。我不確定厄文有沒有完成他打算要做的事，還是我的處女之身在某種程度上對他形成了阻礙。我想問他我是不是已經失去童貞，但我覺得很不安。一股溫暖的液體從我兩腿之間滲出來，我試探性地伸手摸了一下。

我把手舉到浴室照出來的燈光下，我的指尖看起來是黑色的。

「厄文，」我緊張地說，「給我一條毛巾。」

厄文踱步走回來，腰間圍著一條浴巾，然後扔了另一條小一點的毛巾給我。我把毛巾塞到兩腿中間，幾乎又立刻抽出來。毛巾已經染得半黑了。

「我在流血！」我說；猛一下坐了起來。

「喔，這種事常有，」厄文安慰我。「你沒事的。」

接著，血跡斑斑的新娘床罩和給失貞新娘紅墨水膠囊的故事浮現在我腦子裡。我不知道自己會流多少血，於是我躺下來，注意著我的毛巾。然後我突然想到，這血就是我想知道的答案。我不可能還是處女。我在黑暗中笑了，覺得自己成了偉大傳統的一部分。

我偷偷在傷處鋪了一條新的白毛巾，心想等血止住了，我就坐晚班車回精神病院。我想在完全平靜的情況下思考一下我的新狀態。但那條毛巾卻掉下來了，黑透了，還在滴血。

「我想……我還是回家吧！」我虛弱地說。

「當然不會這麼快就停。」

「是，我覺得我好多了。」

我問厄文可不可以跟他借毛巾，我把它包在大腿中間當繃帶，然後穿上了我汗濕的衣服。厄文說要開車送我回家，但我不知道怎麼開口讓他送我去精神病院，所以我在包包裡翻找瓊安的地址。厄文知道那條街，出門發動汽車。我太擔心了，不敢告訴他我還在流血。我每分鐘都期待它能停下來。

但是當厄文開車帶我穿過積雪覆蓋的荒涼街道時，我感覺到一陣暖意滲過毛巾和裙子的屏障，流到了汽車座椅上。

我們放慢車速，在一棟又一棟燈火明亮的房子之間找地址，我想，我沒有選擇在住在學校或家裡的時候拋棄童貞眞是太幸運了，因爲身在那兩個地方，無論如何都不可能隱藏到這種程度。

瓊安開了門，表情十分驚喜。厄文吻了我的手，要瓊安好好照顧我。

我關上門，靠在門板上，感覺血液從臉上往下流，匯成一片壯觀的鮮紅。

「欸，艾瑟，」瓊安說，「到底怎麼回事？」

我想知道瓊安什麼時候才會注意到血正從我腿上淌下來，黏稠地滲進兩隻黑色漆皮鞋裡。我想，在我中槍要死了的那一刻，瓊安依然會用那雙茫然的眼睛看著我，期待我會開口跟她要一杯咖啡和一份三明治。

「跟你住的那個護士在嗎？」

「不在，她在卡普蘭值夜班……」

「眞是好極了。」我擠出一絲苦笑，因爲又有一股血從濕透的毛巾墊子淌下來，展開了進入我鞋子的漫長旅程。「我的意思是……糟透了。」

「你看起來不對勁。」瓊安說。

「你最好去找個醫生。」

「爲什麼？」

「快去。」

「可是……」

她還是什麼也沒注意到。

我彎下腰，把我在布魯明黛百貨公司買的、現在已經因爲嚴冬而皸裂的黑鞋脫下來，脫下時發出了短促的咕嚕聲。我舉起鞋，放在瓊安那雙瞪得大大的鵝卵石眼睛前，然後把鞋子一斜，讓血流到米色的地毯上。我望著瓊安，等著她搞懂情況。

「天哪！這是什麼？」

「我在大出血。」

瓊安半扶半拖地把我帶到沙發上躺下，在我沾滿血的腳底下墊了幾個枕頭。然後她站在沙發後面問：「那個人是誰？」

在那瘋狂的一分鐘裡，我以爲要是我不坦白我和厄文當晚的全部過程，她就會拒絕叫醫生，而就算我坦白了，她也一樣會拒絕，作爲對我的懲罰。但後來我意識到，她是眞的把我的解釋當成了表面理由，我和厄文上床這件事對她來說是完全不可理解的，讓他出現只是我明知來訪會讓她高興，於是刻意做出的一種挑釁。

「喔，那個人啊。」我說，無力地做了個不在乎的手勢。這時又有一股血奔流出來，我驚恐地收緊了腹部的肌肉。「拿條毛巾來。」

瓊安跑出去，幾乎立刻就拿著一堆毛巾和床單回來。她像迅速確實的護士一樣剝開我被血浸濕的衣服，看見原先墊的那條深紅毛巾時，她迅速倒吸了一口氣，然後幫我換上新的墊布。我躺在那兒，想讓自己的心跳慢下來，因爲每跳一次都會催出另一股血。

我想起維多利亞時代小說中某個令人憂心的情節，一個又一個女人在艱難的分娩之後，蒼白而高貴地死在血泊中。也許厄文用某種可怕卻難以確知的方式傷害了我，我躺在瓊安的沙發上那段時間，我確實正在一點一滴死去。

瓊安拉來一個印度坐墊，開始給劍橋地區的醫生一個個打電話。第一個號碼沒人接。瓊安開始向第二個號碼解釋我的情況，對方接是接了，卻打斷了瓊安的話，說了聲「我明白了」，然後就掛斷了。

「有什麼問題嗎？」

「他只接老病人或急診。今天是星期天。」

我想抬起手臂看錶，但我的手就像放在身邊的一塊石頭，怎麼樣也動不了。星期天啊——這是醫生的天堂！鄉村俱樂部的醫生、海邊的醫生、和情婦在一起的醫生、和妻子在一起的醫生、教堂裡的醫生、遊艇裡的醫生，每個地方的醫生在這天都堅持當一般人，不肯當醫生。

「拜託，」我說，「告訴他們，我情況緊急。」

第三個號碼沒有人接，到了第四個，瓊安一提到是月經問題，對方就掛了。瓊安開始哭。

「聽著，瓊安，」我費力地說，「打電話給本地醫院。跟他們說情況緊急。他們一定得收我。」

瓊安精神一振，撥了第五個號碼。急診室跟她保證，只要我能到病房，會有一名醫生照顧我。接著瓊安叫了計程車。

瓊安堅持和我一起搭車。計程車司機對瓊安給他看的地址非常有印象，他在黎明黯淡的街道上拐過一個又一個彎，最後在急診室門口發出響亮的輪胎尖叫聲，我只能抱著絕望的心情緊緊夾住剛換上的毛巾墊。

我讓瓊安留在車裡付車費，自己快步走進空無一人、燈光刺眼的房間。一個護士從白色屏風後面匆匆走出來。我設法在瓊安進來之前，把我的困境用簡單幾句話迅速告訴她，她眨眨眼，像隻近視的貓頭鷹一樣瞪大了眼睛。

這時，急診室醫生慢慢地走出來，我在護士協助下爬上檢查床。護士對醫生低聲說了幾句，醫生點點頭，開始解開血淋淋的毛巾。我感覺到他的手指開始探查，瓊安像個士兵一樣僵硬地站在我身邊，死死握住我的手，不知道是爲了我還是爲了她。

「唉呀！」醫生戳到某個地方，特別痛，我猛地一縮。

醫生吹了聲口哨。

「你是百萬分之一。」

「什麼意思？」

「我的意思是，會發生這種狀況，一百萬個人裡頭只有一個。」

醫生低聲對護士簡單囑咐了幾句，護士快步走到一旁的桌子，拿回幾卷紗布和銀製器械。「我可以看見，」醫生彎下腰，「問題出在哪兒了。」

「可是你能補好嗎？」

醫生笑了出來。「喔，我可以補好的，沒問題。」

☆

我被一陣輕輕的敲門聲驚醒。已經都過午夜了，精神病院裡一片死寂。我眞想不出來還有誰還沒睡。

「請進！」我扭開了床頭燈。

門咔嚓一下開了，昆恩醫生黑暗的頭迅速出現在門縫。我驚訝地看著她，因爲雖然我知道她是誰，也經常和她在院裡的走廊擦肩而過，簡單點個頭，但我完全沒跟她說過話。

這時她說：「格林伍德小姐，我可以進去一下嗎？」

我點點頭。

昆恩醫生走進我房間，靜靜地關上身後的門。她穿著一套完美的海軍藍套裝，V領處露出雪白的素色上衣。

「格林伍德小姐，很抱歉打擾你，尤其都夜裡這種時候了，但我想你也許能幫助我們知道瓊安的情況。」

有一分鐘左右，我懷疑昆恩醫生是不是因爲瓊安又回到精神病院所以來責怪我。雖然我們去了急診室，我還是不確定瓊安知道多少，但幾天後她又回到貝爾賽斯住，並且維持在可以到鎮上去的最高自由等級。

「我會盡我所能。」我對昆恩醫生說。

昆恩醫生在我床邊坐下，神情凝重。「我們想知道瓊安在哪裡。我們覺得你也許會有什麼想法。」

我突然想跟瓊安徹底劃清界線。「我不知道，」我冷冷地說。「她不是在她房間裡嗎？」

這時早就過了貝爾賽斯的門禁時間。

「她不在，今晚瓊安獲准出門去鎮上看電影，到現在還沒回來。」

「她跟誰去的？」

「她自己一個人。」昆恩醫生停了停。「你知道她可能會在哪裡過夜嗎？」

「她一定會回來的。肯定是被什麼事情耽擱了。」但我實在不知道在波士頓這種乏味的地方有什麼事情耽擱得了瓊安。

昆恩醫生搖搖頭。「最後一班電車一小時前就開走了。」

「說不定她會搭計程車回來。」

昆恩醫生嘆了口氣。

「你問過那個姓甘迺迪的女孩子嗎？」我繼續說。「之前和瓊安一起住的那個？」

昆恩醫生點點頭。

「那她家人呢？」

「喔，她絕對不會去那裡的……不過我們也問過了。」

昆恩醫生徘徊了一分鐘，彷彿她能在靜止的房間裡嗅出一絲線索，然後她說「好吧，我們會盡力去找的」，就走了。

我關了燈，想繼續睡，但瓊安的臉浮現在我面前，沒有身體，面帶微笑，就像愛麗絲夢遊仙境裡那隻貓。我甚至覺得聽見了她的聲音，在黑暗中忽而沙沙作響，忽而靜默，但後來我發現，那只是吹過院裡樹林的夜風……

霜灰色的黎明時分，敲門聲再次驚醒了我。

這次是我親自去開的門。

在我面前的是昆恩醫生。她立正站著，像個虛弱的教育班長，輪廓有種奇怪的模糊感。

「我想應該讓你知道一下，」昆恩醫生說。「瓊安已經被找到了。」

昆恩醫生用的是被動語態，我的血好像瞬間凝滯了。

「在哪裡？」

「在樹林裡，結冰的池塘旁邊……」

我張開嘴，但什麼話也說不出來。

「一個醫院雜工發現她的，」昆恩醫生接著說，「就是剛剛，來上班的時候……」

「她不會是……」

「她死了，」昆恩醫生說。「恐怕是上吊死的。」

XX 第二十章

一場新雪覆蓋了精神病院每一吋地面——不是聖誕節那種細雪，而是一月份才會有的一人高大暴雪，那種讓學校、辦公室和教堂都停止運作的大雪，讓便條紙、記事簿和日曆，留下一天或更長時間的空白頁。

要是我通過委員會的面試，一週之內，菲洛梅娜·吉內雅的黑色大轎車就會載著我往西開去，把我放在學校的鍛鐵大門前。

在冬天最冷的時候！

麻州將沉浸在大理石般的冷寂中。我想像著摩西奶奶筆下雪花紛飛的村莊，乾枯的香蒲沙沙作響的沼澤，青蛙和鯰魚在薄冰底下做著好夢的池塘，還有那片顫抖的樹林。

但在這片看似潔淨平整的白雪之下，地貌還是和原來一樣，不會變成舊金山、歐洲或火星，我要去認識古老的景觀、溪流、山丘和樹木。某種程度上，這似乎只是件小事，時隔半年之後，我又要站在我曾經用這樣激烈的方式離開的地方，重新開始。

當然，每個人都會知道我的事。

諾蘭醫生曾經非常坦白地說，很多人都會小心翼翼地對待我，甚至避開我，就像避開一個戴著警鈴的痲瘋病人。我腦中浮現我媽的臉，像個蒼白、帶著責備神情的月亮，是我二十歲生日那天，她第一次也是最後一次去精神病院時的臉。一個住在精神病院的女兒！我做了對不起她的事。不過，她顯然已經決定原諒我了。

「我們要從我們離開的地方繼續前進，艾瑟，」她說，帶著她和藹的、殉道者般的微笑。「我們要表現得好像一切只是一場噩夢。」

一場噩夢。

對鐘形罩裡的人來說，一片空白，一切停止，如同一具死嬰，這世界本身就是那場噩夢。

一場噩夢。

我什麼都記得。

我記得屍體，記得朵琳，記得無花果樹的故事，記得馬可的鑽石，記得公園裡的水兵，記得戈登醫生診所裡的斜眼護士，記得破碎的體溫計，記得那個黑人和他煮的兩種豆子，記得我打胰島素

1摩西奶奶（Grandma Moses，一八六〇至一九六一），美國女畫家，出生於農家，只受過有限的教育，七十多歲時才因關節炎放棄刺繡開始繪畫。作品主要描繪農場景色以及她的生活。

增加的二十磅，記得海天之間那塊突起的岩石，就像一個灰色的頭骨。

也許遺忘會覆蓋這一切，讓它們變得無感，就像一場仁慈的雪。

但它們已經成了我的一部分。它們就是我的風景。

☆

「有個男生來找你！」

面帶微笑、頭戴雪白小帽的護士從門縫探出頭來。

有一秒鐘左右，我還以為自己眞的回到學校了，只是這白色的雲杉家具、這片樹木和山丘的銀白風景，比我以前房間裡有缺口的桌椅和光禿禿的庭院好得太多。「有個男生來找你！」值班的女生在宿舍電話裡說。

在貝爾賽斯，我們和那些在我即將回去的學校裡打橋牌、說閒話和讀書的女孩有什麼不同呢？那些女孩也同樣坐在某種鐘形罩底下。

「請進！」我喊道，巴迪・威拉德拿著一頂卡其色帽子走進了房間。

「嘿，巴迪。」我說。

「嘿，艾瑟。」

我們站在那裡，看著對方。我等著出現情感觸動，哪怕只是最弱的一絲微光也好。然而沒有。除了一種極爲友善的乏味之外，什麼也沒有。巴迪穿著卡其色外套的身影，對我來說似乎很渺小，和我毫無關係，就像一年前那天，他站在滑雪道底倚著的那些棕色杜子一樣。

「你怎麼來的？」我終於開口問。

「開我媽的車。」

「這種大雪天？」

「嗯，」巴迪咧嘴一笑，「我被困在外面的一個雪堆裡了。這座山對我來說還是太難開。有什麼地方可以借到鏟子嗎？」

「我們可以找管理員借。」

「太好了。」巴迪轉身要走。

「等等，我去幫你。」

這時巴迪看著我，在他的眼睛裡，我看到一絲奇怪的東西——我在那位基督科學教會女士、我以前的英文老師，和經常來看我的那位一神論教派牧師眼裡也看過一樣的東西，一種好奇和警戒的複合體。

「喔，巴迪，」我笑了。「我好得很。」

「喔，我知道，我知道的，艾瑟。」巴迪連忙說。

「巴迪，不該去挖車的人是你。不是我。」

巴迪居然就真的讓我做了大部分的挖掘工作。

車子開上精神病院時，在玻璃似的山路上打了滑，倒車時又有一個輪子越過車道，就這麼陷入了高聳的雪堆。

太陽從灰色裹屍布似的雲層中露出臉來，在無人踏足過的山坡上閃耀著夏天似的光輝。我暫時停下工作，俯瞰著這片原始的遼闊土地，我感到一股深刻的激動，就像看見了齊腰高洪水底下的樹木和草地——彷彿世界恆常的秩序發生了細微的變化，就此進入了一個新階段。

我很感激這部車和這個雪堆。它們讓巴迪沒有機會問出我知道他想問的那個問題，但最後他在貝爾賽斯喝下午茶的時候還是問了，聲音很低、很緊張。迪迪像隻嫉妒的貓一樣從茶杯邊緣盯著我們。瓊安過世之後，迪迪被轉到威馬克住了一陣，但現在又回來了。

「我一直在想……」巴迪把杯子放回茶托，發出尷尬的碰撞聲。

「在想什麼？」

「我一直在想……我的意思是，我覺得也許你能告訴我一些事情。」巴迪望著我，我第一次注意到他的改變。他臉上不再像以前那樣，像攝影師的鎂光燈似的輕易而頻繁地閃現十拿九穩的微笑，而是帶點凝重，甚至猶豫——這是張經常得不到自己想要的東西的人的臉。

「如果我做得到，我會告訴你的，巴迪。」

「你覺得，我身上有什麼特質會讓女人瘋狂嗎？」

我完全忍不住，突然哈哈大笑起來——也許是因爲巴迪臉上凝重的表情，配上「瘋狂」這個詞在這樣的句子裡通常的含意所致。

「我是說，」巴迪繼續說，「我和瓊安約會，然後是你，結果你先……去了，然後瓊安也……」

我用一根指頭捻起一顆蛋糕屑，把它點進一滴濕濕的棕色茶水滴裡。

「當然跟你無關！」我聽見諾蘭醫生的聲音說。我曾經因爲瓊安的事去找她，那是我記憶中唯一一次她聲音中帶著怒火。「這和任何人都無關。是她自己幹的。」然後諾蘭醫生告訴我，就算最好的精神科醫生也會有病人自殺，如果眞要找個什麼人負責，他們應該是要負點責任的，然而正好相反，他們一點也不覺得那是自己的責任……

「我們的事情跟你無關，巴迪。」

「你確定？」

「完全確定。」

「啊，」巴迪舒了口氣。「我很高興。」

然後他像喝補藥似的喝乾了那杯茶。

☆

「聽說你要離開我們了。」

在有護士監督的小組時間，我走到瓦萊麗身邊。「要醫生同意才行。我明天要跟他們面談。」

積雪在我腳下嘎吱作響，正午的陽光融化了冰柱和雪殼，到處都能聽見音樂般細細的水流聲和滴水聲，這些冰柱和雪殼在入夜之前會再次結冰。

在明亮的陽光下，濃密的黑松遮出薰衣草色的影子，我和瓦萊麗散了一會步，沿著已經鏟過雪、迷宮般的精神病院小徑熟門熟路地往前走。醫生、護士和病人在相鄰的兩條路擦肩而過時，因爲鏟開的雪遮住了下半身，看起來彼此都像是踩在輪子上移動似的。

「面談！」瓦萊麗哼了一聲。「那根本不重要！只要他們想，就會讓你出去。」

「希望如此。」

在卡普蘭樓門前，我向瓦萊麗那張平靜如雪女的臉說了再見，在那張臉後面，什麼事都不會發生，無論好壞。我一個人走開，即使在那樣陽光燦爛的天空底下，我還是呼出一蓬蓬的白氣。瓦萊麗歡快地對我喊著：「再見！下次見。」這是我腦子裡瓦萊麗最後的樣子。

「不會再見了。」我心想。

但我並不確定，一點也不。我怎麼知道有一天，在學校，在歐洲，在某處，在任何一個地方，那個玻璃罩，不會再帶著令人窒息的扭曲，再度當頭罩下來？

巴迪不也說了？（雖然那好像是為了報復我故意把他晾在一邊，自己一個人挖車），「我很好奇，現在你還能嫁給誰，艾瑟。」

「什麼？」我說，把一鏟子雪鏟到雪堆上，飛散的雪花刺痛了我的眼睛，我拚命眨眼。

「我很好奇，現在你還能嫁給誰，艾瑟。畢竟你已經，」巴迪的手勢遮住了山丘、松林，和積著厚重白雪、破壞整片起伏風景的建築，「住過這裡了。」

確實，我不知道在我去過這所有的地方之後，現在還有誰會娶我。我完全不知道。

☆

「厄文，我這裡有張帳單。」

我在行政大樓主廳裡對著精神病院公用電話話筒低聲說。剛開始我還懷疑接線生可能在總機那邊聽，但她只是繼續插拔接頭，眼睛都不眨一下。

「嗯。」厄文說。

「是一張二十塊錢的帳單，名目是十二月某日進行了緊急護理，之後一週複診檢查。」

「嗯。」厄文說。

「醫院那邊說，他們會把帳單寄給我，是因爲寄給你的帳單沒有回音。」

「好，好的，我現在就開支票。我現在就開張空白支票給他們。」厄文的聲音微妙地變了。

「我什麼時候能再見到你？」

「你眞的想知道？」

「非常想。」

「永遠不會再見了。」我說，然後果決地掛斷了電話。

有一瞬間我想著，厄文之後不知道會不會寄支票給醫院，然後又想：「他一定會的，他可是個數學教授——他不會希望有任何後患的。」

我莫名地有點腿軟，覺得鬆了一口氣。

厄文的聲音對我毫無意義。

這是我們第一次也是最後一次見面後，我第一次和他說話，而且我有理由相信，這也會是最後一次。厄文完全沒有辦法聯繫到我，除非他跑去甘迺迪護士的公寓，而在瓊安過世之後，甘迺迪護士已經搬走了，一點痕跡也沒留下。

我徹底自由了。

☆

瓊安的父母邀我參加葬禮。

吉靈太太說，我一直都是瓊安最好的朋友。

「你知道，你不是一定要去的，」諾蘭醫生對我說。「你隨時可以寫信告訴他們，說你不去比較好，是我說的。」

「我會去。」我說，而我也確實去了，在簡單的葬禮上，我全程都在想，我到底以爲自己在埋葬什麼。

祭壇上，棺木，在雪般死白的花海中隱約可見——是某個不存在之物的黑影。我身邊長椅上的面孔被燭光照得蠟黃，聖誕節留下的松枝在寒冷的空氣中散發出葬禮焚香的氣味。

裘蒂坐在我旁邊，臉頰紅撲撲的，像個漂亮的蘋果。在小小的會堂裡，我不時就能認出來自其他大學和我家鄉的其他女孩，她們都認識瓊安。迪迪和甘迺迪護士坐在前排，戴著頭巾的頭垂得低低的。

然後，在棺木、鮮花、牧師的臉和哀悼人群的臉後面，我看見了我們鎮上墓地起伏的草坪，但現在已經雪深及膝，一塊塊墓碑像不冒煙的煙囪一樣從雪地裡冒出來。

凍硬的地面上，會挖出一個六英尺深的黑色缺口。那個黑影將和這個黑影結合，我們本地特有的黃土會封起這塊白色地面上的傷口，而遲早還會出現另一場雪，抹去瓊安這座墳新下葬的痕跡。

我深深吸了一口氣，聽著我心中許久之前那句大話。

我活著，活著，活著。

☆

醫生們正在開每週一次的委員會，處理舊事務、新事務、錄用、解雇和面談。我在精神病院的圖書館裡盲目地翻著一本破舊的《國家地理雜誌》，等著輪到我。

病人和隨行的護士一起，在裝滿書的書架間走來走去，和院裡的圖書管理員（她也住過這間精神病院）低聲交談。我瞥了她一眼，她戴著近視眼鏡，一副老處女相，很不起眼，我很想知道她怎麼曉得自己已經從精神病院完全畢業，而且完整而健康，和她服務的這些人不一樣。

「別怕，」諾蘭醫生說。「我會在，另外還有你認識的其他醫生跟幾個訪客，維寧醫生是所有醫生裡職位最高的，他會問你幾個問題，然後你就可以走了。」

儘管諾蘭醫生再三安撫，我還是嚇得半死。

我曾經希望，在我離開這裡的時候，能對未來的一切感覺有把握，多點瞭解——畢竟我都被徹底「分析」過了。然而事實並非如此，我看見的只是一個又一個的問號。

我一直不耐煩地瞄著緊閉的會議室大門。我腿肚子上的絲襪縫合線拉得很直。我的黑鞋雖然裂了，但擦得很亮。我的紅色羊毛套裝和我的計畫一樣張揚。我身上的東西有舊的，也有新的[2]……

但我並不是要結婚。我想，應該要有一種儀式，一種在一個人貼好補丁、翻修完畢、批准上路時舉辦的重生儀式，我正努力在想什麼樣的儀式合適的時候，諾蘭醫生不知道從哪裡冒了出來，碰了碰我的肩膀。

「沒問題的，艾瑟。」

我站起來，跟著她走到敞開的門前。

我在門檻上停了一下，稍微吸了口氣，就在這時，我看見了那個滿頭銀髮的醫生，在我來這裡第一天告訴我河流和清教徒故事的人就是他；還有休伊小姐，那張布滿痘疤、蒼白的臉；還有那一對對、我覺得就算戴著白色口罩我也認得出來的眼睛。

這些眼睛和面孔都朝我轉過來，在它們的引導下，我彷彿被一根神奇的線牽著，走進了房間。

2在西方婚禮習俗中，必須要有「一樣舊，一樣新，一樣借（向別人借來的東西），一樣藍（藍色物品），還要一枚銀色六便士，藏在婚鞋裡」。

國家圖書館出版品預行編目資料

鐘形罩 The Bell Jar ／希薇亞 · 普拉絲（Sylvia Plath）著；王聖棻、魏婉琪譯
——初版——臺中市：好讀，2023.11
面； 公分——（典藏經典；144）

ISBN 978-986-178-683-4（平裝）

874.57 112013263

好讀出版

典藏經典 144

鐘形罩 The Bell Jar

填寫線上讀者回函
請 掃 描 QRCODE

作　　者／希薇亞 · 普拉絲 Sylvia Plath
譯　　者／王聖棻、魏婉琪
總 編 輯／鄧茵茵
文字編輯／簡綺淇
美術編輯／王廷芬

發行所／好讀出版有限公司
407 台中市西屯區工業區 30 路 1 號
407 台中市西屯區大有街 13 號（編輯部）
TEL:04-23157795 FAX:04-23144188 http://howdo.morningstar.com.tw
（如對本書編輯或內容有意見，請來電或上網告訴我們）
法律顧問／陳思成律師

總經銷／知己圖書股份有限公司
106 台北市大安區辛亥路一段 30 號 9 樓
TEL：02-23672044 02-23672047 FAX：02-23635741
407 台中市西屯區工業 30 路 1 號
TEL：04-23595819 FAX：04-23595493

電子信箱／ service@morningstar.com.tw
網路書店／ http://www.morningstar.com.tw
讀者專線／ 04-23595819 # 212
郵政劃撥／ 15060393（戶名：知己圖書股份有限公司）

印刷／上好印刷股份有限公司
初版／西元 2023 年 11 月 15 日
定價／ 350 元
如有破損或裝訂錯誤，請寄回 407 台中市西屯區工業區 30 路 1 號更換（好讀倉儲部收）

Published by How Do Publishing Co., Ltd.
2023 Printed in Taiwan

ISBN 978-986-178-683-4